U0925776
易翔的王国

阿 北◎著

易翔的王国

内蒙古出版集团
远 方 出 版 社

图书在版编目(CIP)数据

易翔的王国/阿北 著.—呼和浩特:远方出版社,
2011.10

ISBN 978-7-80723-631-3

Ⅰ.①易… Ⅱ.①阿… Ⅲ.①长篇小说-中国-当代
Ⅳ.①I247.5

中国版本图书馆 CIP 数据核字(2011)第 191912 号

易翔的王国

著　　者	阿　北
责任编辑	胡丽娟
出版发行	内蒙古出版集团　远方出版社
社　　址	呼和浩特市乌兰察布东路 666 号
电　　话	0471-4919981(发行部)
邮　　编	010010
印　　刷	三河市延风印装厂
开　　本	710×1000　1/16
字　　数	260 千
印　　张	14
版　　次	2012 年 1 月第 1 版
印　　次	2012 年 1 月第 1 次印刷
印　　数	1-10000 册
书　　号	ISBN 978-7-80723-631-3
定　　价	28.80 元

目　录

第一章

那是一个比较落后的地方。那里偏僻得在地图上你都无法找到它的正确位置,除了村子后面三里处的山上有一座孤庙之外,在那里我似乎找不到其他还有色彩的记忆。村民因经常没什么吃的而面色苍白,还有的一种颜色就是长时间在烈日曝晒下的黝黑。我的父亲在他 40 岁的时候才有了我这么一位儿子,可是当他对未来满怀希望时,老天却跟他开了个玩笑——突如其来的旱灾使那里连续两年颗粒无收。父亲从自己的口中把粮食给节约下来,他自己则跑到山里找些野果之类的来充饥。父亲死的时候,皮肤黑黑的,而头发却不合年龄地苍白。那一刻,黑与白在我幼小的心灵里被定格为对父亲所有的回忆。

父亲的死给母亲带来了很大的打击。她除了每天长时间暴晒在太阳底下之外,就是一个人坐着发呆。可是,在村民们的记忆中,以前的母亲却是个拉着二胡唱着歌的永远快乐无忧的女人。母亲还喜欢讲故事,她所描述的世界里充满了缤纷的色彩,因为这些的缘故,我开始确信,世界是精彩的,人只有通过努力才能接近世界。当然,这个世界不属于这个落后的小村子,那些丰富多彩的颜色也不属于这些从没有走出过村子的村民。

母亲却不一样。在她没有来到这个村子之前,她一直是有着梦想的。她的脚步曾走遍大江南北,她还有一颗闪闪发光的红色的星星,母亲说就是那颗星星让她一直在追逐着。母亲为了证实自己所说的不假,还拿出一种叫做相片的东西让我看,在那上面母亲穿着一身黄土色的衣服,头顶上的星星闪耀着光芒。母亲每次拿出相片看的时候,她的神情都会变得不一样,生活的苦、父亲去世的悲伤在这个时候全都躲得远远的,好像这颗星星拥有着非常大的魔力一样。

母亲是身受重伤才来到这个村子的。当时,老实巴交的父亲与年迈的祖母相依为命,父亲收留了母亲并悉心照顾受伤的她。后来,母亲好了,就再也没有离开这个村子,没有离开父亲:她嫁给了父亲。那几年,也是父亲一生最快乐的光阴,母亲常给父亲唱歌,母亲的歌声飘起来的时候,在田里插秧的村民们都会忘记了手中的活计,侧耳倾听着这美妙的音律。在父亲面前,母亲从来不谈她的过去,她的那颗闪闪发亮的星星也被她藏得严严实实。许多年之后,我才知道,母亲这样做是怕父亲难过,她害怕自己不经意间的举止会伤害这个老实巴交的人。母亲把她的星星也拿出过一次:那是新年刚过一个寒冷的早晨,村广播里突然传出了哀乐,母亲知道她心目中的伟人去世了,母亲捧着这颗星星哭了。不明就里的父亲慌了神,笨拙地为母亲擦去眼角的泪。对于母亲的星星,父亲的记忆也到此为止。

山里的天,十月份就开始冷了。连续几日的阴雨,使气温一下子变得很是寒冷。雨水从屋顶上滴进来,滴到接收的盆里面,发出叮当叮当的响声,奏着一支悲伤的曲子。母亲无法再坚持下去了,那晚她小心仔细地擦拭着那颗星星,把一件一直都藏在衣箱底的土黄色的衣服叠得整整齐齐,最后,她把我拥在怀里,亲了亲我的额头,拉开门,走进暴风雨中,一去再也没有回来。

第三天,村民们在后山发现了母亲的尸体。母亲走的时候,后山树林里的乌鸦发出凄厉的叫声,但这没有影响母亲的心情,她依然是一脸的安详。在这样的年代,死或许是最好的解脱,但母亲却并非是因为这种解脱而安详,她是为能够重新与父亲生活在一起而安详。与父亲的生活,虽然清贫,却充满开心与快乐,那是一种简单的幸福,简单得令人刻骨铭心。

母亲被安葬在与父亲同一个墓穴内。母亲下葬的那天,乌鸦的叫声更加凄厉,那是我一辈子都忘不了的悲戚。自那天起,我成为了一名孤儿,岁月在我童年的世界里,只是一股有些冷馊的剩饭的味道,寒冷的味道与被别家孩子欺负后打落牙向肚内吞的委屈的味道。日子一天一天地被消磨去,在成长的岁月里,我都经历过什么,我早已忘却。但是,那种味道留下了,在很多次梦里,在很多次我正襟坐在丰盛的佳肴前准备开吃的时候,那种味道就会在我的记忆中重新浮现,悠长的悲惨童年,延绵不断的冷馊的剩饭。

无所依靠,一个四五岁的孩子如何能明白这突如其来的变故?村民们还是很善良的,他们用吃剩的饭、穿破的衣服来使我能够存活下来,而我,常穿着一件大人的旧衣服跟在他们后面讨要一块吃剩的烤红薯。“这孩子多么讨人喜欢啊，可谁家有多余的口粮来养活他呢！天知道，他上辈子造了什么孽，这辈子要让他来遭受这种衣不裹体、食不果腹的罪！”村民们很相信这种因果报应与人世轮回，这也多少给了我一些活下去的机会——他们会用各种各样的方式来救济我，使我能够在这种营养不足的情况下活下去。在这种情况下，我们缺的不是时间，我们缺少的是消渡时间的物质。时间对我们来说都不再重要，而物质则拉扯着我们的神经，让我们对未来充满着希望。

我常常到后山的庙里寻找食物。那里的和尚对我都视如己出，有好吃的好玩的都会给我保留下来，等待着我的前往。那是一座小得连名称都不会被人记住的寺庙，却又仿佛特别受到上天的眷顾。或许是受到了佛祖的庇佑，这里仿佛没有受到任何的外界干扰，包括自然灾害。和尚们过着自食其力的生活，他们的菜园里似乎永远有着吃不完的蔬菜，无论我什么时间去到那里，都能够吃到新鲜可口的饭菜。寺庙的香火并不十分旺盛，没什么香客肯来这里。有人说在贫穷之中的人会更加虔诚，在这里却根本得不到体现。每个月只有逢初一、十五的时候会有一些村民吭哧吭哧地往山上爬，到了庙里的时候，喘得就如一壶烧开的水。我常在寺庙的后院玩耍，但一听见前院寺庙里有香客的声音，我就会立即跑到前院来，躲在佛像的后面，好瞅瞅这些香客的样子。他们大多都是我熟悉的村民，但面色却远没有我这般红润，不知道情况的人蓦然见到我，肯定会误认为我是某位家族显赫的公子哥——这当然得归功于寺里的和尚们，他们对我无微不至的照顾使我那几年的童年生活基本上没有受到饥饿与白眼的困扰。我从佛像后面探出头来，可以清楚地看到香客的模样，长期的灾害使他们像老鼠一样邋遢地活着，过去大鱼大肉的村长现在也只能靠着一些野菜与野果充饥，与他相比，村民们更是难以想象地面黄肌瘦。“日子总会好起来的，面包也一定会有的。”母亲在临死前常这样对我说。面包是我从来没有见过的物件，母亲说，那是在外面的世界才有的食品。母亲一直到死去，也没有再吃到面包，不过我觉得，它似乎一直在等待着我前去品尝，包括母亲的那一份。

春天，油菜花开的时候，和尚们都会在这里练武。我刚才说过，这是一个小得连寺名都不会被记住的寺庙，这里不像其他的寺庙，有单独的练武场，这里的菜地旁边有一小块空地，和尚们每逢忙完手中的活计，都会在这里练上一会。而我说每到春天，他们都会在这里练武，是因为每个春天，我都会如一只饿极了的小馋猫，躲在寺庙里不肯外出。其他季节，山上都会有些野果之类的东西吃，而春天这一个青黄不接的季节，我也只好待在寺院里，心安理得地接受和尚们的救济。时间久了，我也能像模像样地依葫芦画瓢，这也成为我以后很少受别人欺负的重要原因。

方丈是一位面目慈祥的老和尚，他对每一个人都十分友好。据说他曾受过很好的教育，因此，他常告诫弟子，不能够只做一个四肢发达的人，还要有丰富的知识，方可以做一名对社会有用的人。我很喜欢听他说话，特别喜欢听他讲始皇帝统一六国的故事。这个故事我百听不厌，不过每听一回，我都会将不大的眼睛瞪得酸疼许久。他也会讲起外面的世界，讲一位叫做毛泽东的爷爷所带领的军队打下了江山，建立了统一的新中国。结尾时他还会说，对了，你的母亲就是一名红军。那时的我还不明白什么是红军，但也会时不时地拿出母亲的五角星，泪眼汪汪地半天不说一句话。

因为灾害，村民们常被饥饿所困扰，和尚们常下山为村民们送上他们力所能及的食物和药材。这是很奇怪的现象，山下是颗粒无收，而山上的和尚们却没有受到这种灾害的干扰。这让村民们不得不更加虔诚，他们相信这是神佛的力量，也更加坚信在神佛的庇佑下，他们很快就能走出目前的困境。这是一件很有意思的事情，在这里即便每个人都受到饥饿的威胁，但你却看不到一件抢劫的事情发生。你不得不承认，信仰的力量有时候来得比所谓的法规制度更加猛烈、更加有效。也就是在这个过程中，我常常走到村子与寺庙之外的地方，随着那些为村民送去福音的和尚们到处受人们的尊拜。我做的事情十分简单：陪与我同样大小的孩子们玩耍，教他们认我所学来的字。孩子们欢喜地围绕在我的身旁，看我用树枝在地上一笔一划地写着简单的字体，露出崇拜的目光。晚上回到寺庙，吃过晚饭的时候，老方丈开始给我们上课了。他拿出一本已经泛黄的书，给我们讲上面的知识与故事。然后，他在一块小木板上教我们认字，给我们讲解这个字的来源、意思。为了使我们牢记他所讲的每一个字，他在小白板上都会一笔一划地写上几遍，再叫我们依葫芦画瓢写上几遍甚至更多遍，直至我们记住为止。

我相信，正是在这块不起眼的白板上，我第一次虚构了想象中的国。方丈讲的故事里有大清帝国，有乾隆盛世与贞观之治。我不明白他们是如何创造了属于自己的王国。山下，灾害蔓延的村子里，也没有人能够明白，或许村长也不能明白，否则他自己也不至于面临饥饿的挑衅了。这里只有贫穷、闭塞与死亡发出的沉寂刺耳的冷笑。

但是，小白板上走出的词语和名字，却让我记忆犹新。秦始皇、李世民、康熙、乾隆、马克思和他的好友恩格斯、孙中山以及毛泽东，他们如黑暗中的星星，时常在我的脑海中闪烁。我认真地听，努力地记，却记不大清楚，记不完全。他们是什么人物？我从来没有听说过。我只知道他们是大人物，家喻户晓的大人物。然而，从那块小小的白板上，我发现了一个自己的国，我就是这个国的国王。我把这一发现告诉方丈，同他分享我做国王的喜悦。

和尚中间有我一位"叔叔"。之所以叫他叔叔，是因为他比其他的和尚年龄都大，而却又小于我的父亲，他与我是同一个村子的，据说还是同一族，他在出家前也姓易，重要的一点是他对我好，不是一般的好。我能够在寺庙里自由地出入并可以堂而皇之地住在那里，有他大半的功劳：他说服方丈，说我这个孤儿如能善加调教，日后必异于常人。

他常带我在漫山遍野中戏耍，他教我他们的强身之道。方丈还没有传授给其他和尚的技艺，他也毫不保留，一股脑地教授给我。

他常常坐在后山的一块大石头上，看着我练习他传授的技艺。坐在那里，他能够一览山下的村落和颗粒无收的田野。他常常一声叹息，望着遥远的方向发呆。我不明白他为何叹息，也没有就这件事问过他，每次叹息之后，他都会闭上眼睛，修炼一种"还不是时机传授给我"的"上乘武功"。

叔叔有一个非常吉祥的俗家名字叫有财，但方丈却给他取了个戒欲的法号。我问叔叔这其中有何寓意，叔叔总是若有所思地摇摇头，看来他也不知道方丈的用意。我也只好不再问。叔叔一定还是有欲望的，从他每次看远方的眼神中我能够觉察得到，他的内心是痛苦的，这种痛苦也一定是我难以承受的。有时候，叔叔望着远方，我要大声地喊他很多次他才能够听到。

小白板、词语、英雄名字、我创造的国，在叔叔看来，远方比这些事情更重要。不过，他每天还是照常打理菜园，照常同他的那些师弟们练功、听方丈讲授知识和词语。只是，他下山到村子里派发物资的时候，他的目光会向那唯一的通往外面世界的小路望去，好像一个他等待许久的人突然会在那条小路上出现一样。

最后一片落叶赶走了惊慌失措的夏天，也让姗姗来迟的秋天没来得及休息便急匆匆地离开了。夜开始有些漫长。叔叔精神恍惚的症状似乎更严重了，每天他都会发呆很多次，做起事情来也总是心神不定的。更重要的是，他的这一症状在方丈讲课的时候也会发作，以致于方丈不得不停止下来，拉回他的注意力。叔叔有时也会做梦，他常常会在梦里哈哈哈地大笑，这种笑常把我从梦中惊醒，外面的风发出呜咽的声音，房间里只有我一个人醒来，我怕得要命。寺庙也开始发抖。有时我从梦中惊醒的时候，会发现叔叔就站在我的床前，直直地盯着我，这更令我不寒而栗。我无法再入睡，害怕地看着叔叔，他没有别的举动，叹息一声，返回了自己的床上。好不容易熬到天亮，第一缕阳光从窗户上直射进来，涌进睡房的每一个角落，却不见了叔叔。他又到后山去练功了，叔叔是一个非常勤快的和尚，他把练功看得比什么都重要。每天天刚发白的时候，他总会起床来到后山，一个人修炼他的"上乘武功"。

叔叔的这种反常行为一直持续到第一场雪飘落下来。那天早晨我被一种尖叫声惊醒，接着便是嘈杂的惊慌失措的脚步声。我懒懒地从被窝里起来，打开门便看到了白茫茫的雪。站在寺庙的门口，我可以看到我的村子也被一片白色笼罩住了，仿佛是一只巨大的沉睡的狗熊。和尚们匆匆地向方丈的房间里跑去，脸上是惶恐不安的表情。我也跟着过去了，只见方丈趴在神像前的案几上，似一个贪睡的孩子一样不肯醒来。

那天早晨，方丈死了。方丈就像我的爷爷一样，教授了我许多知识，他是希望我能够有一技傍身，将来即便不能做一个对社会有用的人，也不至于再忍受饥饿。我同方丈讲起我创造的国的时候，方丈总是摸着我的头乐呵呵地笑着。后来，我猜想到，他也许就是我的爷爷，不过这仅仅是个猜测，因为从来没有一个人给我提过关于这件事的一个字。

我躺在床上，恍恍惚惚地，透不过气来。父亲母亲的死，我已经没有任何印象了，而方丈这位对我有救命及养育之恩的人也从此要离开我了，我的眼泪如决了堤的洪水，瞬间便把我淹没了。

方丈总是说，我是一个有出息的人，我的未来将比任何人都辉煌，他也因为这个原因从来都不同意为我剃度，去做一个与世无争的小和尚。可是现在，我还没有看到任何关于我出息的迹象，他却离开了，带着安详离开了。

方丈离去了，和尚们便开始张罗着新主持的推选。叔叔无疑是最佳的人选，在寺庙里数他最德高望重了。但他好像事不关己的样子，把方丈的后事帮着料理完之后，便终日沉迷于练武之中。

终于有一天，年关将近，一个晴朗日子的早晨，叔叔把我叫到他常练功的地方。

“你呀，将来会有大出息的。”

山里安静极了。放眼望去，都是掉光叶子的树木和还没有融化的积雪。偶尔从村子里传来一声狗吠，也能够在山里久久地回荡，仿佛找不到合适的落脚点无法停止下来。我站在叔叔面前，不明所以地望着他。

“到你该到的地方去，这里，不是你的归宿。”叔叔当然不是要赶我走，叔叔待我像亲生儿子一样，不会不要我的。但是他的话，我当时却不懂。很久以后，我身处在繁华的都市里，我才明白。

“这是注定我要教授给你的，但你一定要切记，万不可因自己的私欲而胡乱使用。”叔叔要教授我的是“催眠大法”，也是他常常修炼的“上乘武功”。以前叔叔总不肯传授给我，说是时机未到，现在他却主动提出要全部地传授给我，着实让我摸不着头脑。可是，能够控制着别人的大脑，让他为自己所使唤，这很神奇。我几乎忍不住要雀跃起来，在叔叔的指点下勤勤恳恳地练习着。

一天早晨，叔叔也突然不见了，他留下一张字条离去了。在字条上他写着要和尚们另选主持方丈，他不适合做方丈，也不会做方丈的。叔叔还说，他将要去一个很远的地方，任何人都不要去寻找他。这让寺里的和尚们很是摸不着头脑，他们不明白叔叔为何会放弃主持之位而漂泊他乡。只有我知道，他是去了另一个世界，他也要创造出一个属于自己的国。

年复一年，我几乎把叔叔完全忘记了。父亲、母亲、方丈，还有寺里的和尚们在我的记忆中，也成为了一道曾经的风景。我的国也被食物压迫着，躲进了一个最不起眼的角落。过了很久以后，直到有一天，我偶然遇见了那个漂亮的女孩。

第二章

我乘坐的列车抵达西安的时候，是8月下旬一个上午的7点过一刻。这是我第一次抵达西安。昨天早晨，我还在郑州的街头游荡，在那里8点钟的时候，太阳还没有要发光发热的意思。我懒懒地吃过早餐，一个人在天桥上想坐下休息会儿，却被两个穿制服的人给阻止住了。“请不要坐在这里。”他们讲得彬彬有礼。我觉得很难受，一鼓劲地走到火车站。我常来这里，作为全国较大的一个铁路枢纽，每天都会从这里过往很多抵达全国各地的列车。我喜欢外面的世界，总是幻想着某一天能够随着这些列车走向远方。坐在候车大厅里，我看到荧幕上红色闪动的字体，那里显示着发到各地的列车的时间。忽然，一个城市名跳入我的眼里，我站了起来，丝毫没有犹豫，就走到了售票厅，买下了一张单程车票。这个城市就是西安，一个曾经为十三朝古都的城市。我要去那里，看看当初李世民建下的王朝。

我上车时，车上挤满了人。他们大多是要到新学校报到的学生以及陪同的父母。这是一个让我羡慕的群体，我从没有受过一天的正规学习。而他们则要随着列车，抵达他们人生的又一个新的开始。很庆幸，这一点我们是相同的，因为到了西安，我也将要开始新的人生。

我一路挤过去，按照车票上的座位号径直向车厢尽头唯一的空位走去，当时并没有注意到我的临座。坐下后，我的目光便开始向窗外探索，希望在列车拥挤的送行人群中找到一个我熟悉的身影——当然，这只是一种妄想。站台上有一些人举着横幅，上书“热烈祝贺XX学校学生XXX以第一名的成绩考入西安某重点大学”，好像这位同学的美好人生将要从此开始似的。其实明眼人一看就知道，这是学校在做宣传做广告来了，他们的真正用意并不是送行。如果我猜测没错的话，这群人的领头人一定是这所学校的招生办主任。

列车开动以后，我依然把头探向窗外。那时的火车还没有安装空调，或者说还没有空调这个概念，车厢内一片闷热，我把窗户的玻璃推到上面，趴在那里尽情地享受微风所带来的凉爽。坐在我对面的是一对陪同孩子上学的父母，他们在不停地叮嘱着到学校里要团结好同学，听老师的话之类的言语，孩子则显示出不耐烦的神情，一句“我知道了，你们都说了多少遍了”使他的父母把张口要说的话给生生地吞了下去。有多少年没有人这样叮嘱过我了？我趴在那里一阵神伤，眼圈不知不觉地红了起来。

“你没事吧？”临座用胳膊碰碰我，关切地问道。我这才注意到我的身旁是一位与我年龄差不多大的女生，想来她也是刚告别父母一个人前去西安的某所大学报到的吧。我告诉她，我没事，只是刚才有灰尘随着风吹进了眼里，难受得很。说完后我又趴在窗户上向外看。火车在山里面穿梭，一座座山峰瞬间被抛在了遥远的后方。过了一会儿，她又用胳膊碰碰我，告诉我她的名字：“我叫潘梦云。”于是，我也自我介绍了一下：“易翔。”我没有伸出手同她握手，这么多年的生活使我早已习惯了白眼——我没有握手的习惯。就在我又要转头向窗外望去的时候，她主动伸出了手，说道：“认识你很高兴。”我有些犹豫，伸出手碰了碰她的指尖，便飞快地缩了回来。她呵呵地笑了起来，声音如银铃一般。“你比一个女孩还腼腆啊！”她的话让我的脸顿时红了起来。这时候，我才认真地打量了一下我的这位旅伴，她是一位不同寻常的女孩，虽然年龄与这些要去大学报到的学生相同，但她的眼神里有一种他们没有的东西。这种东西具体我说不出来，但在我们这种年龄中却很少见到，她开朗大方却不大大咧咧，她心细如丝，可见是一位非常聪慧的女孩。

“第一次外出吧？”她丝毫没有要住嘴的意思，继续向我问道。我点点头，算是回答。

“去西安做什么？”她追问道。

我一愣，显然没有想到她这样问。是啊，我去西安做什么？没有目的，没有因由，只是一时兴起，便上了列车。但这样的答案她会相信吗？说自己也是去西安读书的，一方面高看了自己，另一方面这是说谎，我更说不出来。这一下，还真把我给难住了。我看着她，有一会儿没有说话。

“不要误会。我是看你一没有家人陪同，二又没带什么行李，猜想你应该不是去西安读书的学生。所以才会这样问，请不要介意，你就当我没问好了。”她比较善解人意，她说话的时候，脑门上的一束刘海随着微风吹来，有节奏地摆动着，煞是好看。这个时候，我还注意到，她的五官非常端正，端正得你看了一眼就不想再看其他的东西了。尤其是她那双会说话的眼睛，你只需要看一眼，便能够永远地记住，不会忘记。

“没事的，你说得对，我的确不是去读书。”说完，我又把头转向了窗外，对于这个多话的女孩，我不想去招惹她。但过了一会儿，我突然想起，我这样做或许太不懂礼貌了，于是转过头，向她说道：“如果我告诉你，我是没有因由，就这么稀里糊涂地上了火车，你会相信吗？”

“我相信。”她回答得很干脆，这让我又是一愣。

“我也是如此。”她淡然一笑，平静地说道。接着她不再言语了，后来，我又把头扭向窗外，旅途就在我俩互不搭理的情形下继续进行着。

我的旅伴似乎对车厢里这些即将成为国之栋梁的学生不怎么感兴趣，她不与我谈话的时候，把头靠在椅背上眯着眼睛休息。偶尔有父母叮嘱孩子在学校要怎么怎么样的声音传来，她都会睁开眼睛，循着声音望过去，对那位被叮嘱的青年瞥去鄙夷的眼神。看来，对这些将要成为社会精英的人，她有一种出自骨子里的厌恶。

火车行至洛阳时，有人在站台售卖报纸。为了打发旅途中无聊的时间，我买了一份当天的报纸，认真地读着。进入陕西境内，山开始多了起来，火车进入一个隧道之后，又进入一个长长的狭谷。这个时候，天已经黑透了，车厢内的灯忽明忽暗，犹如夜间荒原上的鬼火，让人看着发怵。我的旅伴没有再同我讲任何话，这个时候，她已经睡熟了，她把头靠在我的肩膀上，犹如我的恋人一样。夜有些深了，也有些凉意，我看着她不时地在梦中抱紧了膀子，知道她也有些冷。我小心翼翼地从随身的包内拿出一件外套，正想给她披上的时候，却发现有许多双眼睛在盯着我看。于是，我打消了这个念头，把外套披在了我的身上。

这么多眼睛大多都是学生，他们大部分也都把我当成了自己与他们一样前去学校报到的新生。学校是不允许恋爱的，最起码这种行为是属于早恋，是不被学校与家长接受的。所以，本身我的这位旅伴把头靠在我的肩上，在他们的眼里就已经属于"出轨"的行为了，如果我再拿出自己的外衣给她披上，那定会在他们中间引起"轩然大波"。

很难想象，在这样闷热的车厢里，面对这些千篇一律几乎完全相同的面孔，这些学生竟然还能够保持清醒的意识，注意每一个人不寻常的举动，我想他们是太过于兴奋了，就如一个乡下小姑娘第一次进入城市一样，看什么都是新鲜的。我没有精神同他们对峙着，打了个哈欠，也开始昏昏欲睡。后来，我想到了我的旅伴，还是从身上把外套脱了下来，轻轻地披在她的身上，然后，我紧抱着双膀，把头靠在窗户上，开始进入梦乡。

报站员报站的声音把我从睡梦中吵醒，还有一个小时就要到达终点站了。我的旅伴早已经醒来，正在盯着我仔细地打量。看到我醒来了，她的脸红了，赶紧把头扭转到一边，装作要与别人谈话的样子。我这才发现，外套已披在了我的身上，看来是她醒来后怕冻着我又给我披上的吧。"真是个细心的好姑娘!"我不禁这样想。坐在对面的大学生一直满脸的困惑，他弄不明白，我们到底是恋人还是陌路人。

过了一小会儿，潘梦云开始跟我讲话了。"还有一个小时就到西安了。"她重复着刚才报站员的话。"嗯。"我不发表意见，表示我已经知道这个消息了。沉默了片刻，她又开口道:"谢谢你。""啊？什么?"我装作不知道。"没什么。"她的脸红了起来，她脸红的时候真好看啊，我在心里想着，真想扑上去啃一口，相信一定能咬出苹果的味道。当然，这也只能是想想，任谁也不会真的扑上去咬那么一口，尤其是面对这么一位美貌清纯的女子。

潘梦云转过脸去，向坐在她对面隔一条走道的大学生望去。我想，她一定是觉得无趣了，感觉我这么一位木头疙瘩似的人聊起来特没意思。过了很长时间，她又开始找我说话，或许是她意识到我们就要说再见的缘故吧。她问了一些关于西安的问题，问我对西安了解多少。我告诉她，我对西安的了解仅限于道听途说，这是我第一次抵达西安，所以对西安根本就谈不上了解。我之所以这样告诉她，是因为要把事情简单化。我不能够告诉她，我对李世民充满了兴趣，所以就来看看他建立王朝的地方。“那你来这里做什么呢?”我愣了一下，对她说道：“看看有没有合适的机会，使我走出原来的生活。”

潘梦云不解地望着我：“孔雀东南飞。人家走出原来的生活都是向东南沿海城市涌去，你却走向西部。这里有你的朋友亲戚？要这样，即便你在这里能够扎下根来，也不算是走出原来的生活啊，因为你的周围还是那些人，根本就没有发生变化。”

我笑了笑，说道：“西部大开发，相信应该会有我的立足之处吧。”她没有立刻回答我，过了一会儿，她小声地嘟囔着：“看来，怪人每天都会有。”

我没有问她这句话的具体意思。她的话语中夹杂着一种我听不大懂的口音，应该来说，她不是我们那里的人，我们那里的人说话语音较重，很容易分辨出来。她不一样，她说话的时候好像舌头在卷着，发出一种模糊不清的声音。

许久，我们一句话都没有说。太阳已经升起来了，照在身上有闷热的感觉。我重新打开车窗，风吹进来，也是热的。轨道的两旁都是山，列车在中间迅速地向前奔跑着，好像永不知疲倦。车上不知什么时间上来了一些小商贩，有节奏地叫卖着苹果、矿泉水之类的商品。她们大多是铁路两边的居民，男人在田里干活，她们打理完家务之后，就挎上一个篮子，通过某种关系到列车上贩卖些小商品，为家庭赚些额外的收入。按理讲，列车员是应该制止这些行为的，但或许是收了别人的某种好处，所以，也就只好睁只眼闭只眼。

“口渴不？我请你喝矿泉水。”她开口说道。

“不用了，谢谢。”这是一个对人很体贴很大方的女孩，她的热情能够融化掉任何一颗冰冷的心。我有些害怕，自己会被她融掉，尽量地距她远一些（其实，我是更害怕她知道了我的根底之后会发自内心地用鄙夷的目光来看待我），以保持表面的镇定。

“你会不会觉得闷?”她一本正经地看着我。

“什么嘛?”

“本来是一次就可以攻破全垒的球，你却硬生生地给打偏了。你是不是有意在躲避什么?”她的双眼直直地盯着我，好像在看我会不会撒谎，或是如何把这个球给打偏。

正在我思考着如何回答她的时候，车上的乘客开始骚动，有人开始从行李架上向下拿行李。“哦，要到站了。”我起身站起来，向头顶的行李架上望去。

“你根本就没有行李!”她气呼呼地说道，“真搞不懂你到底是怎样的人!”

“有时候，不懂会比懂更好。”我呵呵地笑着(这个时候我也只能干笑了)，“一路上一次洗手间都没有去过，下站之前总要给我们辛苦的列车员留下点什么吧!”说着，我从她身前走出去，走进洗手间，留下她在身后哭笑不得。

从洗手间出来，列车已经稳稳地停妥了，这是本次列车的终点站，即便你要到西宁或是新疆等更加遥远的地方，也只能从这里下车后再转别的列车。人们开始有秩序地下车，我向潘梦云说了一声再见之后，拿起自己的背包随着人流走出车站。

前面已经说过了，对于西安，我并不熟悉。走出车站，有许多人在兜售西安地图，为了能够对西安有一个比较全面的了解，我购买了一张。地图上对西安火车站做了比较清楚的描写，为了故事的需要，在这里我还是花点口舌把它的情况描述一下:这里是中国铁路枢纽之一，全国铁路客运特等站。它的地理位置在西安中心新城区环城北路上，解放门以北，西安城墙北临。它是西安的交通枢纽之一，站前和站东西有诸多公交车的经停站与起点站，以及陕西省西安汽车站。

出了火车站，便是火车站广场。火辣辣的阳光刺得人睁不开眼睛，或许是坐了十余个小时的列车，直到现在站在广场中央了，耳边还是火车轰隆轰隆的声响与风呼呼地声音。广场对面就是巍峨高耸的古城墙。我决定先找个地方填饱肚皮，然后再游览古城墙，因为从这里我能够窥见当时的王朝有多么的兴盛。

脑袋昏昏沉沉的，我沿着一条林荫小道朝一条小街巷走去。据我这么多年的经验，在这样的小巷里才会有更多可以选择的餐厅。果然，朝里面走不足百米，路两旁便开始出现了“肉夹馍”“大刀铡面”之类的招牌。我选择了一家还算干净的小店走了进去，点了他们的招牌菜“肉夹馍”与“陕西凉皮”。就在我等待饭菜端上来的时候，潘梦云推开门走了进来。“哦，真巧啊，在这里也能碰到你。”她故意装作很吃惊的样子，微微地笑着在我的面前坐下。

“原来你也喜欢吃肉夹馍啊，每一次来这里，我都会到这家小店饱饱地吃上一餐。”潘梦云边给自己倒水边说着。

“你常来这里？”倒是我有些吃惊了。

“哦，不是，我只是偶尔会从这里经过。你知道，西安火车站是一个枢纽中心，许多列车都要从这里转乘。有时候，我会利用等待下班车的时间来这里饱餐一顿的。”潘梦云说。那语气之淡定，令谁都会有几分的怀疑，但她却不给你任何怀疑或者提出怀疑的机会，她接着说下去，“我非常喜欢这座城市，所以，我决定今天要留在这里过夜，明天再转车回去。”

我突然伸手去摸她的脑袋看她有没有发烧，这个举动把她吓了一跳。然而当她了解到我的意图后，却很享受似的伸过头来让我摸。这个女孩，真搞不懂她到底在想什么，在一天的大清早就嚷着要在这里过夜。我尴尬地笑了笑，把手缩了回来，什么话也没有说。

饭菜很久才上来，尽管小店的招牌上写着肉夹馍，然而在每个人都喜欢吃油条、稀饭做早餐的时候，我们却要吃肉夹馍，让他们一时半会还真的不容易做出来。在等待的空闲，我没有再理会潘梦云，而把全部精力投入到了钻研地图上面，我要确定我在西安的行程，因为我知道，口袋内不多的钱根本就不能够让我在这里潇洒，甚至我很有可能会面临必须找工作来做才能够赚到回去的路费这种情况。潘梦云也没有说话，她把胳膊支在桌子上，托着下巴看着我微笑。有几次我把目光从地图上转移的时候，总能看到她慌张地把目光转向别处。

茶足饭饱之后，我们重新来到广场。这个时候的广场，突然间热闹了起来，人流如潮，来来往往，一拨接一拨，连绵而不断、滔滔而不绝，犹如潮起潮落，真正地让我见识到了西安火车站作为西部交通枢纽的地位。付了饭钱，口袋里的钱已经不足一百（这个女孩倒挺能吃，一个人就吃掉了四个肉夹馍，还喝了两碗呼辣汤，她的这一餐吃掉了我两天的伙食），看她刚才吃饭的饿相，估计身上的钱也不会很多。虽说是萍水相逢，但一方有难还是需要八方来支援的，更何况我们是同路来到了这座古城。我决定先找一份工作，等落下脚之后，再实现我游览这里的梦想。

潘梦云一直跟在我的身后，她用出神的眼光打量着这里的一切，好像这里的东西都曾给她留下过很深刻的记忆，现在她要把那些封存的记忆全部都翻出来。看到我在看她，她浅浅地笑了笑，一丝不易发现的红晕笼罩在她的脸上。她并没有要立即走的意思，看来我最初见到她的想法是错误的，她不是来这里报到的大学生。她的行李也只是一个简单的背包，那里面充其量也只能够装得下一两件换洗的衣服。不过，我并没有问她，因为这么长时间，我早已经错过了问她的最佳时机了。

“我爱这座城市。”潘梦云说，“我是认真的，它是我见过的所有城市中最美丽的一个。每一次来到这里我都不愿离开，但每次却总因这样或那样的问题而匆匆离去。”我认真地听着，这个女孩此刻想说的话对我来说，已经比任何事情都重要了，包括找工作，包括旅游，包括我童年时期那个构造的王国。

潘梦云在广场的一张石凳上坐下，站在她的面前，我感到自己十分突兀，于是在她的身旁也坐了下来。“你知道吗，易翔？”她对我说道，“我原本生活在一个很安静的城市，那里的人生活很有规律。女人操持家务，男人则在承包的果园里劳作，生活富足而快乐。但有一天你突然发现，一觉醒来之后，这里全变了样，人们开始斤斤计较，开始为一点蝇头小利甚至伤害多年的邻里关系。我很不习惯所以就从那里逃离了出来，我走了很多的城市，包括东南沿海，但结果是令我受到更深的伤害。我带着满身的伤痛回来了，也只有在这个城市，我才能感受到那种久违的静谧与温馨。你不要笑我，当你深爱着某个人而发现这个人变得自己几乎就不认识的时候，你就能明白我的感受了。”

我没有笑，潘梦云说话的时候，我在用心地倾听着。只是，我没有想到，这个年龄与我相仿的女孩却有着这么一种令人敬佩的执著。“结果呢？”我问道。

“结果？”潘梦云干笑了一声，那笑声中充满了令人毛骨悚然的无奈。“一个自小就听父母、听老师的女孩还能有什么结果？在为自己活过、累过、苦过之后，也只能顺从地走父母铺平的道路。”说完之后，潘梦云不再言语，她抬起头看着天空，那里有朵朵白云正在幻化各种奇形怪状的动物，偶尔飘来一两朵乌云，但还没有止住脚，就被猛烈的阳光驱赶了。

这是一个为梦想执著的女孩，她的身上有许多我未解的谜，但我也不需要一一地得到诠释。有些时候，某种结果会不尽如人意，但也要自己去勇敢地面对。现在的她，结果一定是她非常不愿意的，只是，她却又不得不选择妥协。人生总是这样，人也总是在不断地妥协中得到成长。但无论如何，潘梦云是幸运的，她有自己的路要走，哪怕这路她不很乐意，却很明确。而我，我的路又在哪里？我的明天又将在哪天？

“我要去找工作了。”我站起来把背包重新背到肩上，决绝地说道，“恐怕不能再陪你了，你自己多保重。”

“这可能是我待在外面的世界最后一天了。”她坐在那里没有动，但眼圈却已经泛起了波澜，那里面有阵阵涟漪在不断地放大，“求求你，陪陪我好吗？就一天，求求你。”

“可是，我要生活啊。”我有些为难了，面对这么一位执著的女孩，任谁也无法拒绝她的请求。

“我保证，你找工作的时候，我不会打扰你。我保证！我只是想让你多陪我一会儿，哪怕一路上，什么话都不说。”她着急地解释着，好像唯恐我会拒绝她。

“那……好吧。不过，只是一天。”我强调地说道。

“嗯，谢谢你，就一天。”她高兴地笑了，站起身，挽起我的手，兴冲冲地向前走去。

广场旁的小店到处张贴着招聘广告，好像每一个店都紧缺人手。其中，有一家店的门口，竖着一张比较大的招工牌，上面写有许多工种，我看了一下，那里面有适合我干的活，不要求任何学历及技能。走到店的门口，我才发现，这里是一家职业介绍所，专门服务于求职者的地方。我兴冲冲地走了进去，店门口的公路上车辆发出隆隆的马达声，在我还没有回过头来的时候，瞬间就已经过去了好几辆。

走进店里，门里面的长椅上坐着一个年龄和我相仿、身着黑色T恤的落魄男青年，蓬乱的头发下是一双焦虑的眼神。或许是感觉到有人走了进来，他抬起头。“有烟吗？”他唐突地问。我从裤子口袋里摸出烟，连同打火机递给了他。

"谢谢。"他迟钝地把烟与打火机还给我,说道。

我的背后猛然间感觉到一阵冰凉,我发现一束冷光正在某个角落里盯着我。这是一种很奇怪的感觉,非常不好。

第三章

这是一所坐落于西安火车站西边约五十米距离远的职业介绍所。与其说是一家职业介绍所,倒不如说是一间狭小的门面来得更直接些,也更容易让人想象它的大小与规模。当我走进这间介绍所的时候,我还误以为是小店的老板在招聘工人呢。我不停地在想,这是一家什么样的店铺啊?怎么没有看到他们销售的商品?介绍所的门前是一条双向马路,那里车流不断,如果你想要横穿这条马路的话,那么你可能将要冒着生命危险——车辆的密度让你根本就无法跨越这条看来并不宽敞的马路。在这样的马路上你或许更能够想到一个词——枢纽,是的,就是这个词,在这里得到了最为集中与具体的显现。

我进来的时候,突然有一种奇怪的感觉,因为此时面前落魄的男子,竟让我有一种熟悉的恐慌,我仿佛回到了童年,那种饥饿、无助的感觉一下子全部涌上心头,如洪水一般,无论你怎样去堵,都是徒劳。在男子坐着的对面,是一个一米五左右高的柜台,如果里面有人坐在一张矮凳子上,在外面你根本就无法看到,就如古时的典当行一样,里面是一块"闲人免进"的神秘地带。柜台后面,坐着一个看起来有四十岁的白白净净的戴着金丝眼镜的中年男人,应该是小店的老板。他正在专心致志地看着当天的日报,一个"两耳不闻窗外事,一心只读圣贤书"的读书人,只是他读的不是圣贤书,而是各种广告充斥整个版面的当天的本地报纸。他右手边靠近墙壁的电视机正在播放着足球联赛,战火正在燃烧,如火如荼,不过,这好像与他无关,他只关注手里的报纸。

"这里是在招人吧?"我问坐在门边的男子,他无精打采地指了指柜台里的男人，说道："你去问老板。"我回头看了看潘梦云，她正冲着我笑，好像在说，终于见到同你一样怪的人了吧，感觉怎么样？是的，感觉不好。我冲她笑了笑，向柜台走去。

柜台里的男人终于抬起了头。"是来找工作的吧？"他露出好看的笑容，有礼貌地问我。很有修养的城里人！我的心里顿时充满了好感，为自己以前所遭受的白眼甚至有些叫屈了，如果我早一点来到大都市，或许能少受一点苦，我甚至想到了叔叔的不辞而别，他常常站在寺庙门前向外望，也是想走出那片山区、那片落后得几乎无人烟的小地方吧？我几乎要原谅叔叔了，在这一刻确定下来，叔叔的选择是多么的正确。

"嗯。"我点点头，算是回答他的问题。

"什么学历？"

"没有接受过正规的教育。"

"都做过什么工作？"

"从来都没有工作过。"

"那你有什么特长？"在问这个问题的时候，男人停止了在一张纸上的记录，他微笑着问我。这是很亲切的微笑，它让我很自然地想到我周围的人：爸爸，妈妈，方丈，叔叔……他们都曾向我露出过这样好看的笑容，只是，他们……

"我有力气，用不完的力气。"我边说着，边握起拳头，好让自己的肱二头肌露出来，显示自己身体的强健。老板又露出他那好看的笑容，看了看我身后的潘梦云，问我："她是不是同你一起，也来找工作的？"

"我是同他一起，但不是来找工作的。工作的事情，可不要再来烦我了。"没等到我开口，潘梦云快速地说道，好像她稍微迟缓一点，就会被定下来要与我一同工作一样。

"哦，是这样的啊，我明白了。"老板不再询问什么问题，他拿起另一个文件夹，边找着什么，边说道："本来有一份工作刚好适合你们俩，不过，算了。"他继续向下翻着，"哦，找到了，这是一份比较辛苦的工作，每周要工作六天，每天上班十个小时，不过，工资很高，到月底可以拿到一千两百块，你愿不愿意去做？这是我朋友开的工厂，如果你去做的话，我就打电话让他过来接你。"

他说的待遇非常具有诱惑力，我几乎没有任何的思考便同意了。苦点累点不算什么，从小到大我每日与苦累同伴。只是那一千两百块的薪资让我怦然心动，要知道，我是用了几近三年的时间才攒够我这次来西安的路费啊，而那也仅仅是一百五十块。一千两百块，如果让我积攒，又是需要用去我多少个三年啊！没有任何的犹豫，我高高兴兴地在他拿出来的一张合同上签下了自己的名字并按上了手印。

“很高兴你求职成功，请支付五十元的介绍及服务费。办理了手续之后，我就可以通知我的朋友让他过来接你，下午你们就可以到工厂报到了。喏，那边坐的那个小伙子也是要去那里的，正好下午你们同行。”我知道他指的是坐在门边的那个落魄的男子，如果再过两天我还没有找到解决工作的办法，用不了多久，我也会同他一样，那么落魄，甚至烟瘾上来的时候，也要伸手向别人乞讨。

我从所剩无几的钱包中数出了五十块钱，那是些由一块、两块面额组成的，最大的面额是两块的。数钱的时候，我非常的认真，唯恐一不小心，就多数了一张，而这其中的任何一张，都是我用自己的血汗换来的。看着我数钱的认真样，老板摇着头笑了笑，说道：“以后你就再也不用数这些小面额的票子了，趁着这次机会，多数一会儿吧。”老板的话让我很开心，好像我现在数的就是五十、一百面额的钞票一样，我几乎越数越来劲了。而潘梦云，自我拿出钱包开始数钱以来，就没有再发一言，她的眼神里充满了我无法读懂的复杂。但我顾不了这么多了，一份美好的生活开始向我招手了，我就要同忍受了近二十年的白眼说声再见了！

我愉快地把钱递给老板，并连声向他道谢，感谢他给了我一次工作的机会。老板收了钱，开了一张收据给我，说道：“如果工作不满意，可以在做满一个月后回来这里，到时候我再免费帮你介绍一份工作。”这很让我感激涕零，认为自己出门遇到贵人了。他拿起放在柜台上的电话，拨通了一个号码，让对方即刻来他这里接人。放下电话后，他让我坐在门旁的那条长凳上等，并再次向我与潘梦云露出好看的笑容。

与潘梦云坐下。我点燃一支烟，并给了坐在我旁边的男子一支，他说了声谢谢之后，便再次紧闭上嘴巴。日头从东南方慢慢地爬到了正中方向，老板的朋友还没有来。这中间潘梦云出去买了两瓶水回来，我们一边喝着水，一边看门外来来往往的车辆。潘梦云不愿意离开这里，一个人去逛这美丽的城市。“跟你在一起，我有一种说不上来的感觉，总之很安全。”这是潘梦云对我说的，我相信她不知道我的过去才会说出这样的话，如果她知道了我是一个连一日三餐都无法保证的人，或许她早早地就离开我溜之大吉了。老板又重把自己沉埋于报纸之中，背对那台闪烁的电视机一动不动，仿佛一尊雕像一般。我把喝剩下的半瓶水递给那名落魄的男子，他终于启动他的口唇，向我描述了他眼中的世界。他说他是四川人，刚从广东打工回来，在广东他进了一家黑厂，每天都是没日没夜地工作，吃的饭菜也像猪食一样难以下咽。老板不仅不发给工人工资，对于那些逃跑的人抓回来还一阵毒打，他就是忍受不了那里的生活，才拼了命地逃跑了出来。“没钱买车票，碰到查票的时候，我就躲在洗手间里不出来，或者钻到别人的座位下面。好不容易回到了西安，自己也像脱了一层皮似的。但却又不能就这样回去，家里的母亲还等着自己的钱去治病。于是也就只好留在这里了，看看能不能找到一些事干干，多少也要挣点钱，回家给母亲看病。”他说着的时候，我看到他的眼睛里有一种晶莹的东西在泛滥着，我想那就是泪水。

他停了几分钟没有说话，然后总结道：“话是这么说，但你也看到了，像我这种没有学问也没有技能的人，也只能找些苦力之类的活计了，我们这种人，永远注定了是社会最底层的受难者。”看到我满脸的惊奇，他又补充道：“这不是骗你，这是事实。不管在哪里，好工作总是青睐于那些高学问的人。与我一起同行的有一名大学生，他到了广东那里就进入了一家大企业，说是世界五百强，在那里他一个月的工资就比我一年挣得还多。说什么黑猫白猫，逮着老鼠就是好猫，全他妈的骗人，没有机会，你什么东西都逮不到。”

我说：“那么，照你这样说来，穷人家的孩子就永远没有翻身的机会喽，无论他付出多大的努力？”他笑了起来：“这谁能说准！或许这孩子的父母砸锅卖铁赔养出来一名大学生从而改变命运也不一定。但这种情况也是少数。即便你考上了大学，也不是说你就能够去读，会不会被别人占用了你的名额也说不定，即便万分侥幸没有被别人占去，但那高昂的学费并且一分都不能少，你能支付得起吗？到头来还不是竹篮打水，还不是要乖乖地把你的名额拱手让给一个你不认识的人？到了这个时候，即便相让，你所得到的回报也是少得可怜，恐怕连你读高中一年的费用都不够。”

我突然有一种莫名的悲哀，因为我竟然在此时此地，在跟一个早上还不认识的男子谈论人生和社会，在这家小得一眼就可全打量完的小小职业介绍所里，面对这台谁都不会去关心闪烁不停的旧电视机，这个沉浸在报纸中一说话就露出好看笑容的斯文中年人。外面的太阳正在猛烈地展示着它的淫威，满载货物的车辆从柏油路上驶过之后，留下呲呲的声音，好像不舍得轮胎的离去一样。我与这名落魄的男子都没有再说话，各自沉浸在恐慌与悲哀中不能自拔。远方的树上有知了在聒噪地叫着，让人更加心烦意乱。潘梦云却一改爱说爱笑的习性，沉默得一言不发，好像我们聊的这些事与她距离十分遥远，她用不着去理会，又或者是我们聊的事情是她刚刚一路走过来的，她觉得没有必要再增加我们的悲哀或者是恐慌。

从小店的门前，可以看到火车站广场，广场前面就是公交车站，车上的广播响得让人头昏脑胀。小店前马路的对面，就是高耸的古城墙，厚重地捍卫着一个王朝的梦想。城墙下面是一排垂柳，在这个季节里正郁郁葱葱地展示着自已的妩媚，好像一排的妃子在等待着皇帝老爷的宠幸。日头已开始偏西，店里面的吊扇不知疲倦地转动着，仍然无法使闷热退去。

突然，潘梦云碰了碰我的胳膊——每次有事的时候，她总是这样与我打招呼。两个身材彪悍的男人走进了小店，走在前面的人平头，身高中等，却长得结实，好像是在太阳下长时间暴晒的结果，十分黝黑，脖子上戴着一条拇指粗的白金项链闪闪发光，与他的黝黑形成鲜明的对比。紧跟在他身后的是一个光头，脸上有一道清晰的疤痕，很深很长，仿佛是因斗殴而遗留下来的见证。阳光下，他们一走进屋，直接带着一股热浪扑面而来，使原本闷热的空间更加炙热。“这种鬼天气，真他妈的热死人了！”前面的平头一走进屋内，便大声地嚷着。职介所的老板听到声音，慌忙从柜台后面走了出来：“你终于来了，再过一会儿的话，估计这几位都饿得撑不下去了。”我的心开始慢慢地下沉，一种想逃跑的感觉强烈地涌上心头。

“让你们久等了，对不住啊！塞车，真他妈的麻烦。走，我请客，请各位吃饭去。”平头仔细地打量我们一番，见都是十分忠厚老实的人，显得有些激动。黝黑的脸涨得通红，一双原本不大的眼睛被脸上绽开的笑容挤成了一条缝，如同他脖子上的金项链一样闪闪发光。

隔壁就是一家小餐馆，我们一行几个人走了进去。平头、光头还有职介所的老板进入了一个小包厢内，我们三个人留在外面的厅里吃饭。饭是西安常见的大刀铡面，满满的海碗上面漂浮着一块块肥肉，或许是因为天太热的缘故，我感到十分的恶心，一点胃口也没有。倒是那位落魄的男子，好像是很久都没有吃过饭似的，一碗面三下五除二就倒进了他的胃袋里。倒是潘梦云，不知使用了什么方法，一下子同餐馆的老板娘混得十分熟，一句一个阿姨地叫着，让老板娘十分开心。潘梦云看餐馆里的人手不够，就主动帮忙给其他的顾客倒些茶水、摆摆碗筷，老板娘看了更是乐得合不拢嘴，连连夸我真有福气，讨到这么好的一个女孩子做女朋友。我红着脸低下头的时候，潘梦云冲我做了一个鬼脸。

潘梦云也没有吃饭，同我一样，她也只是用筷子挑动了几下碗里的面条，就把筷子放下了，最后三碗面全让这位落魄的男子吃了。在他端起潘梦云那碗面的时候，潘梦云小声地对我说：“你知道你们将要去什么地方吗？”我摇摇头。潘梦云接着说出了三个让我心惊肉跳的字：“黑煤窑。”“这是真的？”我几乎不敢相信自己的耳朵。“是老板娘悄悄告诉我的，她说这家职介所每天都会送几个到煤窑的，但从来都没有见那些人回来过。她还让我们等一下就悄悄地溜走，否则等那几个人出来，麻烦就大了。”

我有点不敢相信，那位看来亲切可爱的职介所老板，一个只爱读报识字的斯文人，竟是丧心病狂的人？但潘梦云所讲的似乎都是真的。潘梦云还说，那个光头就是煤窑主的私人打手，并且很有可能是一名逃犯。他们经常在这附近的餐馆里吃饭不给钱，有时候矿上人手不够，他们就在车站周围抓人，一些刚从外地来的单身青年常常就会在这里莫名地失踪。这里的人都知道是怎么回事，只是他们也只能把嘴巴结实地闭上，因为他们还要在这里生活……

一种被欺骗的感觉涌上脑门，我几乎有些愤怒了。看着我的脸色阴晴不定，潘梦云担心地问：“你没事吧？”我笑笑，说道：“没事。想不想改善一下生活？让老板娘再炒两个菜上来，我们先好好地吃上一顿。”

“你真的没事吧?”潘梦云似乎更加担心了。

“没事。”我笑了笑,对潘梦云简单地叮嘱了两句,“等会儿吃过饭到职介所的时候,你看我的眼色行事,我让你离开的时候,你就迅速离开,去打电话报警,我不会有事的。”潘梦云看着我坚毅的目光,就不再问下去了,听话地点了点头。在来时的列车上,我曾在报上看到多个版面报道关于黑煤窑害人匪浅的事情,没想到,刚下了火车站,我就要像报道中的那样,即将作为一名“黑奴”进入煤窑,并且可笑的是,我是在连声感谢的情况下,签属了一张“卖身契”。

我有点沮丧,觉得很疲劳。对于那种十分想逃跑的感觉,我已经豁然。对于城市及城里人,我抱着满怀的希望与信心,甚至是感激,然而,到头来却发现这不过是一场自欺欺人的游戏。方丈曾跟我说过,有些事只有经历过才会明白,人也只有在这些不断的历练中才能得到成长。在农村,虽然我时刻要面对饥饿与白眼,但那些来得都比较直接。而现在,我在城里,却真实地感受到了那美丽的微笑背后却是能够使你陷入万丈深渊的阴毒。

我决定对这些人施以小小的惩罚,在这次惩罚的过程中,我需要每一个人的配合,全力地配合。在男子把最后一口汤倒进肚子里的时候,我抽了一支烟递给他,“你确定了下午跟他们一起走?”我问道。

“是啊,工资挺高的。我不怕吃苦。”

“如果是黑煤窑呢?”我继续问道。他没有回答,我想我已经不需要他的回答了,因为从他瞬间大惊失色的脸上我已经知道了答案。

“那你呢?”他问我。

“不去。”我坚定地说,并且压低了声音告诉他,“等一会再回到职介所的时候,你就说自己不去了,无论他们怎么样,你都要说不去,到时候他们就拿我们没办法了。”

落魄男子满怀感激地冲我说了声谢谢。我点的炒菜刚刚上来的时候,光头、平头及职介所老板从里面的包厢内走了出来。平头看了看摆在我们面前的菜,眉头皱了起来:“老板娘,这是怎么回事?”他指着我们面前的菜问道。

“是这位先生说加的菜,面条他吃不习惯。”老板娘战战兢兢地说。

“哦,这样啊,没你的事了。”平头顿时换了满脸的笑容,对我说道,“很不好意思啊兄弟,没有考虑到你的饮食习惯,是我大意了,相信以后不会有这种事情发生了。你赶紧吃,我们等会就出发了。放心,不管你吃什么,这餐饭都由我来买单。"说完他与职介所老板先回到了职介所,留下光头坐在我们桌旁,等着我们把饭吃完。

饭快吃完的时候,潘梦云起身去了洗手间。我迅速地把碗里的饭吃完,抹了下嘴巴说:"我们过去吧。"说罢,我与落魄男子站起身就往外走。光头看了看洗手间,又看看我们,对老板扔下一句话:"等下那女孩出来的时候,让她去职介所,否则小心你的店。"跟着我们走进了职介所。

没等到我们在职介所的凳子上坐下,职介所的老板就来到了我们的面前,"午餐吃得还好吧?"他还是一脸的笑容,只是这种笑容让我有些害怕。"来,我给你们介绍一下,这位就是河北的丁老板,下午你们跟他一起去河北他的工厂去上班。""河北?"是的,我更加确信了潘梦云所讲的是事实了,在报上,我也看到了河北这个字眼,并且一个老板从河北跑到西安去接两名普通的工人,这本身就说不过去,除非他们存在着问题。"怎么是河北？你上午怎么没说？我要留在西安工作。"我说道。

"我也不去河北,我也要留在西安。"落魄男子紧急响应我的话,也表明了自己的态度。

"他妈的,你们不想活了是不是？吃了老子的饭,现在又说不跟老子走了,是不是想找死啊？我再问你们一声,你们去还是不去?"丁老板也就是那位平头男人,有些发怒了,威胁我们道。看架势,我们再执著一点,随时都会迎来一顿暴打。潘梦云还没有过来,我想她一定是乘这个机会溜出去打电话了,现在也基本上能够确定这些人就是要把我们带进黑煤窑了,但我还是想再进一步得到确定。

"我要等一下,要跟我女朋友商量一下。"我故意装作让步与害怕的样子。

"那你呢?"丁老板双手叉腰,盯着落魄男子问道,好像一副要把他吃了的模样。

"我不去,我要留在西安。"落魄男子坚定地回答。

"你他妈的真不想活了,不给你点厉害看看是不行了。"丁老板回头冲光头说道，“给我打，往死里打，看他还敢不敢说不去！”

光头得到指示，随手拎起一张凳子，对落魄男子的头使劲地砸下去。我轻轻一跳，跳到了光头的左侧，伸出手在他的腋下点了一下，光头的手顿时停在了半空，手中的凳子无力地摔落在地上。

“怎么回事？”丁老板有些恼羞成怒了，“打人你也不会了？”他没有注意到光头脸上痛苦的表情，反而随手抓起另一张凳子砸下去。我迎面而上，在他的手腕内侧轻点了一下，他手中的凳子也顿时落地。

“你……”他睁大了眼睛看着我。

“怎么了？还想打？”我微笑着问他。

“不敢了，不敢了。”他头啄米似的说道。站在一旁的职介所老板仿佛明白了发生的事情，脸色发白，全身上下不停地抖动着。

“你们坐在一起，坐好。没有想到吧，你们也会有今天？”我回头问落魄男子，“会写字吗？”“会。”“那好，我问他们什么，他们讲什么，你都照实记录下来，等会儿让他们签上名。”“行。”他响亮地回答道。

第四章

当英勇的人民警察把这几名罪犯逮捕的时候，落魄男子神气地接受了公安局的奖章，他那蓬乱的头发、许多天都没刮的胡须以及尖瘦的脸当晚便以半副版面大小的图片占据了多种晚报的头条。报道中他非常英勇，一人力擒三名罪犯，不仅为当地的居民铲除了一方恶霸，确保了一方平安，警方还顺藤摸瓜，根据他们所录的“口供”，一举成功捣毁了又一个黑煤窑，安全解救了数十名被长期困在矿井中的“黑奴”，为全国的打黑行动增添了浓墨重彩的一笔。落魄男子因此获得10万元的奖金，一时成为整座城市大街小巷尽人皆知的英雄人物。

“尽管你不想说，但我还是想再问一次，今天下午到底发生了什么事？为什么那些警察到来的时候，你却急急地走了出来？”夜晚，当我与潘梦云在碑林安静的林荫小道上散步的时候，她再一次问我。

“你瞧见了吗？她看我了！”我指着走在我们前面三个时髦女郎中一个穿西装套裙、留着披肩发的少女说道。

“流氓！”潘梦云怒哼一声，大步走到我的前面，头也不回地走了。当她走过那三个女郎的时候，她们正在一位卖冰淇淋的摊位前购买冰棒，她哼了一声走了过去，并对那三位美女横眉冷对，令那三个女郎站在那里莫名其妙了很久。

我们在碑林附近的一家小旅社里要了两间房。潘梦云回去后就把自己锁进房间里没有再出来半步，而我，反倒是累坏了，一头倒在凉席床上，连衣服也懒得脱。房间里积聚着热气，一台古老的摇头风扇咯吱咯吱地响着，毫无作用，对人血如饥似渴的蚊子反倒是十分喜爱这种天气，整晚不停地飞舞着，吸噬着，好像要把我体内的鲜血全部吸干才肯罢休。到明天再给潘梦云解释一下吧，我这样想着，迷迷糊糊地进入了梦乡。

第二天，我醒得很迟。醒来的时候，太阳已经通过窗户照到房间里的每一个角落了。

碑林一如往常地安静，林荫小道几乎把所有的阳光遮住，走在那里你根本就感觉不到阳光的淫威。反倒是小摊位前那位卖冰淇淋的老人，依然还在，见证着我昨天确实来过这里。

潘梦云的房门紧闭，我轻轻地敲了几下，没有人应声，便一个人走下楼去。旅社的老板递给我一张对折的纸条，并告诉我：“你的同伴已经把房租替你付了。知道你早晨会睡得很死，走的时候就没有叫醒你。真是个善解人意的好姑娘。”纸条上是一行娟秀的小字，与她的性格有些格格不入：“认识你很高兴，感谢你陪我度过了难忘的一天。你是一个好人，如果能在我嫁给那个父母安排的公子哥之前我们能再次相见，我会毫不犹豫地嫁给你。但一切都没有机会了，保重。”我这才发现我对这位美丽的女孩竟然一点都不懂，表面看起来大方开朗的她，竟也在走着一条别人早已铺垫好的道路。我想，我可能根本就不懂女人。

旅社老板告诉我，潘梦云一早就搭上路过门前的公交车去了火车站，别的他就什么都不知道了。说完这些他就开始忙着整理昨日的旅客资料，哪些已经退房了，哪些再过半个小时退房等等，他要开始迎接新的一天的生意了。

为了响应国家“西部大开发”的政策，西安这座沉睡千年的古城也开始积极行动起来，到处可见建筑工人正抡起大锤卖力地工作着。昔日原本安静的城市正在热火朝天地朝向现代化迈步，许多古色古香的建筑诸如青砖铺就的小路正在被拆掉，许多古色古香的保留了古代建筑风格的民房也在被拆迁，统一被规划为新的建筑体中，公路将会被宽敞的柏油路或者是水泥路取代，古建筑将会被一栋栋明亮的安装着玻璃的摩天大楼所取代。如果有必要，我相信那最能代表西安建筑特色的古城墙也会被拆掉，或是重新改造。

我必须要为生存做打算了，身上的钱已经急剧减少，昨天又被骗去了50元，现在所有的钱加在一起，也不足50块了，在一瓶纯净水都要1块钱的城市里，这50块钱算不上什么，甚至抵不上普通人家的一餐饭钱。但我要靠它生活下去，我要在这些钱还没有花完之前找到工作。苦些累些我不怕，我全身上下有使不完的力气。沿着古城墙我漫无目的地走着，在解放门外路政施工现场，我看到急招小工的字样。已经没有选择的余地，我重新打起精神上前应聘。

应聘在距离施工现场不远处的路政工程队办公室进行。与其说是办公室，不如说是窝棚。房子都是用木板加上生锈的钢板拼搭起来的。一个带着安全帽的人正坐在由几块木板临时搭建的办公桌后聚精会神地看一张施工图。见有人进来，他抬起头问道：“什么事？”

“我是来应聘小工的。”

“这里很累很辛苦的，你不怕？”他仔细地打量着我，不停地点着头，好像我是这个职位的最佳人选，只要我点头同意，就可以立即上班了。

“我有使不完的力气，不怕吃苦受累。”生怕他不答应，我赶紧说道。

“那行，你先填一张表，办完手续就可以上班了。这里包吃住，每天30块钱，如果遇到刮风下雨不能施工，就每天30块钱。工资一个月发一次，吃住同大伙一起。”我几乎要跳起来了，在我重新陷入饥饿的恐慌之前，一份新的希望在我面前绽开，是那么的美丽。填完表我领了一顶安全帽，走出办公室的时候，阳光不再那么猛烈，天空蓝得透亮。

在这里我有必要介绍一下我自己了，我今年19岁，一米八二的身高，即使经常面对饥饿的威胁，但由于我不挑食，什么食物到了我面前都是美味佳肴，所以看起来也不瘦，曾一度达到72公斤重。刚跨进新千年的西安，在解放门外的路政施工队中，开始有一个年轻的小伙子每天神采飞扬地把手中的大锤抡得呼呼生风。

我们每天的工作就是按照施工计划，把需要改建的路拆掉，再把路基挖好、填平，之后就交由其他部门负责了，他们会开来大型的压路机，把路基压实，然后，再用车拉来大小不一的石子或者水泥，开始根据计划修建柏油路或者是水泥路。这不属于我们负责，我们小工干的是力气活，抡铁锤是我们的强项，而开这么一台硕大的机器却是我们想也不敢想的事情。每天下班，我们都会回到工棚。为工作的方便，工棚大多会建在施工现场附近，公路旁边，每天车来车往，躺在里面你会提心吊胆地想会不会哪一位醉酒司机开车闯过来。但这不影响我们的生活，我们吃在里面，睡在里面，冲凉在里面，娱乐、学习也在里面。晚饭后，许多小工三三两两地聚在一起，看电视或者赌博。他们玩一种斗地主的扑克游戏，每把五角一元地来，一个晚上输赢也就是几块钱的事情，谁都不会在意。反倒是在这个过程中，大家更亲近了，遇到谁有个头疼脑热之类的事情，大家都会嘘寒问暖地忙个不停。

我很少参与他们的游戏，我常常躲在自己的床位上看一本名为《比尔盖茨传奇》的书。我很欣赏这个没有受过正规大学教育的年轻人的勇气，他凭借自己的勇气与超人的眼光在短时间内便建立了自己的商业王国，从而使自己一跃成为世界首富，并牢牢地坐着这把交椅。我常常幻想自己有朝一日也会像盖茨那样拥有着一个庞大的商业王国，并且我一直对自己说：总有一天，你一定会有的。

在这些人中间还有一个年轻人同我一样热爱读书，与我不同的是，他比较瘦小，也比我矮了不少，很典型的小时候在成长的过程中因营养不良而留下的症状。他看的书也与我不同，那里有代数、几何及英语等等。他叫王光明，我猜想他的父母在给他起这个名字的时候，一定是希望他的前途一片光明。他的话很少，除了把自己关在蚊帐中间，一个人趴在床上写写画画之外，就是每天一大早就会爬到城墙上面大声地喊着一些叽哩咕噜别人都听不懂的英语。工作的时候他因力气小抡不动铁锤，工头就让他干些拉车之类的活儿。相对抡铁锤来说，这活显然是轻松了不少，每天只是用一个小推车把工人们拆下来的青砖拉到别的地方，再卸下摆好，但对于一个没干过活的青年来说，仍然是比较吃力。在刚拆下来还没有垫平的路上，我看他一个人常咬着牙用力地拉着，而车陷在松软的土中纹丝不动，我走上前帮他推出去，他的脸总是变得通红，一声“谢谢”小得如蚊子嗡嗡的声音似的，只有他自己能听得到。

别的工友告诉我，这也是一个比较倔强的小伙子，今年高考，与他所报考的第一志愿仅一分之差未被录取，第二志愿的大学向他发了录取通知书，他愣是不去读，铆着劲非要考上他的第一志愿。家里穷没钱让他复读，他就一个人跑到了这里，一边干活，一边复习功课。听说，他的第一志愿就是这座城市的一所重点大学。那位工人在讲这些的时候，我看了看王光明，他仿佛戴了一张面具一样，一声不吭，也没有任何的表情——他仍然把自己沉埋于各种数字之中，外界的一切仿佛都与他无关。只是在附近学生放学的时候，每当学生有说有笑地从路旁走过，他都会停下脚步，停下手里的活计，呆呆地看着他们，许久都一声不吭，一声不笑。

我是所有人中间和王光明关系最好的一个。我们都拥有着自己的梦想，与其他人不同。我们每天都活在自己的梦想里，而从没有想过，有一天当梦想破灭的时候，如何生活。我们都很天真，我们相信通过自己的努力，就一定能够走出贫穷，摆脱饥饿的威胁。我们应该是同一路人，语言不多，走在古城墙上欣赏着这历史的雄厚的时候，也不会发表一声言论——这根本都是多余的，对于真正爱书的人，一个眼神就足以传达彼此的心声。

除了工作，王光明把自己所有的时间都交给了有规律的学习，而我也在自己的梦幻中构建自己的国、自己的王朝，我相信王光明能够进入他期待中的名校，也祝愿我自己早日实现坐拥王朝的梦想。在这之余，我的脚步曾行至这座城市的大街小巷，同潘梦云一样，我喜欢这座城市，喜欢它的古色古香与民风淳朴。在这里的每一块石板上，你都能够找到我留下的脚印，很多时候，我都会沿着巨人的脚步慢慢地向前移动，向着自己的梦想移动。

对了，潘梦云，这个女孩现在如何了？她结婚了吗？她留的那张字条是一句玩笑话还是当真的？但我又不知她是哪里人，我相信我们以后再相遇的几率一定为零。人生往往就是如此，一旦失去之后，你才会觉得疼痛。就如这座城市，拥有着数千年的文明，然而却没有人去珍惜它，在现代化的脚步中，大刀阔斧地对它进行着改造，当某一天突然发现，它已经失去了原来的面目，而自己又处于茫然的十字街头不知下一步该走向何方的时候，心才会觉得疼痛，但这个时候往往为时已晚。

王光明有些反常地把我拉进一家看起来还有些档次的餐馆。待我坐定的时候，他便迫不及待地叫来服务员开始点菜。菜很快就上来了，满满的一桌子，我从来没有吃过如此丰盛的佳肴。即便是工头请我们全体员工聚餐的时候，每一桌也不过摆上六七道菜，再加一碗汤，每个人只能够刚好吃饱而已。而今天，就我们两个人，王光明却点了六道菜，他还要了两瓶啤酒，看着他满面的笑容，这小子莫非中奖了？我没有说话，等着听他的故事。

"知道我为什么一心要考入名校吗？"王光明端起面前的酒杯，一口喝下去半杯，抹了一下嘴巴，他开始说道，"就是为了能够出人头地，为了以后能够过上好日子，不再受别人的白眼。而现在，这一切都可以跳过了，我也不需要再辛辛苦苦地复习功课了。"从他的叙述中，我知道了事情的经过，原来王光明并没有落榜，他以非常优异的成绩考入了这所学校的经济学院。但是，由于"钱"的作用，他被刷了下来，公布的原因是他因一分之差。他有些不服气，终于通过一些关系弄到了自己高考的试卷，与答案对比发现，他的成绩远远高于这所学校的录取线。他十分愤怒地找到了学校的招生办，招生办的负责人害怕他把事情抖搂出去，影响学校的声誉，只好把详细的经过告诉了他：原来是本市一家上市企业的老总为了使自己的儿子能够进入这所名校所使的手段。本以为这件事能够瞒天过海，人鬼不知，却没想到王光明弄到了自己的试卷。看到事情败露后，招生办的负责人赶紧打电话叫来了那位企业老总，最终协商的结果是，只要王光明不把这件事情说出去，就可以立即到他的企业去上班，并且任职经理的职务。"我考入名校，也无非就是等毕业后到这家企业去上班，而现在，一切都不用了，全他妈的都可以忽略了。"世界就是如此，你辛苦一辈子的努力却抵不上某些人的一句话！看着有些醉意的王光明，我忽然感到一阵恐慌。

“放心吧，有福同享才是好哥们，我不会忘记你的。明天，你同我一起去工头那儿结算工资，我们一起去新公司报到。”王光明看到我不发一言，继续说道。

“你喝醉了。”我对他说，“你能有好的去处，做朋友的我很为你高兴，我也相信在新的岗位上，你一定能够做得更好。至于我，你就不用操心了，我现在干得挺好，再说了，我也不愿意过去给你添麻烦。”

“那怎么行。你是从心眼里对我这种行为很瞧不起是不是？如果是，我就不去了，管他妈的什么名校、什么好工作，老子以后全都不在乎了，就在工地上，安安稳稳地当一辈子小工。如果你不是瞧不起我，那就跟我去新公司，到那里，我们还有个照应，再说了，我一个人，做一个光棍司令，也照样被人看不起。”王光明慷慨激昂地说着，大有不到黄河心不死的架势。

“这……”我有些为难了。对于他，这无异于是一个跳出贫穷的好机会，再说了，谁能知道四年大学毕业后，会是什么样子，说不定到时候连一份工作都找不到。思考再三，我只好答应同他一起离开这里。

蓝天科技是一家位于高新科技园的医疗器械生产企业，拥有着近万名员工，在西安属于首屈一指的企业。走进科技园，你就能看到一幢二十多层气派而宏伟的商业大楼，处处透着一种傲睨人群的优势。在这样的楼层面前，我不由得有些忐忑不安，下意识地又搓了搓手，手心有些微的细汗。这不是我应该来的地方，我这样想着，但看到王光明那坚毅的神情，深深地吸了口气，暗暗给自己打气，等到心情平静感觉良好的时候，我才跟上王光明的步伐走进大堂。前台小姐是个身材高挑、一脸甜笑的女孩，当她听到王光明自报姓名后，就微笑着把我们领到了十二楼的老总办公室内。王光明将要任职的是行政经理职务，看来公司上下都已经知道了。

王光明没有让我看错，站在总经理的面前他不卑不亢地请命要调任到业务部，他还向老总立下了军令状：如果在他任职一年的期限内，公司的销售业绩没有上升30个百分点，那么他将会辞职走人，以后永远也不会再同老总相见，与老总之间也不会存在任何关系。王光明的意思很明确，如果他不能够胜任这份工作，那么怨不得别人，他也不愿让别人以为他是靠老总的关系进来享清福的。老总显然很欣赏他的这种魄力，立即同意了他的调动，把他调到了业务一部，任职西南片区的业务经理。

西南片区主要包括山西、陕西、四川、重庆、贵州、云南六个省份。这个区域最大的特点就是贫穷与落后，往年，这个区域的销售业绩一直不好，使得整个企业的销售因此而受累，换了几任经理都无法使这个区域的业绩提升上来。老总分了这个区域给王光明，显然是别有用心的。但王光明看起来非常有信心，他就像一匹早已做好准备的战马，只等待一声令下，便会义无反顾地冲向战场。

“你为什么选择调到业务部?”我还是有些不解。

“我可不想一辈子做一个没有出息的人，一辈子只会处理一些琐碎的事情。那不是我的愿望。”王光明站在窗户旁，向外面的科技园望去，偌大的科技园内，许多楼房正在建造中，仿佛一夜之间就会生长出来。

“我还是不明白。”

“如果你想学东西，想成长，销售就是一个最好的平台。社会上无论哪一个行业，都离不开销售，这也是能够快速检验与成就一个人的一种方式，看你到底是不是真金。想想看，销售，卖的是产品，在我们的一生中，又有什么时间不需要这样或那样的商品的呢?”

我若有所悟地点了点头，接着问道：“只是西南区域的业绩一直都不大好啊，现在你接手这个区域，有信心吗？要知道这是一块非常难啃的骨头。”

“再难啃的骨头，我也要把它啃下去。我相信因为我的加盟，企业将会发生根本性的变化。”王光明信誓旦旦地说，眼睛里闪烁着耀眼的光芒。他接着话语一转，“不过，现在我们有许多知识都需要学习，也有许多地方都需要改进，比如我们不爱说话的习性，这是做销售的大忌。为了美好的明天，你愿意同我一起学习吗?”

“呵呵，当然!”两双年轻而有力的手紧紧地握在了一起。

第五章

重庆原本是四川省的一个城市，拥有着1200万人口。因为近几年的快速发展，也更是为了表明国家进行“西部大开发”的决心，重庆被划为了直辖市，成为中国继北京、上海、天津之后的第四个直辖市。划为直辖市的重庆也并没有改变孔雀东南飞的趋势，许多劳动力还是纷纷地涌向东南沿海城市，因此，重庆也只是具有繁荣的外表，然而每到夜晚9点以后，你便很难在街头看到拥挤的人群了。重庆是一座山城，整座城市建筑在山中间，它不同于任何一座城市，在这里你根本分不清哪里是山，哪里是城，这里的建筑都是依山的走势而建，无论再高的地方，你都能够见识到中国人民的创造力。它还是一座雾城，每天早晨，整座城市便笼罩在雾中，等到太阳出来雾渐渐散去的时候，你会惊奇地发现凭空多出了一座城市。

在来到这里之前，我从来没有对这座城市产生过兴趣，也没有打算过要来到这里。我很惧怕寒冷，一心想到南方的城市去，终年可以享受阳光的温暖，而重庆却是一个昼夜温差极大的城市，白天你穿一件短袖都会大汗淋漓，而夜晚，你盖上一床棉被仍会感觉到寒冷，对于这样的天气我更是避之而唯恐不及。

但这一切都因三天前与王光明的谈话而发生了变化。在接受完为期一个星期的业务培训，我理所当然地要外出拓展业务了。那天，在分配市场的时候，王光明把我叫到了他的办公室。他的办公桌上摆着一份业务员的销售业绩表，那上面清晰地记录着每个业务员所负责的区域及每周的销售业绩，顺便说一句，这里实行的是周薪制，只要你本周内有了销售业绩，那你就可以在下周三之前拿到你应得的提成。那上面有一个地方用红色的笔圈了起来，特别地醒目：重庆。

王光明倒了一杯水给我，让我在他办公桌前的椅子上坐下。我隔着桌子望着他,比起前几天的他,已经成熟了不少。

“我知道你也是一位出身贫寒的人,要不然你也不会在工地上做小工了,我们俩也更不可能认识。我相信不会有人富裕得没事做想体验生活而去工地做又苦又累的差事。我很高兴与你成为朋友并能够为事业携手前进。”王光明说这些话时,让我很不自在,我茫然地望着他,一时竟不知如何应对。但我知道,王光明一定是有任务要分配给我了,如果我猜测得没错的话,这个任务一定很不容易完成。

“这里是两份业务员的销售业绩报表,一份就是现在我所接手的这个区域的,另一份是华中、华南区域的。对比下来,我发现这个区域的业绩相比于其他三个区域竟然少了60%,也就是说,别的区域的业务员能够卖出100台机器,但是我们这个区域的业务员却只能卖出去40台,差距之大让人不得不震惊。经过对比,重庆又是这西南六省销售业绩最差的地区。或许是这里的销售代表也感到没有脸面再干下去了吧,他已经提出了辞职。他将会在一周内离职,我想让你去重庆开展业务,接手那位销售代表的工作并把它做好。”

我不禁一愣,这可是我最不愿意去的地方啊。

“这个地区的销售业绩始终无法提升上来,我刚刚接手,对具体的原因也不知悉,我希望你到了那里之后,就迅速与原销售代表进行交接,并把那里的情况写一份详细的报告给我。我相信你一定会把工作做好的。”他没有注意到我的表情,对我充满希冀地说道。

“可是我从来没有做过销售啊,现在一下子被派遣到那么远,担任那么重的工作,恐怕我胜任不了。”我说的既是实话,也是推脱之词。对于重庆,我的确不愿意去,据说那里距离西安还非常遥远,坐火车最起码要30多个小时。

“很多事情本来就不是我们与生俱来就会的,失败者与成功者的区别也往往在于是否敢于尝试。对于销售我也从来没有尝试过,但我却敢于立下军令状,我这绝不是一时的冲动,我是相信,任何事情,只要我们努力了,就一定能够取得我们想要的结果。”他说话的神情一点也不像是一位年轻人,反倒像是已经成功了的商业巨子一般。

我突然发现,我面前的这位青年,一个曾经与我一起在工地的阳光下汗流浃背的青年,此刻却变得有些陌生了,有些伟岸了,而我,仍在原地踏步,始终不肯走出自己心中的那片小小的天空。与他相比,我有些自惭形秽,是的,他一个业务经理都敢尝试,都敢担当,我一名小小的销售代表又惧怕什么呢?

我点了点头,说道:“好,我去。”

他笑了,那笑容很阳光,很开朗,“那我等待你的好消息。等你回来的时候,我亲自为你接风。”说完,他拿起办公桌上的电话,按了几个数字,道:“莉莉,帮我订一张明天去重庆的火车票,易翔明天过去重庆与许俊辉交接工作。”

放下电话,他说道:“明天下午你就可以出发了,据说那里的气温昼夜温差较大,在那里一定要注意好自己的身体。”他说话的语气好像一个大人,让人一点都感觉不到他与我是同龄人,“今天下午你可以先收拾收拾,然后好好地休息一下,到了重庆恐怕你就要忙得连轴转了。不过,在你临出发之前,有些话我还是要给你说的,我感觉到对你或许有帮助。”

我侧耳,仔细听着。

“这是我昨天晚上看到的一个小故事,把梳子卖给和尚的故事,你听说过没有?”

我摇摇头。

“我也是现学现卖,我说过,我们要一同成长嘛。”他呵呵地笑着。

我没有说话,等待着他继续讲下去。

“有三个销售员接到上司的任务,把梳子卖给和尚,每人 300 把的任务,时间是三天。第一个销售员回来报告,只卖掉了 1 把;第二个销售员卖掉 10 把;第三个销售员卖掉 300 把,而且拿来一份订单,是和尚和他签订的长期合同。”

“这怎么可能?”我有些讶然,脱口而出道。

见我一脸的惊讶,他笑了笑,解释道:“不仅你觉得不可思议,我也是这么感觉,事实上就连第一个销售员也是这么认为的。他在庙里转了三天,一把也卖不掉,还被和尚们训斥是来捣乱的。当他沮丧地想回去的时候,看到有个小和尚头皮发痒在挠痒痒,灵机一动,花了 30 分钟说动小和尚买了一把。”讲到这里,王光明颇具深意地望了我一眼,看我没有发表什么意见,继续往下讲道,“第二个销售员到庙里后,也遭遇了第一个销售员同样的命运,不过,他发现很多来庙里的香客被风吹乱了头发，于是灵机一动，找到方丈，建议方丈买下梳子，这样，香客就不必蓬头去拜菩萨，避免对菩萨不敬。方丈觉得有理，于是买了10把。”

“这个销售员真聪明，他善于观察，能够以点盖面，从细节处着手，不愧是一个好销售员。”我忍不住对这个销售员称赞起来。

王光明不置可否，也没有对我的话发表什么意见，他继续讲下去：“第三个销售员没有像前两个销售员一样直接到庙里去找买主，而是先观察，他发现这个庙里香火很盛，香客很多。于是他花了一天时间制订了方案，之后他去找方丈。他对方丈说他有办法让庙里香火更盛，只需要花一点点成本。这方法就是买一批工艺品梳子，刻上‘积善梳’三个字和寺庙的名字，作为香客捐赠香油钱的回赠。梳子不要什么钱，但香客却会广为做宣传，寺庙的名字会越传越远，香客自然越来越多。方丈大喜，把他手里所有的梳子都买了下来，试行了两天，果然效果不错，香客们也很喜欢。于是，方丈就签订了长期合同！”说完后，他意味深长地看着我，“对于这个故事，你有什么看法？”

我听得呆了，半天都没有说话，许久，才怔怔地甩出一句：“我要能够成为这么厉害的销售员就好了！”

王光明站起来，绕过桌子走到我的面前，他用手拍拍我的肩头，说道：“一定会的，相信很快就可以看到你的成绩比这位销售员更厉害了。”如果不是因为他与我同龄的关系，我对于这样的勉励一定会信心百倍的。然而，我还是感激地对他点了点头。

“通过这个故事，我想告诉你的是，销售并不是只卖产品那么简单，它也不是单纯地让别人掏钱的行为，更多的时候，它需要你去发现，只有这样，你才能够取得别人无法取得的成绩。”他总结性地发言道，“你是很聪明的，很多问题都不需要我一一点透。那我也就只好恭候你传来的佳音了。”

到达重庆，我第一件事便是在朝天门码头附近租了间房子。接下来的日子，我要在这里开拓这个地区的市场，总要有个地方落脚才行。我租住的是一间宽敞而简陋的公寓，对面是一座荆棘丛生因某种原因建到一半而停止建筑的小教堂，背后便是朝天门码头，在那里能够看到形形色色的忙碌着的挑脚夫。

他们忙着把各种货物挑上船或者从船上挑下来，而没事干的时候他们就会坐在码头边抽自带的水烟。我选择在这里租房是有原因的，一方面这里房租便宜，虽说地处码头，但因夜晚船只不断，码头上也是人来人往，所以价格反而低但这些对于已经习惯在公路边睡觉的我来讲，一点都不会妨碍我的休息；第二，这里交通比较方便，去火车站、汽车站步行也用不了几分钟，而坐船，就在公寓下面，走到楼下就可以了。无论我要去哪个地方，这里无疑都有最便捷的交通工具。

只用半天的时间，我便把自己给安顿好了，租金、被褥、简单的餐具几乎花去了我一半的积蓄，不过还好，这些费用在我回到公司总部的时候，可以报销。然后我就打电话给许俊辉，他还有五天就离职了，我要好好地利用这五天的时间，向他学习，尽快地入门，以便能够向王光明传去捷报。

许俊辉租住在涪陵区汽车站附近的一个单身公寓里，看来他的想法与我相同，都选择了交通比较便捷的地方作为根据地。坐了两个小时的公共汽车，我终于到达了他的地盘，天已经黑了下来。门口的招牌搞得有点做作，一个疲惫的行人在一个灯箱前止住脚步，那灯箱上是“欢迎住宿”的艺术字体。门口上方还弄了个石拱，下面却是简易的玻璃推门，玻璃门敞开着，一眼就可以看到门内两旁已经枯萎了的盆栽。这种搭配有些不伦不类，给人的第一感觉就是一间比较低档次的旅社。我拍了拍身上的灰尘，大步走进去，柜台后面的中年妇女抬着头看了我很久，没有说一句话。

许俊辉站在楼梯的台阶上迎接我。他是一位三十多岁的男人，身体有些胖，头发茂密，还戴着一副黑色镶金边框的眼镜，因为长时间在外面奔波，皮肤比较黑，上身穿着一件天蓝色的短衬衣，下身穿一条黑色的裤子，衫衣的末端被束在皮带内，形成一个巨大的包裹倒扣在他的肚皮上。

在公司里我看到过许俊辉的资料，他是重庆本地人，在西安读的大学，大学毕业后便到了蓝天科技做了一名销售代表。后来，在公司给销售代表分配市场的时候，他主动提出要到重庆开拓市场，考虑到他对本地非常熟悉，公司同意了他的请求，就把他派到了这里。两年后，他就娶了一个重庆的姑娘做老婆，婚后的生活迅速成就了他的肚子，而他的销售业绩却一直不见好转。他热情地同我握了握手，他的手给我一种非常宽厚而温暖的感觉。

“很高兴认识您,您比我想象中要年轻,也更有冲劲。快进屋来吧,晚饭已经准备好了,就等您的到来,就可以开席了……”尽管是同事,并且还有几天的时间要单独相处,但一到来就在他这里吃饭,我多少还是感觉到有些唐突。不过,我很快就打消了这种顾虑,因为他已经热情地拉着我的手走进了屋内。

“来,请进,我来给您介绍我的家人。”

许俊辉租住的房子非常简陋,是那种既做卧室又做客厅的单身公寓。房间里摆着一张单人床,几乎要占去三分之一的空间,房间的正中央有一张方桌,上面正摆放着各种各样的菜,桌子的一侧放着一个小型的煤气罐,煤气炉在桌子的上面冒出滋滋的火苗,上面的锅里正在翻滚着好看的浪花。煤气炉的对面摆放着一张木头的方凳,上面垫着一张海棉垫子,看来是为来宾准备的座位。

许俊辉开始介绍了:“这位是我的爱人,她在涪陵区的一家商场里做会计。她知道我就要离开这里了,特地过来给我收拾东西。您也看到了,这里简陋得根本就没有什么东西可收拾,但女人啊,总是不怕麻烦的。这个就是我的儿子了,今天刚 6 岁,正在幼儿园读书。来,快喊叔叔。”小家伙嘴很甜地喊了一声叔叔,反倒是我,有些不好意思了:“这次来得比较仓促,也不知道嫂子与侄子都在,没准备什么礼物,真是过意不去啊。”我说道。

“看您说到哪里去了。如果您真带礼物过来,反倒让人感觉到我把小孩老婆接过来,就是为了您的礼物似的。不讲这些了,赶紧吃饭吧,正宗的重庆火锅!”许俊辉把我让到来宾的位子上坐好之后,就拿出啤酒给我倒上了满满的一杯。

“这种天气吃火锅啊?你们不怕上火吗?”我惊奇地问道。

“在重庆,一年四季都是吃火锅的时间。您没有听说过吗?重庆美女多,全因吃火锅。吃重庆火锅都吃得大汗淋漓的,能把积累在体内的毒素给排泄出来,从而能够使每一个女人都拥有非常好的面容了。您看我老婆,如果不告知她的年龄,您绝对猜不到她已经是三十多岁的人了。”许俊辉是一个非常和善的人,一开口就有说不完的话。这种感觉让听他说话的人会很亲切也很舒服,只是,他的销售业绩为什么始终不见好转呢?我的心里不禁有了疑问。

倒是她的爱人白了他一眼,说道:“总是管不住你的那张嘴。”然后她又冲我露出她好看的两排牙齿，说道，“他总是这样，说话没遮没拦的，您千万可别介意啊。”

我赶紧摇头，“不介意，不介意。”

许俊辉为了尽地主之谊，殷勤地往我的碗里夹着各种各样的菜，每次他放下筷子的时候，我的碗里总是堆起了一座小山。他的酒量也很不错，饭还没吃到一半的时候，他的身旁已经摆了两个空酒瓶了，而他，仍然是面不改色，依旧给我讲着各种各样的事情，头头是道，只是，对于工作，他却只字未提，他说道，那是上班时候的事情，现在我们只吃饭，具体的我明天告诉你。我也不好强求，只好听他讲一些无关痛痒的笑话与故事。作为一名丈夫与父亲，许俊辉无疑做得很好，他与家人的关系相处得非常融洽，从他宽大的脸盘上，我能看出他的幸福。

晚饭持续进行了两个小时，我走出来的时候许俊辉把我送到楼下，“很高兴您能够与我们共进晚餐，尽管这晚餐可能有些不合您的胃口。”他大声而热情地说道，握着我的手与我道别。我不知道该如何说才好，整个夜晚，他都只字未提工作的事情。街道上路灯已开始发出耀眼的亮光了，我调整脚步朝另外一条旅社非常多的街道走去。在一条不宽的马路上，有些女人站在各个路灯下，也有些女人叼着烟坐在楼房下摆着的塑胶凳子上。一些男人行色匆匆地走进去又走出来，在路上几次三番地来回转悠。这些与我的关系都不大。为了方便明日的工作交接，我在附近的一家旅社找了间房，住了下来。

那晚，我睡得很不好。前半夜，房间里聚集的热气，窗外男人女人放荡的笑声，让我辗转反侧，难以入睡，而后半夜，气温渐渐转低，我起身拉上被子盖着的时候，头脑十分清醒。许俊辉到底是一个什么样的人？表面上看起来，他很善谈，也很容易相处，但这都是表面，我感觉他有一种东西故意隐藏得很深，而这种东西可能又是我最需要知道的。另外，他是一名本地人，业绩却始终无法提升上来，那么对于我这个人生地不熟的外乡人来讲，又将会是什么样的结果呢？对于他所保留下来的销售业绩，我是否能够突破呢？或许，我会死得很惨，但无论如何，明天应该会见分晓。

我这样安慰着自己，好使自己能够入睡，然而，想到明天，我更是充满了恐慌。对于明天，我还没有做好准备，这会儿倒真的不希望它来得那么快。尽管公司的业务资料我已经背诵得滚瓜烂熟，并熟记于心了，但一想到明天，我将要在一个陌生地方开始自己的事业，心里仍然有一种难以名状的恐慌。我想到了许俊辉同他爱人之间的交谈，那是一种我从来都没有听过的语言，在这个城市里，这个问题会不会成为我最大的障碍？如果真的如此，我又该如何解决？我想到了王光明期待的目光，他把我派到这个地区，又给我讲了许多话，无疑是想让我在他所管辖的区域内树立一个好的榜样，但是，我行吗？这个时候，他是否也对未来充满了疑惑或者是恐慌？各种各样的问题困扰着我，一包烟在这样的一个夜晚里消失得无影无踪，只剩下一烟灰缸的烟屁股证明着它们的存在。天快拂晓的时候，我才迷迷糊糊地进入了梦乡。

第六章

重庆市的市民，出入或者是外出旅行，还真的很不方便。

重庆市环山而建，所有的公路因山的地势而修成环山公路，有时候看起来很近的距离从山下到山顶，即便步行也用不了多久，但公路却是环绕而上，中途遥远，并且为了降低交通事故的发生率，公路修建得都比较平稳，汽车环绕一圈下来绕的路就更长，所走的垂直距离也寥寥无几。重庆市很难得看到平原地带，无论你走到哪里，映入眼帘的都是高耸的山峰，还有湍急的河流。有很多次我坐在汽车上，看汽车像蜗牛似的在山上爬行，公路的一侧是悬崖，没有护栏，另一侧是茂密的树林，也没有隔离带，我总在想，如果这个时候从树林里钻出来一条巨蟒或者是别的比较庞大的怪兽，那么我将会葬身此地了，甚至极有可能尸骨无存。当然，这仅仅是想象，事实上从来都没有出现过怪兽，汽车司机的车技也相当不错，车开得很平稳。

十月，重庆依然是一座巨大的火炉，坐在汽车里，开着车窗风呼呼地从耳边吹过，身上的汗仍不断地往下流。这儿就是这么一座奇怪的城市，到了夜晚，当外出的时候，必须要预备好外套，否则就会被冻得发抖。这的确给我带来了不少麻烦，因为无论我走到哪里，都必须要带上两个季节的衣服，以保证我的身体健康。这是至关重要的，因为我所销售的是医疗器械，虽说它的确具有非常的疗效，但我想谁也不会愿意拿自己健康的体魄去体验它的疗效。

我的目的地是乌有之乡，接着是天堂镇，然后是太阳岛。这是唯一能够让我感到亲切不会发怵的地方。你猜对了，这里是平原，虽然隔不远你仍能够看到山，但山已不是山，就如平原里的一个土坡或者是麦地旁的稻草堆那样矮小。在许俊辉的销售记录上，这几个区域是空白，没有关于这里的详细资料，也没有任何一个居住在这里的居民信息。他的解释是，这几个县城的地形比较特殊，居住在这里的人们也就只能依靠土地生活，然而土地的产值又着实可怜，于是大部分的劳动力都外出了，留在家里的也只能是些老弱妇幼，他们也就根本不具备购买医疗器械的能力，所以也就没有必要把时间与精力浪费在这里了。许俊辉在讲这些的时候，神情比较自然，一点也没有考虑到把器械卖出去的可能性。我想起了临来时王光明所讲的“把梳子卖给和尚”的故事，许俊辉无疑就是第一个和尚，为了销售，他不怕吃苦，皮肤被晒得黝黑便是一个最好的明证，但是他缺少细微入致的观察，缺少精明能干的灵活，所以他的业绩始终不见好转。但是，在这个故事的三个销售员中，我又是哪一个呢？是第二个还是第三个？又或许是第一个？也有可能我根本就不是一块做销售的料。

与许俊辉的交接十分简单，在五天的时间里，他带着我去重新拜访了一下他以前的客户。他做销售还是有一套的，这些客户大多是医院或者疗养院的相关负责人，没有一定的销售技巧与攻关精神，这些人是不容易接近的。但显然，许俊辉与他们的关系十分融洽，每到一个客户那里，除了例行的几句“我将要离开蓝天科技了，这是公司新派来的销售代表，叫易翔。以后贵单位需要再进购仪器或者以前的仪器需要保养，可以直接与他联系，请您务必像关照我那样支持他的工作”之外，他都是在同他们喝茶聊天，说些无关紧要的话。除了与他们交换名片之后简单地寒暄几句之外，在一旁我就只有听的份儿了。回来的路上，许俊辉对我说道：“我这里的客户资源还是比较有限的，也许是我工作做得不到位，比较庆幸的是我们的竞争对手还不存在，这样我们就有很多时间专注于客户的开发上面，而不需要花费精力去应付竞争对手了。不过，在开发新客户的同时，还不能够忘记与原有的客户保持着稳定的合作关系。要知道，在这样的一个城市里，只要有一个客户说你的仪器不好用，用了会有不良反应，那么别人在购买的时候就会增添几分小心了。所以，要保持与客户长期稳定的合作关系也不是一件容易的事情。”

许俊辉说得在理，只是对于这些关系我应该怎样去维护？从来没有涉及过销售的我有些一筹莫展了。许俊辉说：“维护关系其实也很简单，要做到‘三常’就行了，就是常联系，常走动，常交流。把这三常做好，关系也就坏不到哪里去了。”许俊辉说得比较简单，但我知道要做好这“三常”也并非是一件容易的事情。不过，万事开头难，相信我摸索着走出一条属于自己的销售之路后，就会简单多了。

许俊辉已经离职了。临走时，他用那温暖的手握着我的手很久不肯放松，说了很多鼓励我的话，他说我还很年轻，有的是冲劲，相信很快做得就会比他好。说完这些的时候，他爽朗地笑着，然后用力地同我握了握手，就走了。有很多东西他都没有告诉我，我知道每个人的路都需要自己去走，每个人的经验也是自己用心血积累起来的，他不讲也是应该的。只是，正如他所说，我还很年轻，有冲劲有闯劲，那么，我还惧怕什么呢？许俊辉走了，他也与许多人一样，把目光盯向了东南沿海，去了一个陌生的地方，他从事什么职业，我不知道，但不管他做什么，我都衷心地祝福他。这也算是我对在这个城市刚认识的一位朋友的一点心愿吧。

车窗外的田野里，棉花在做着最后的挣扎，尽量地争取能够多产一些，然而，一切努力还是徒劳。这里的棉花与我所见过的都不一样，植株矮小，开的花絮也十分小，远远望去，你还会误以为有这么矮的柳树上面所飘飞的柳絮呢，只是它们的叶子不同。许俊辉说呢？没错，靠这样的产值农民们如何能够过上好生活，外出也只能是他们唯一的选择了。不过，我也深信，无论这些人走到哪里，这里还是他们最牵挂的地方，只要是这样，我就有做不完的市场。许俊辉在这里的平均业绩是每周销售两台仪器，这样他每个月的收入也七八百块了，在并不发达的城市里，七八百块已经足够让他们过上比较富足的生活了，然而他还是选择了离开，那原因也只有一个，他有了更好的去处。只是，我的去处在哪里？没有人告诉我，王光明把我派到这里，显然是对我寄予了非常高的期望，然而，我能够对这位新上任的业务经理交一份完美的答卷吗？很头疼，一点头绪都没有。

放在我包里的还有两本关于销售的书籍及一本黄页，这是许俊辉走的时候留给我的。他说，这些东西他都已经用不到了，而对于我来讲，将会有很大的帮助。尤其是在开发新客户方面，你可以从黄页中一家一家地去发现潜在客户，并尽量地想法与相关负责人取得联系，从而促成生意。许俊辉说得比较容易，但他在这里这么多年，都没有成功地使这些人成为自己的客户，那么对我一个新手来讲，岂不是难上加难？

但他说得没错，我还是要从最基本的做起，先从黄页入手，一家一家地联系，再一家一家地去拜访，我就不信我找不到属于我的潜在客户。

我不确定自己来到乌有之乡能够干些什么。或许仅仅是一种销售的直觉，也或许刚好相反，这里什么希望都不会留给我。我满脑子都是老人，那是被留在家中无人照顾而又身体多病的老人：全家的劳动力都涌向了外地去寻求生活的希望，他们留在家里无法打理田地，甚至也无法照顾自己，田地荒芜了，他们的身体也一日不如一日。他们的子女从外地定期每月给他们汇钱来，要他们看病，要他们买些可口的食物。他们不舍得花费子女用血汗换来的钱，总认为这种小病挺一挺就过去了，结果他们的身体却无法让他们挺，他们的情况越来越糟，各种各样的小毛病如顽疾一样聚集在他们的身上，不肯离去……

来这里之前，我跟一家养老院的院长取得了联系。在电话中，他十分热忱，欢迎我到他的养老院为住院的老人举行义诊。我这是从一张证明信中寻来的灵感，这是一所军事医院开具的证明，持此证明可以到任何地方进行义诊而不须再出具别的诸如医生执照等之类的证明。在从西安出发的时候，王光明把这封证明信给了我，他说他也不知道这封证明信会有什么作用，但是相信一定会有用，让我随身带着，以备不时之需。没想到这么快我就派上了用场，而且是将要举行一场比较大规模的义诊。

来到乌有之乡的第一天晚上，我住在养老院对面的一家小旅馆里，那是刚刚装修就开业的旅馆，房间里还充满着刺鼻的油漆味，不过，还算干净，卫生也很好，床褥全是新的，一台 21 寸的彩色电视机正热火朝天地播放着《还珠格格》。环境也不错，对面就是养老院，透过房间的窗户我能清楚地看到养老院内的情况。一场悄然袭来的雨让我来不及关上窗户，便打湿了我包内近一半的材料，那是些关于我销售的医疗器械的说明书及宣传页，也是我销售的一件利刃。我到旅馆服务台找了一根绳子，把这些资料摊开挂在上面，地上也铺满了纸，我的房间看上去就像是某个国家的情报局，到处是各种机密资料。

旅馆老板的女儿肖娅莉是一个活泼热心的女孩，从我的房间门口路过时，看到我正在手忙脚乱地晾晒着这些资料，她咯咯地笑着走了进来，并帮了我很大的忙。当我们把这些弄好的时候，外面已经飘起了阵阵饭香，是晚饭的时间了，她咯咯地笑着，说："我要下去吃饭了。如果你也要吃饭的话，你可以沿着门口的这条街一直向前走，不多远你就能看到几家餐馆了，那里你可以吃到各种口味的饭菜。"我忽然想起还有一件事要做，就赶忙问她，这附近哪里有打字店？她想了一下，说道："打字店要走到集市的尽头，有些不好找，还是我带你去吧。"

我们并肩走出旅馆，这是一个经济并不怎么发达的县城，从集市上就可以看出。主街道并不长，我们走了一会儿，便走到了尽头。街道的右侧有一个棚搭集市，出售化妆品、服装、光盘、磁带，还有人们的日用品及小五金之类。集市这个时间差不多都已经关门了，街道上的行人也很少，路灯将我们俩的背影拉得老长。集市的对面也就是在街道的左侧，有几家餐馆还在营业，沙县小吃、兰州拉面、重庆火锅等几乎各种风味的菜都有，只是每家店里的顾客都不多，稀稀疏疏的几个人，看来这里的居民还是喜欢在家里煮饭。集市的尽头，伸出一条短短的巷子，那里有一家彩印店、一家打字复印店和一家招牌制作店。我要做的是明天义诊用的横幅，就走进了招牌制作店。横幅要明天早上才能做好，还没等我开口说明天再过来拿的时候，肖娅莉就先开口了："那你明天一早送到我家的旅馆吧。"她与招牌制作店的店员看来是认识的，那位小伙子连连说好，并没有问她具体地址抑或是哪一家旅馆。

肖娅莉是本地人，今年 7 月刚刚中师毕业，现在县里一所小学任教。她的父亲承包了一片20亩的果园，每天吃住都在果园里，很少回来；她的母亲则开起了这家旅馆。“知道吗？你是我家旅馆开业的第一位房客！我回头给我妈讲一下，给你八折优惠。”肖娅莉开心地说道，“对了，看你不是本地人，你来这里做什么呢？”还没等我开口，她立即又问道。

我掏出我的工牌，在她面前亮了亮，说：“我是蓝天科技的销售代表，来这里，是为举行一场义诊，就是免费为本地的老人进行治疗。”

她用不相信的目光看着我：“这么说，你是医生？”

“我是销售代表，蓝天科技的。”我向她纠正道。

“好啦，不管你是什么，只要你是人，就总要吃饭吧。走，我们去吃饭，今天我请你吃。”说罢，不由分说拉起我就朝那家重庆火锅店走去。

老天，不会又要吃火锅吧？我可真的体会到了这火锅的厉害了，一餐饭下来，全身上下汗淋淋的，更要命的是，饭吃完了，舌头也不听使唤了，被麻得好像打了麻醉针一样。

“来到重庆，不吃火锅怎么成！”肖娅莉果然点了小店的招牌菜：重庆火锅。

白炽灯下，我仔细地打量了一下肖娅莉，果然是一个美女，皮肤白净，没有一点青春痘的痕迹。许俊辉说得没错，重庆美女多，全因吃火锅。看来日后我要想帅些，皮肤白些，还真得向他们这样，学会吃火锅，并且要常常吃。

一顿火锅下来，我与肖娅莉的关系更加熟络了不少。走在街道上，她亲昵地挽着我的胳膊，俨然是一对热恋中的情人。早在没来重庆之前就已经听说，重庆的美女都十分大方，或许在她的眼里，这样挽着我的胳膊只是一种亲昵的表现，并没有其他的意思，但是我的脸还是在不知不觉中红了起来，并一直红到了耳根，我感到自己的耳朵在发烫。她就这样挽着我胳膊，在街道上边走边逛，一条并不漫长的街道我们却用了很长的时间才走完。通过这种感受方式，我仿佛觉得自己不再只是一名匆匆过客，而是有必要在这里待上一阵子，或许更久。

第二天，我在养老院见到了我要拜访的对象：梁志清梁院长——这是肖娅莉告诉我的，她还跟我讲梁院长是一个非常热心的人，对养老院内的每一位老人都像对待自己的父母一样。的确如此，在我简单地向他表明了我的来意并出具了证明信之后，他就爽快地答应了，“只要是对老人有利的事情，我都会无条件地支持。”他这样说道，证明了他对老人的关爱是发自肺腑的，也说明了肖娅莉向我传递的都是正确的信息。

在养老院内老人活动中心里，我花了半个小时把房间布置了一下：“XX军事医院为我院老人免费义诊”的横幅挂在房间的正中央，场面便一下子正式了不少，我把各种医疗器械拿出来摆在桌子上，桌子前面又摆上几张凳子，一间临时的就诊室便有模有样了。在桌子后面坐定，我便开始了工作。许多老人被院长发动之后，都站在房间里看我忙碌，当我布置好一切之后，他们也是畏畏缩缩地不敢上前。

终于有一个人坐在了我的面前，是一位年龄约60岁的大爷。待他坐定，我问道：“大爷，您哪里不舒服？”他愣了一下，开口便说出了一些让我立即傻眼的话。

他讲的是方言，而我对这里的方言却一无所知！

“大爷，您能不能讲普通话？”说完这句话，连我自己都感觉好笑。对于这些生在此地、长在此地、活在此地将来也会死在此地的老人，我怎么能够奢求他讲普通话呢？这也无异于要求公鸡下蛋，根本就是不可能的事情啊。

看来只好再次求助梁院长了。我走到院长办公室，再次见到梁院长时，他正提着包，准备外出。看到我过来了，他笑呵呵地道：“小易还有什么事吗？我要去区里参加一个会议，你说什么情况，我帮你先解决。”

我笑着谢道：“感谢梁院长给予的支持，如果不是您的支持，我这工作也将无法开展下去，那样我的问题就大了。只是现在，我还有一个小问题，需要您帮助解决，就是沟通，我说的是讲话，他们讲的都是方言……”

梁院长哈哈笑了起来，大手一拍脑门，说道：“你看我这记性，我本来是想到了你可能会遇到语言障碍的，结果一忙就把这事给忘记了。你放心好了，我已经交待过吴护理了，她会帮助你的。现在我就打个电话，让她立即过来帮你。”

他拿起电话，对我说：“你先回去吧，我让吴护理直接到活动中心，让她担任你的私人‘翻译’，全程帮助你的工作。”说完，他好像又想起了什么，补充道，“晚上你就不要出去吃饭了，下午开完会回来，我代表院里的老人，请你去吃火锅！”

又是火锅！我在心里大叫起来。当然，我不能说出来，因为目前我还需要他的继续支持。再说了，他这是盛意邀请，我又怎能拒绝呢。在连声的感谢中，我重新回到了活动中心。

吴护理也是一位美女，年约25岁，笑起来就像是我的姐姐那样亲切。她毕业于重庆的一所卫校，毕业后便一直在梁院长的这家养老院做一名护理员。由此，可见她也是一名非常有爱心的人，因为护理这份工作很不好做，你面对的是一些时常生病的老人，要非常有爱心、细心及过硬的专业技能才能做好，而吴护理这一做就是三四年，可见她很喜欢目前的这份工作。

有了吴护理的帮助，我的工作开展得顺利多了。根据病人不同的症状，我采用了不同的治疗方式，有的用针灸，有的拔火罐，有的则用推拿，我带来的五台样机全部同时用上了，而前来治疗的人却是越来越多了。最后，在我实在忙不过来的时候，吴护理也会帮忙，在我的指导下，采用针灸或者是推拿或者拔火罐。吴护理本来就是学护理出身，对人体的穴位自然也是一清二楚，所以，当我说道"针灸，中汇穴""火罐，阳天穴"……她总能够准确无误地把仪器放在患者的穴位上。

我在这儿预留的时间是一个星期，医治的范围也从这一所养老院扩大到整条街道，再到县里所有的老人。每天我都在各种不同症状的病患者之间忙碌，在公司里培训所学到的知识被我应用得淋漓尽致。哪一个穴位治疗哪一种症状，在这一个星期的运用中早已经熟烂在我的大脑中。给每一位病人治疗完，我总会告诉他一声，你的病还要再治疗几次才能够痊愈，明天你继续过来，我还会免费帮你治疗。所以，我每天尽管十分忙碌，有时候午饭也顾不得吃，但能够医治的病毕竟还是少数，因为无论是哪一种治疗方式，最少都要用上15分钟的时间才会起效，即便五台样机同时使用并从不间断，那么我一个小时所能医治的病人也不过是16人，一天工作十个小时不休息，治疗的患者总数也只是160人。

我几乎忘记了我是一名销售员，每天都忙碌于为这些老人义诊的善举中。肖娅莉也常会在放学之后过来帮忙，我十分喜欢听她说话，她的声音甜美，听起来令人十分愉悦。相比而言，吴护理的声音就有些逊色了，可能是声带曾经受损的原因，她的声音有些沙哑，听起来会让人在不知不觉中皱起眉头。不过还好，在工作的时候，进入我耳中的全都是病人的症状及病发的周期，我脑海里运转的也都是哪一种病用哪一种方式医治，至于其他的，当时还真的无暇去理会。

夜晚，我会把白天医治的人员资料进行整理。在白天工作的时候，这项记录的工作是吴护理做的，我的理由是为了便于跟踪治疗，我需要知道每一位病人的详细资料，包括他的姓名、家庭地址、联系电话及病情。我不知道我要这些资料有用没用，但我想保留下来，也总不会是一件坏事，说不准还真能够帮助我完成销售任务呢。于是，我每天都会整理这些资料，然后再工工整整地抄录在我随身携带的一个笔记本上。

自第一天晚饭之后，我很少再看到梁院长了，或许因为某种原因他不方便出面吧，总之，他每天都会把自己关在办公室内，除非是要处理一些重要事务，他很少走出那间办公室。而我，因为每天的忙碌，也无暇再去找他，他对我的帮助已经够大的了，我不能无理由地再要求他为我提供什么。反倒是肖娅莉，她与我的关系越来越近了，每天晚上她也不在家里陪她母亲吃饭了，而是带着我满县城地跑，几乎吃遍了那几家餐馆。我不好意思每次都是让她请我吃饭，然而每次买单的时候，她总是说："在我的地盘，要你买单，别人会怎么看我啊！"一句话，就把我买单的想法堵得死死的。

有些老人开始主动提出要购买这种仪器了，治疗的效果使他们相信了科技。我以我这次来只是义诊，不售卖任何仪器为由拒绝了他们，我让他们留下详细的联系方式，告诉他们，如果购买的人多了，我可以向医院总部提出申请，让医院统一订购一批，然后我再送过来，到时候，家里有了一台这样的仪器，这些老人常见的病就可以自己医治了。

我的这个建议得到了很多老人的响应，有几位老人甚至还拿出了现金，说要预定。我让吴护理对这些人做了登记，共有 67 人要购买。我告诉他们，钱暂时还是他们自己保管，我回去就向总部申请，半个月后我会带着货再来这里，到时候大家就可以每家都有一位"家庭医生了"。

人群中爆发出一阵欢呼。

第七章

许多事情就是如此,无意为之的结果却比刻意经营的成效更大。在乌有之乡,我刚开始看到这些生病的老人就只有一个想法,那就是使用我的仪器为他们治病,我没有想过他们会主动提出购买要求,我更没有想过,这一个星期的收效竟比许俊辉在这里苦苦经营一个季度的收效还大。我没有把货立即给他们提过去,当他们主动要求购买的时候,我想到了"长期客户"这个概念。如果我立即就把货给了他们,那么,则表明了我来这里的义诊还是具有很强的功利性的,这样,以后再举行类似的营销就不会起到作用。

在乌有之乡,我只待了一个星期,便迅速地离开了,直奔天堂镇。如果说乌有之乡我还是在摸索着前进的话,那么天堂镇我无疑就是轻车熟路了。不过,这个县看起来较之乌有之乡更为贫穷一些,人口也不如乌有之乡多。在这里,要求订购的只有45人,不过,已经不错了,对于这样的成绩,我还是很满意的。接下来在太阳岛就更加容易了,加上我加大了宣传力度,印发了一些免费义诊的宣传单,收到了我意想不到的效果,一共有177人订购。在太阳岛的最后一天晚上,我打了电话给王光明,要他立即给我发三百台的货。听到我报出的这个数字,王光明在电话中很是惊讶,但他立即就痛快地答应了,说第二天上午货就会发出来。发货走的是航空线,后天上午便可以收到。

为了降低运输成本,每一个地区的销售代表手里都有一定的存货量,这个量是按销售代表的销售业绩来定的,一般情况下,都能够保证销售员一个季度的销售。许俊辉在这里的销售业绩平均是8台,这里的总存货量不足30台,根本就满足不了我的潜在客户的订购量。为了避免一次性发货太多而最后客户又临时更改主意说不买了,我在实际操作的过程中也找了一个人做担保,这个人就是当地养老院的院长。我这样告诉他:"您知道,这些仪器也不是我们医院生产的，我要帮这些老人申请的话，医院就会产生一大笔费用，而如果购买回来，这些老人不买了，医院就亏大了，我也就惨了，本来义诊是一件好事，却落了个很不好的下场。”院长听了我的这些话，感觉有道理，说道：“对这些人我都比较熟，他们说话向来是算数的，你放心，如果仪器购回来他们不要的话，有多少我买下多少。”当然，他也跟我签了一张合同，这无疑是我的尚方宝剑，等于其他销售员所签署的订单。

三个星期的忙碌，我还真有点吃不消了。回到重庆，我看着自己的床褥还没有铺上，全是新的，没被动过，不禁哑然失笑。原本以为有一个落脚点，做起事会比较安心一些，最起码没有了那种漂泊不定的感觉，但谁知到头来，自己所谓的“家”却是自己最陌生的地方。这不能不说是人生的一个戏剧，但这样的戏剧少吗？就如同那些为了生活而外出拼搏的人，所赚取的血汗钱是否真的使他们的生活得到了改善呢？我看没有。他们把钱更多地用在了来回的路费及年迈父母的医药费上了。如果他们始终待在父母的身旁，替父母分忧，把任何事情都自己担当些，那他们的父母还会有这样或那样的病吗？一家人团团圆圆地过着生活不是更加美好？

三个星期，不到一个月的时间，我签下了289台的销售订单。这个数字说多不多，与其他区域的销售代表相比，这个数字许多人都能达到；但说少也不少，与许俊辉的销售业绩相比，这个数字已经是他两年半的销售额的总和了。再者，我毕竟是一个刚上手的新人，取得这样的成绩已着实不易了。

我给自己放了两天的假。一来是等待着仪器的到来，二来是理清一下自己的头绪。我还不能够骄傲，取得这么一点成绩，主要是因为我的方法稍微新奇了一点，再加上没有竞争对手，而如果竞争对手到处都是的话，我这个方法无疑不会取得成效，最起码不会取得现在的这种成效。这种方法没有任何的难度，任何一位销售代表过来都可以操作。我需要的，是一种更加完善的营销手段。

货物提到之后，我用了三天的时间便把它们全部销售完了，包括库存的30仪器在内。这有些出乎我的意料，但很快我就明白了，我原先担心他们会临时更改主意的想法完全是多余的，因为我的用心治疗已经使他们完全相信了我，接受了我及这种仪器，他们还向那些没有接受治疗的人做了免费的宣传，使更多的老人都想拥有这样一台“家庭医生”式的医疗器械。我提着仪器到了那里的时候，曾出现了抢购的现象，那些没有抢到的老人显然很失落，站在一旁不停地问我，他们现在订购还能不能够买到，如果能买到下一批货什么时间能到。当我抵达天堂镇的时候，货物就已经全部销售完毕，而太阳岛的仪器还没有送过去一台。当晚，我把款项汇到公司的账户之后，又打了个电话给王光明，告诉他货物已经收到并已全部销售完毕，款项也已转入公司账户，让他再发 500 过来。电话中，我能感受得到王光明喜悦的心情，他的语速非常地快，他告诉我，没问题，等放下电话他就安排发货，看今天晚上有没有飞机抵达重庆，如果有，明天上午我就可以收到货。显然，王光明对我所交的答卷十分的满意，他也为我开启了方便之门。

夜晚，我依旧在灯下忙碌，这些日子，我养成了晚睡早起的习惯，每天要整理客户的资料总是要到很晚。而今晚，我整理的不是客户资料，而是一份全新的销售计划书。王光明在电话中兴奋地告诉我，等我把这 500 台仪器一销售完之后，就立刻返回西安，他要把他所管辖的几个地区的销售代表全部都召回来，学习我的销售经验。他还说，他要在整个西南区域推广我的这种经验，使每一个销售员的销售业绩迅速上升，从而赶上别的区域。王光明说这些的时候，好像我的这种销售模式已经在西南区域展开了似的，电话里那不断的笑声让我重新感觉到他还是那个 20 岁不到的青年。

那种经验不值得我去推广。我已经说过，那是一种没有任何技术含量的营销方法，任何一个销售人员都可以操作，只要有一点，在销售的过程中，你要显示你的爱心，没有一个人会拒绝一位有爱心的销售员。而我现在正计划的这种营销，一旦实施，那将会带来一种无法预估的销售额，而且重要的一点，这种营销模式并不是每一个人都能够操作，除非你拥有着非常强大的人力与物力还有财力。

很显然，这三点蓝天科技都拥有。这种营销也一定能水到渠成，我绝对相信这一点，因为，前期我已经做了不少的工作，已经将人们的购买欲望给挑起来了。

就在我全心投入写这份宏大的营销计划书的时候，有人敲门，是那种无力的但有节奏的响声，好像敲门的人非常犹豫是敲还是不敲。这种响声持续了几下之后，便响亮与清脆多了，看来来者已经下定决心了。

这个时候来敲门的，只有两种人，一种是客房的服务员；另一种是今天没有买到仪器的老人。但无论哪一种，找我都没有坏处，可能还会有意想不到的收获。这样想着，我起身，前去开门。

都不是。门开处，入眼的是一张无比熟悉的脸，那张脸好像刚刚哭过，脸色发灰，眼睛浮肿，就像是被别人按在水缸里憋了很久才上来似的。没等到我搞清楚是怎么回事，她便一头扎进我的怀里痛哭了起来。

是潘梦云——与我一同抵达西安又在西安不辞而别的女孩。问题是她怎么会在这里出现？还有她好像刚刚哭过，到底发生了什么事情？我把她让进屋内，并关上房门。她情绪不大好，坐在床沿上，两眼直直地盯着我。我在她对面靠近桌子的椅子上坐下。

许久，她笑了，一如我刚认识的她阳光灿烂，只是现在的这种阳光是刚历经了一场暴雨，所以，你还能看到彩虹。“你总算来找我了。”她笑着说道。

“天地良心，我真的不知道你就在这里。”为了避免她误会，我急忙解释道。

“逗你玩的，看把你急的。”潘梦云笑了，但我感觉她的笑里含有许多的失落。

“发生什么事了？看你好像刚哭过的样子。”我站起身，从开水瓶里倒了一杯热水给她，然后又问道，“你是怎么找到我的？”

“找你还不容易？只要你来到了重庆，无论你钻到哪个角落里，我都能找到。你可别忘了，我是这里土生土长的人哦，我的眼线到处都是。”说这些的时候，她的神情有些得意，仿佛我就真的逃不脱她的五指山似的。

从潘梦云的讲述中，我知道了事情的经过。原来潘梦云的父亲为了做生意方便，把刚刚毕业的潘梦云许配给了县工商局一位姓梁的副局长的儿子。这位梁副局长大人家的公子比潘梦云大了五岁之多，虽说也算得上是一表人才，可是由于老仗着父亲的淫威，干些调戏女孩的事情，因此谈到他，许多女孩都是退避三舍，他的婚事也因此耽搁下来。这位梁副局长看着自己的儿子一天天就这样混下去也着实着急，于是就开出了谁家女儿愿意嫁给他的儿子，他就送 50 亩果园作为聘礼，并且十年之内不收任何税费，当然这家的女孩也要长得标致。潘梦云的父亲十分想要这50亩果园，就背着潘梦云答应了这门婚事。潘梦云知道后大哭了一场，但从小她就是一个听话的孩子，对于父亲决定下来的这门婚事，她也只有答应，不过，她也提出了一个条件，就是在她结婚之前，她要出去走走。父亲知道女儿的性格是断然不会背叛他的，就同意了她的要求。也就是在潘梦云外出走走回来的路上，我与她认识了。

潘梦云讲的这些很出乎我的意料，我没有想到这位外表看起来开朗大方的女孩竟也有如此之多的酸楚，但她接下来所讲的事情，更是令我大吃一惊。

"从外面回来后，我的同学知道了我爸爸为我许下的这门婚事，都纷纷为我抱不平，其中我几个要好的朋友更是吵着要来找我爸爸问个明白，为什么要拿自己的亲生女儿做交易的筹码。我知道爸爸也不容易，为了让我上学和照顾这个家，他也是辛苦了大半辈子，我就劝阻了我的朋友，让她们不要做傻事。后来我在一个关系比较密切可以说是闺密的朋友那里住了两天，我与她很自然地谈到了你。当我向她描述你的时候，她却突然叫了起来，'天啊，是他，前两天他还在这里出现过！'她还告诉我，你会在这附近的几个县城出现，叫我特别留意点。所以，当你在这里一出现的时候，我就知道了。在一个外乡人很少涉足的县城，寻找一个外乡人，毕竟还是一件很容易的事情。"

天！是肖娅莉，她与潘梦云竟然是同学，我的头猛然大了起来。一个肖娅莉就足够我应付的了，现在又来了一个潘梦云，我觉得自己真的有些手忙脚乱了。

"那你怎么哭得这么厉害？看来你是非常的伤心吧？"我理了理乱成一团糟的头绪，继续问道。我要弄清楚，潘梦云来找我的真正目的。

"我拒绝了我的爸爸。"潘梦云说这句话的时候，神色毅然而决然，"长了这么大，我要为自己做一次主。不管以后我嫁给谁，或者是嫁到哪里，又或者是生活得怎么样，我都不在乎，只要不嫁给那个混蛋。"看来还是与我有关，我这次真的头疼了。潘梦云还讲道，她的父亲听了她的话之后是勃然大怒，他从来都没有想过百依百顺的女儿这次会忤逆自己的意思，在他要翻脸不认这个女儿的时候，潘梦云跑了出来，在背后他气急地喊道，出了这个门就永远都不要再回来了！显然，潘梦云是跑到了无人的地方，自己哭了个痛快才过来找我的，只是，面对这种情况我又能怎么办呢？“放心吧，你的父亲只是一时接受不了你的拒绝而已，过几天就会好起来的。”此时此刻，我只能安慰她，说些连自己都感到没有作用的话。

“无论如何我都不会再改变主意，哪怕以后我不再进那个家。”潘梦云说得十分决绝，大有与父亲从此一刀两断的悲壮。

我没法使她平静。我本来可以说父亲做出这样的决定也是为了她好，做一辈子教学匠不会有什么出息，而嫁给工商局副局长家的公子，最起码以后都不愁吃喝了，还可以抽出许多的时间去到全国各地走南闯北，因为这样的丈夫也不会只守你这一棵树。他要的是一个名义上的妻子，你嫁给他也只是名义上而已，况且你父亲也可以因此而得到50亩的果园，这本该是一个不错的主意啊。但我没有说出口，我只是无力地问道：“那么，你以后打算怎么办？”

潘梦云没有说话。她已经走进了洗手间，接着从里面便传出长时间哗哗的流水声，她在洗澡，她用行动回答了我的这个问题。

第二天一早，潘梦云便同我一起返回了重庆。我要回我重庆的据点提昨天从西安发过来的仪器，王光明昨晚就打电话给我，说仪器已经从西安发航空出来了，共500台，送货员会把这些仪器送到我的住处，我只要在送货单上签个名就行了。从天堂镇汽车站到重庆市区约4个小时的车程，我基本上都用来睡觉了，昨晚为了我的销售计划书，我硬是忙碌了一个晚上。其实，如果不是潘梦云的突然来访，那份计划书我应该很早就可以做完的，只是她占去了我的床铺，我也只能慢慢地去写这份计划，并反复地修正，以达到最为完善。中间我醒来过两次，但每次醒来的时候，潘梦云都在望着车窗外面，脸上一片戚然，我知道无论她做决定时是多么的决绝，但真的从此要离家出走，她还是很伤心的。我告诉潘梦云，我在重庆的租房很少会用到，她可以到我这里先住下，也可以顺便替我签收一些货物之类的，没有地方可去的她也只好答应了。

到了住处，她发现我说得没错，我的房间里一切都是新的，说明我很少使用。床铺、餐具还有洗手间里的洗浴用品，我仅仅使用过两次，除了烟灰缸里堆满了烟头之外，其他都不用再清理。潘梦云咯咯地笑了声，便走到厨房开始忙碌起来。厨房里有我买的一些速食方便面,她拿出来,很快热气四射的面条便端到了我的面前。

在重庆,我没有稍作停留,吃过午饭后抽了支烟,我便提着货物出发了。我用一辆便携式的拉车拖着,满满的两大箱,300 台的仪器重量不轻,我拖着还稍稍感到有些吃力。潘梦云要送我去车站,我拒绝了她,我不想让她看着我登上去天堂镇的汽车,那样会令她难过。我不知道我是否已喜欢上了这个女孩,但显然,这个时间这个问题不是我应该思考的。

第八章

潘梦云留在了重庆,我的租房里。我不知道这样做是对是错,也不知道会不会让她产生更多的误会。但此刻面对她,我也只有这么做了。她是一个好女孩,第一次为自己的未来而拒绝了父亲却被父亲赶出了家门,无论是谁都会同情与怜爱这个女孩的。昨天晚上,在天堂镇的旅馆里,她睡在我的床上,在被子底下她蜷缩成一团,如同一只受了惊吓的小动物,如果这个时间我再轻轻地向她靠近一点,她一定会大声地叫起来。她的眼泪流了下来,说自己没地方去了,如果去肖娅莉那里一定会被父亲找到,早晚也会被抓回去逼她结婚的。她只是不停地流泪,也不开口向我提出求助的信号。我知道毕竟我们也只是相处过一天,还没有熟到那种可以开口求助的地步。所以我干咳了一声,装作不经意地说道:“我在重庆租有一处房子,如果不介意的话,你可以先在那里住下,我基本上不会用到那套房子,只是为了收货方便。”潘梦云高兴得笑了起来,但是在去重庆四个小时的路途中,我看到她一脸愁容。

太阳岛的仪器送得比我答应他们的晚了半天,那些老人们几乎要发起火来,幸亏我为他们提来了全部的仪器,他们才没有深入追究。这个地方我只销售了 182 台,比原先订购的仅仅多了 5 台。看来,这里老人们之间的关系并不怎么融洽，或者说，这里的老人也并不多，在订购的时候基本上有购买能力的都已经订购了。

傍晚的时候，我在旅馆里订了房把仪器放好之后，便一个人在城里转悠。天气闷热，人就像是在一口巨大的热锅的锅底。街道不长，汽车站在偏离繁华的一条辅街道上，或许是这里人不喜外出，经过的车寥寥，柏油路也因为少有车经过的原因，十分平坦，就像刚铺建的一样。偶尔一阵风吹来，能听到树叶落地的声音，放眼望去没有绿荫，光秃秃的一片。某种似曾相识的感觉牵动了我的神经，有些疼痛，我燃起一支烟，用力地吸着。

我沿着主街道向前走，因为只有这里有路灯，在一个人生地不熟的环境里，我不大喜欢走黑暗的地方。

店铺的灯光稀稀落落地亮着，有些店铺已经关门了，黑乎乎的一片。现在正是晚饭的时间，那些还亮着灯光的店铺传出来阵阵饭香，看来，这些还没关门的店铺应该是一家人都生活在这里，趁着还没有到休息的时间就一直开着门，顺便等待着一些送上门来的生意。而那些对一些小生意即便是送上门来也兴趣不大的店铺，却早早地关上了门。每个县城只有那么一两家银行，它们就位于小城最繁华的主街上，然而每天还不到傍晚的时候，你就很难再看到他们的人影了。小城没有报社，一个图书馆里也只有少得可怜的一些书，书大多都没有了封面，有些连开头带结尾都没有了，只有中间的部分留给后来的读者，真让你摸不着头脑。我原本计划要去那里找一本关于营销的书籍的，但转念一想，还是取消了这个想法。街道的尽头，便是小城最大的一家医药公司了，乡镇的医院包括城里的医院大多从这里进药，生意自然不错。不过，这个时候也已经关门打烊了，没有哪家医院批发药物会在夜里。

天忽然下起雨来。望着昏黄色灯光下的柏油路，望着落在柏油路上被溅起开放出一朵朵美丽的雨花，我想到了母亲走的那个夜晚雨也是下得这么突然。我走到医药公司门前，二楼凸出来的阳台刚好能够避雨。那里已经有一个人在避雨了，雨水从他的秃顶上流下来，顺着他沟沟壑壑的脸庞流下去。他冲着我笑了笑，说这里的天气就是这么怪，说下就下了！他抖擞着点燃一支烟，是四川的娇子牌，在这个小城里，有点身份的人都爱抽这个牌子的烟。

夜幕刚刚降临，若隐若现的菜香尽最大的努力挑逗着我的欲望。但我丝毫感觉不到饿，提来的300台仪器还有118台，我不能再提回重庆，我不是怕潘梦云会笑我，而是这么重的东西我不愿提来提去。孤独感，路灯的灯光，些许的失落，同突如其来的雨一起滑入黑夜。

雨没有要停的意思，我只有等。那人已抽完了一支烟，把烟屁股扔在地上，然后用脚把它踩灭。我从烟盒内抽出一支烟递给他，他看了一下是中华牌香烟，接了过去，用他不锈钢的打火机点上。他“啪”地合上打火机，手腕一晃又快速地打开，递到我的面前，为我的也点着了一支。汽油发出的异味充斥着雨腥味的空气，钻进我的嗓子眼。我咳了一声，同他攀谈起来。他叫史泰利，让人很容易想到另一个称霸一方的人——曾连续几届横扫拳坛的史泰龙，或许正是因为这个原因，我对史泰利这个名字感到有些熟，好像在哪里见过或听过。我提到这家医药公司，他兴奋地同我讲起来：“这可是整个小城医疗事业的命脉所在！”他忽然住口，注视着我，好像我的脸上蓦然间爬上了一只怪异的动物。“我听说小城来了一位替人免费治病的年轻医生，是你么吗”看来，这里的人是把我当成悬壶济世的医生了。我没有较真，点了点头。史泰利使劲吸了一口烟。他的手掌像农民一样厚实，上面也长满了老茧，但却很干净，指甲修得很短很整齐。我猜想，这个人一定是用了半生的拼搏创建了属于自己的国度，并且在这个国度里自由自在，不再受生活的压迫与饥饿的威胁。

“还没有吃晚饭吧？”史泰利的表情似乎在思考。他直愣愣地盯着面前的雨水，腾起的烟雾熏得他眯起细细的眼睛，“有没有兴趣跟我一起吃晚饭？”他大手一挥，很有气势地说道，“走，我知道附近还有一家餐馆味道比较好，这个时候还在营业，我请你去吃正宗的重庆火锅！”他的动作有点粗犷，但不会让人反感，反倒觉得他是可以信任的人。“只是，我只是想向您打听一下这医药公司的情况……”我不想随便接受一个陌生人的邀请，况且我来到这里还真的有事要做。“你问医药公司的情况不就是想侧面了解一下这里的老板是谁，从而想接近他吗？现在医药公司的老板正在邀请你一起吃个晚餐，你都不愿意？”史泰利哈哈大笑起来。我猛然醒悟，是了，怪不得他的名字有些熟悉，我在那本黄页上见到过这个名字，只是我竟然没有把他给记住。我的脸顿时红了。

他说得没错,我来这里的确是为了打听这些事,不过自己的秘密一下子被别人拆穿,多少还是有些难为情的,并且还是被自己要见的这个人拆穿。我嗫嚅着说:“这怎么好,第一次见面,怎么能够让您破费。再说了,我已经吃过饭了,是真的。”

史泰利又笑了起来,他用手拍了拍我的肩膀说道:“小伙子,你现在可是在撒谎噢!你的肚子可告诉我了,你正饿着呢,可别忘了,刚才饭菜香气飘来的时候,你一共吞了六次口水……”为了生活所迫,我自小就学会了察言观色,一直自以为观察能力比别人强,但这一刻,我真的认输了。我似乎明白了史泰利在这个小城中能够建立起自己的王国的原因,那不仅仅取决于他的努力与拼搏,更重要的是他知道人们需要什么,在什么时间需要什么。我没有再推脱,如果我再坚持下去,则显得我有些不识抬举了,我可不愿自己的一位潜在的大客户就这样从面前溜走。

他带我来的地方,的确是个吃饭聊天的好去处。从辅街道的一条小巷里拐进去,小巷的最深处,是一座乡村老屋,石灰砖墙壁,红色琉璃瓦,门口有一个青色拱廊,拱廊下面有一个比较高的柜台,一个漂亮的穿着一套红色连衣裙的少女站在那里迎接到来的宾客。房子里刷成绿色,许多雕刻的木板隔成一座座卡位,有许多人已经开始觥筹交错、窃窃私语了,不过却没有大声喧哗的。有几个人从卡座上站起来,向史泰利打着招呼,史泰利微微一笑,点了点头算是做出了回应。

我们在一个靠窗的卡座上坐下,窗外的雨水没有要停下来的意思。面前是一张用水泥砌起来的台子,中间放着一口锅正在煮着沸水,翻滚的红色浪花传来一种直逼肺腑的辣味。看着一个个拇指大的辣椒在锅内翻滚,我不得不打起十二分精神,让肠胃处于紧急集合的状态。服务员端上来四瓶啤酒,在我们的杯子里加满。史泰利举起酒杯,说道:“吃火锅,啤酒一定是离不了的,可惜的是,我喝不了酒,基本上是逢喝必醉,所以今天也只能陪你喝两瓶。你要是不尽兴,可以随时叫服务员再加上来。”我赶紧说道:“够了,够了,两瓶酒恐怕还要您帮忙给分担一些呢!”说完,碰杯,喝酒。

我这才对面前的这个男人仔细打量起来:就医药公司总经理的头衔及他目

前在这个县城的医疗事业中所取得的成就而言，史泰利显然是名副其实，秃顶，五十多岁，身体微胖，坐在木椅上，扶手两侧溢出来的是多余的脂肪。他点上一支烟，手指上的白金戒指，在卡座的柔和灯光下，随着他的手势划出了一个半圆的闪光来。他的一举一动中流露出来的优雅与豪爽，让我联想到所有成功者的共性——其实到今天为止，我还压根就没有见过那些成功者，我所见到的这些人，只是取得了比大部分人更多的成绩，生活得比平常人家更为富足而已——在我所遇到的成功者当中，要么是因为家世显赫所聚拢起来的财富用之不尽，要么是在生意场上八面玲珑开闯一片天地，看他自信的笑容和得体的举止，可以看出来他是两者兼具。他对人很热忱，在你与他相处的时间里，你会不自然地想要跟他们合伙做生意。我猜想或许这就是成功人士的魅力之所在吧。

一杯酒下去，我们的谈话便十分轻松了。

“看你这么年轻，可不像是一名医生啊？”史泰利半开玩笑半认真地说道。

“哦，是的。”我坦然应承，微笑着说，“我是蓝天科技集团的销售代表。我们公司是拥有万名员工的大型医疗器械生产单位。我们所生产的家庭医生型号的医疗器是集针灸、推拿、火罐为一体的小型医疗器，只要购买了它，就等于你拥有了一位私家医生，对于一些常见病，都能够做到从根本上治愈。我们的产品质量上乘，畅销国内各地，并远销至中欧、中东及非洲等地区。这是我们的产品资料，史老板您可以先看一下。”我从公文包里拿出资料，还有我做的产品销售计划书，一起递给史泰利。

对于我的回答，史泰利好像是在意料之内的一样，他把资料随手放在台子的一边，说道：“这些先不急着看。我想先向你了解一下，你们的产品真的像许多病人说的那样神奇吗？”

我明白了，他请我吃这餐饭显然是有目的的。不过，既然他对这些产品感兴趣，那么我们合作的可能性还是有的。而这一点，也正是我的营销计划中至关重要的一步。

“那好，我就简单地介绍一下我们的这一家庭医生型号的产品。”我微笑着开始讲起，“我们的人体是由五脏六腑、四肢百骸、五官九窍、皮肉脉筋骨等组成的，它们虽各有不同的生理功能，但又共同进行着有机的整体活动，使机体内外、上下保持协调统一，构成一个有机的整体。这种有机配合，相互联系，主要是依靠经络的沟通、联络作用实现的。由于十二经脉及其分支的纵横交错，人里出表，通上达下，相互络属于脏腑，奇经八脉联系沟通十二正经，十二经筋、十二皮部联络筋脉皮肉，从而使人体的各个脏腑组织器官有机地联系起来，构成了一个表里、上下彼此之间紧密联系、协调共济的统一体。经络系统遍布全身，气、血、津液主要靠经络为其运行途径，才能输入到身体各部，发挥其濡养、温煦作用。脏腑之间，脏腑与人体各部分之间，也是通过经络维持其密切联系，使其各自发挥正常的功能。所以经络的生理功能，主要表现在沟通内外，联络上下，将人体各部组织器官联结成为一个有机的整体，通过经络的调节作用，保持着人体正常生理活动的平衡协调。经络又能将气血津液等维持生命活动的必要物质运送到全身，使机体获得充足的营养，从而进行正常的生命活动。我们的家庭医生型号的医疗器，根据针灸与按摩疗法的原理而设计。主要是根据某一经或某一脏腑的病变，而在病变的邻近部位或循行的远隔部位上取穴，通过针灸或按摩，以调整经络气血的功能活动，从而达到治疗的目的。”我猛然间住口，史泰利是这么大一家医药公司的老总，不可能对这些医疗方面的常识不懂的，于是，我不好意思地笑了笑，“瞧我，竟然不知道自己是谁了，竟然敢在鲁班门前弄斧头！”说到这里，我举起面前的酒杯，“我自罚一杯，以惩罚对史老板的不敬。”

史泰利也连忙举起自己的酒杯，说道：“小兄弟言重了，这个问题是我问你，你才回答的啊，怎么能算是对我的不敬呢？既然你要自罚，那连我也一块罚了，来，我们干！”杯里的酒他一饮而尽，接着是爽朗的呵呵笑声。

“小兄弟虽然只是一名销售代表，但显然是对医学知识涉猎甚广，这一点实属难得。我只是奇怪，小兄弟怎么会想到采用义诊这种方式来销售自己的医疗器呢？”史泰利饶有兴趣地问道。

“说实话，刚开始我并没有想到用这种方式来销售。只是当我去拜访一位养老院的院长时，我看到了那里的许多老人，他们都因上了年纪受着这样那样的疾病折磨，我当时的想法是要用自己手里的仪器将他们的病治好。是他们在医治好了病之后，才发现如果自己拥有这样的一位“家庭医生”，那么以后生病自己就可以治疗，他们提出了要向我购买这种仪器的要求。我这才意识到，这也是一种营销方式，并且这种营销方式收效会比直接上门销售强过百倍千倍，因为这是在用实际的疗效说话。”

“老吾老以及人之老，幼吾幼以及人之幼。小兄弟的这份心境实属难得。我更相信假以时日，小兄弟也一定会是一位人物。来，就让老哥敬你一杯。”史泰利又举起了酒杯，我也只得再次饮完杯中酒。虽说中原人酒量与酒品大多都不错，但我却于这方面实在不行，小时候寺院里的清规戒律、长大后的生活无依使我对酒实不敢奢望。所以，即便是面对史泰利这样爽朗的人，我禁不住心血澎湃地想陪他多喝几杯，但是两杯酒下了肚，舌头便有些大了。“对……对不起，我……实在是不能再喝了。”我头晕晕乎乎的，结结巴巴地说道，胃里有些难受。

史泰利并没有露出吃惊的表情。他把自己的杯子重又加满，抽出一支烟递给我，然后又抽出一支，自己点着。他微笑了一下，拿起放在面前的产品销售计划书，问道：“这个也是给我的？”我点点头，回答“是的”。他翻开计划书，迅速地看了看，说道：“我想这才是你向我了解医药公司的真正用意吧！不过，从你的计划书上来看，你好像并没有什么利润可图啊，反倒是我们，捡了一个大便宜。”

史泰利说得没错，我把自己60%的利润让了出来。也就是说，如果史泰利的医药公司愿意同我合作的话，那么我会在自己的利润中，拿出60个百分点返还给他，而我自己所得的，仅仅是原利润的40%。我微笑道：“是的。我既然有意想同贵公司合作，那首先就要考虑到贵公司的利益。同时我相信，老哥您也一定了解过了，我们的这款仪器是多么受人欢迎。如果由您来销售的话，我相信就您随便的一个营业员一天所销售的数量也一定比我多。”

史泰利略略沉思道：“这一点是不会有错的。我公司在整个县城的地位相信你也在之前做了了解，由我们来代理你的这款产品一定不会有什么问题。只是你让出了60个百分点的利润，是不是有些多了？当然，对于一位生意人来讲，肯定是赚得越多越好，我不明白你为什么却肯让出这么多的利润？”

我没有做任何的停留与思考，双目望着他，诚恳地说道：“我希望的是我们长期合作,而不是仅仅销售这一款仪器。日后,我想我们会有更多的合作机会。目前,表面看来,我的利润是少了,但这只是表面的,因为老哥您所拥有的市场及现有成熟的供应链能够在很短的时间内把这款仪器销向整个县城,而我,至少要花数倍的时间才能做到。现在,老哥有这个渠道,我让出利来,这能够使我们达到双赢的目的,岂不是更好?”

我注意到史泰利脸上露出的微笑,那充分表明了他对我的坦诚十分满意。在这样比较成功的一位生意人面前,我不能要任何的小把戏,否则,那就会玩完。对于我是在利用他的销售渠道来卖自己的产品,他自然是心知肚明,然而他还是明知故问,肯定是在试探我是否诚实。有一个问题,他显然是不好提出来,有几次想开口,但他都把话吞了回去。我知道他想说什么,于是,微微一笑,继续说下去:“为了保证双方的利益,在我把产品交给老哥您的时候,您要支付30%的货款。其余的款项一个月后结完,当然,具体的到时候要视情况而定,如果到时候产品还没有销售完的话,您可以选择继续销售或是把产品返回给我。如果继续销售,那您要把所有余款结付给我,我再根据您销售的总量返利给您。如果把产品返还给我,那也会按照您所销售的产品的实际数量进行结算与返利。当然,也十分有可能,在还没有到一个月的时候,您就把产品全部销售完了,这个时候您可以要求我及时再提货给您,而您需要做的就是把第一批货的余款全部结清,然后再支付第二批货款的30%即可,同第一次提货一样,仅仅是30%的货款。至于我所说的这些,我可以提供一份合作协议书,只要我们双方在上面签字,就具有法律效力了。”

听我说得这么直接,史泰利笑容满面。他伸出他宽厚的手,仿佛银行经理在接见大客户。“哦,易翔,我的小兄弟。”他说,“你还真是一个思维活跃的小家伙,一个商业奇才,看看你所做的工作,看看你为客户周到的着想,我想是没有人能够拒绝与你合作的。真的,我想不会有人拒绝的。”

对我而言,这无疑是一个非常好的开端。把与史泰利签订的合作协议书装进公文包内,我的营销计划自此开始进入实质性的实施阶段。史泰利做了一个大大的条幅悬挂在医药公司的大门口,无论是谁路过这里,都可以清楚地看到:家庭医生医疗器定点经销处。他还印制了一些宣传页,说明他与蓝天科技已经合作，成为本县唯一的代理销售商，上面他印上了我的电话，任何人有疑问，都可以随时与我联系。他让公司的营业员、送货员全部出动，派发这些宣传单，不到一天的时间，整个县城都知道了他的医药公司是家庭医生医疗器的唯一经销商。他抱着胳膊站在公司门口，看工作人员忙碌地进进出出，脸上带着微笑。

我又回到了重庆，把剩余的200台仪器带给他。他微笑着向我表示："半个月，只要半个月，你就可以把余款全部收完。"我相信他，同他握手。

我带着500台仪器留给他300台之后的12台，搭乘最后一班去天堂镇的公共汽车。我想，正是在这天晚上，我第一次明确了自己的王国，我要用自己的聪明与智慧构建一个商业王国，一个曾经无人抵达的王国。

但我没有料到的是，在天堂镇，一场猝不及防的噩梦正在悄悄地等待着我。

第九章

我乘坐的县际公交车是一辆爱喘气的老爷车，轮胎快要磨到钢圈了。我想这辆车也只能在天堂镇、太阳岛与乌有之乡三县之间穿梭，如果要到其他区域，司机是断然不敢开的——弯弯曲曲的山路这种车根本是没法行走的。只要超过五公里，两只前胎就猛跳恰恰舞，引擎不断咳嗽，像是随时要淹死。加上一路不停地上车下车，几乎每遇到一个村庄都会停上那么一两分钟，一段本来很短的路却行驶了很长的时间。晚上八点半我抵达天堂镇公共汽车站。

天堂镇本来就是一个不太景气的小县城，8点以后基本上没有行人了。从汽车站要走到街道的另一头，才有几家旅社，我用了五分钟的时间走完这条街，我上次来住的那一家皇朝旅社的门仍旧开着，我进去要了一个房间。

肚子饿得难受。这里天凉得很快，我洗了个热水澡，重新换上衣服，到外面找东西吃。这个时候店铺基本上已经关门了，我走遍了整个县城，最后才在一个小巷里找到正要关门歇业的餐馆。老板姓王，四十多岁，听他的口音不像是本地人。“如果不是想多做一点生意，我也就和其他的店一样，早早地就关门了。”王老板一边向锅内下着面条，一边对我说道，“你是今天最后一位顾客了，等你吃完，我也要关门了。这里的天气，真他妈的鬼，忽冷忽热的，让人真拿它没办法。”看来王老板很会做生意，他的话特别多，容易使人记住他，从而成为回头客。

这碗面我吃了近一个小时，很容易地从王老板的嘴里知道了县医药公司的老板，他有一个非常有意思的名字：姓刘，叫有利，刘有利，意思是做生意一定要保留着自己的利润，我能想象到这是一个什么样的人。王老板同我聊得很开心，还特地拿出他珍藏了五年的好酒来招待我，虽然这酒钱最后是由我来付。走出小面馆的时候，我感觉到自己的脚像踩在空中，头出奇地疼。

走回皇朝旅社，老板娘正躲在柜台后面看电视，我瞄了一眼，正在播放的还是《还珠格格》。我弄不明白，半个月前在乌有之乡住旅社的时候，电视播放的是《还珠格格》，怎么半个月后还在播放，这部电视剧怎么那么长呢？但显然，这不是老太婆的裹脚布，它拥有着众多的电视观众。“易医生，喝酒了啊？”老板娘热心地跟我打招呼。我咕噜着应了她一声，摇摇晃晃地爬到二楼。

我拿出钥匙，开自己的房门。钥匙打不开锁。我正在研究原因的时候，房门一下子从里面打开。一个中年男人站在门里，把桌上台灯发出的亮光几乎全部挡住，他说：“哦，易医生回来了，快请进。”

我以为自己走错了门，后退一步左右看看，确定这是我的房间。我站在门外，他侧了一下身体，做出让我进去的姿态，亮光照过来，我看清了他。

这是一个身高一米六左右的男人，全身的外表像隔了夜的油条，头颈、两肩、脊柱和大腿都有不胜负荷的倦怠，连叼在嘴上的香烟，在说话时跳上跳下都有懒洋洋的味道。站在门内，他不停地抖动着他的大腿，好像一切都在他的掌控之中。我侧身走过他，走到里面在床上坐下，他用脚把门勾上，说道：“对，就应该这样。这样我们才能谈下去嘛！”

他站在桌子和洗手间的门之间，也站在桌子和我中间。自我刚才看到老板娘对小燕子的那种迷恋，即使我现在能用电话呼叫服务台，至少也要等上一段时间，她才会拿起电话接听，并且会骂骂咧咧地问是谁在耽误她看小燕子和五阿哥闹分手，更甭说那家伙正站在我和桌子之间，我的酒精已经全部清醒过来，我揉了揉太阳穴的两侧，我说："你要干什么？"

"想请我们年轻的易医生给老哥我弄点零钱花花。"他不停地抖动双腿，烟灰自嘴上落到地毯上，他也不加理会。看来只要是钱，不论什么来路都想要赚的样子。

"为什么？"

"你心里明白。"他说，"你是明白人，不需要我把什么事情都挑明吧。"

我明白我遇到什么样的人了。他看起来大概30岁，体重和身高对比要轻了一些，这种人无论在哪里出现，都是好吃懒做的样子，还常常自怨自艾，而且是厚颜无耻的。我想他一定是看到我年轻，想从我这儿诈些钱拿去用，只是，他不知道我对这类人向来都不存好感甚至是深恶痛绝的。

"是的，请坐下来谈，不要老是站在那里，这样感觉到我很没有礼貌。坐在那张椅子上，那上面垫的有海绵垫子，会舒服一些，靠近窗户，也不至于感觉到空气闷。"我微笑着对他说，"请问老哥，怎么称呼你？"

"我不会对你说的，你就别费那个心思了。"他说，"我要是一告诉你我的名字，你明天就会跑到警察局去，告我敲诈，他们会根据你提供的线索，把我弄进去的。我没有那么傻。在你不想让我到处把一些事情说出来之前，我们最好心平气和地先把条件谈妥。"

"什么条件？"我问，一面从口袋内掏出我的中华牌香烟，从里面抽出一支，递给他，"来一支？"

"我抽我自己的。"他拒绝了我，说道，"我们都不要再兜圈子了，还是先谈谈你把我的嘴捂严实需要付出多少代价。"

"嘴长在你的身上，说什么是你的自由。"我说，"我不明白，我为什么要捂你的嘴？"

"因为，我知道了你不希望我知道的事情，我说出去你辛苦树立起来的形象就完全毁了。"

我依旧微笑着，感觉面前这个人似乎还真有点可爱了。"可以呀，如果你真的知道了会毁坏我形象的事情，请告诉我，我可以给你点钱花花。"

“别误会了,老弟,我不是乞丐,不是你随便给几块钱就能打发得了的。我是真的什么都看到了,也真的什么都知道了。从你第一次来到这个小城,我一直都在注意着你。你从大都市来,跑到这个小城里,装作对老人很关心的样子,你表面上义诊,实则是为了卖你那骗人的仪器——我说的已经够多了,我还可以再向你说出很多事情来。当然,如果你愿意拿出一万块钱给老哥花花的话,我还是十分情愿让这些话在肚子里烂掉的,谁都不会知道。”

“好极了,那你就继续向下说吧!”我笑着说道。

“你只是一名销售代表,换句话来说,只是一名推销员,你没有行医执照。你拿的那张证明也是子虚乌有的,随便打电话查一下就会知道,这所医院根本就没有开过这种证明,他们也根本就不知道有你这号人。你这是伪制证明信——”

“等一下。”我立即意识到了问题的不妙,是的,这封证明信我从来都没有怀疑过它的真伪,但面前的这个男子说得对,医院里根本就不知道有我这号人,怎么可能会开证明信给我?难道是……我不敢想下去了。

他停住了向下说的话,向我睨视着,悠闲地吐了几个烟圈,好像在等着我慢慢地消化他的话。但随即我的心便放了下来,我向他点了点头,示意他继续说下去。

“如果你愿意弄一万块钱来花,我会考虑这些话不说出去。”他把烟头扔在地上,用脚在上面使劲踩了几下,鲜红的地毯上立即出现了一块黑色的伤疤,就像被贴了一块膏药似的。

“没有了?”我微笑着问他。

“你不怕我说出去?”坐在椅子上的男性来客这下不再笑了,连嘴角上的微笑也收了起来。他一半生气,一半惊奇,又有点迷惑地看着我。

“好吧。”我说,“你可以走了。我说过,嘴长在你身上,想说什么是你的自由。不过,在你说之前,最好还是考虑清楚是否会惹上官司。”

我站起来做一个请他出去的动作。

“你——”

“出去!”我几乎要有些冒火了。

男人突然自椅子上跳起来，好像坐垫上冒出了一颗钉子。“你够种。”他说，“你等着看好结果吧。”他使劲地把门一摔，逃跑似的走了出去。

我听到另一房间的门哐当一声，接着便没有任何声响传来了。那是二楼的房间，我没有听到脚步走下一楼的声音。

窗外早市的嘈杂声吵醒了我。我梳理，穿衣，洗漱。自窗口对小城的早市来个鸟瞰。我看到许多菜农、果农挑着担子来到集市上，寻找自己摆摊的位置。这个季节田里已不会再产什么疏菜和果实，这些显然是他们在秋收季节时辛苦储存起来的。不多久，有人大模大样地走来，手里拿着一个小本本，在他们的摊位前停下，他们抖抖擞擞地拿出一把零钞，交给他。他才离去，又走向下一个摊位。

我知道有一家符合我胃口的早餐档位，带着公文包走过去吃了一顿舒舒服服的早餐。油条是刚从油锅里炸出来的，小米稀饭煮得恰到好处，榨菜的美味更不需多言，是当地的一大特色食品，驰名全国。吃完早餐，我买了一份晨报，一边看着，慢慢地向县医药公司走去。

节奏缓慢，时间仿佛在进行慢镜头。每一个人都悠闲地姗姗而至，为一棵只要两毛钱的青菜就可以停在那里讨价还价半天。我经过他们的时候，他们都扭过头来好奇地看我。他们知道我不是本地人，也知道我是谁，有几位老人主动跟我打招呼，但我却因为听不懂他在讲些什么，只能冲着他笑。后来，我便把自己深埋于报纸之中，装作谁都看不到的样子，用眼角的余光看路。

医药公司的老板刘有利同我想的差不多模样：大概5尺高，40岁左右，恰到好处的体重证明了他的生活很有规律，黑头发，突鱼眼珠，健如骆驼，固执如骡子，但一看就知道是那种精明能干而又善于斤斤计较的人。尽管如此，刘有利还是十分爽快地跟我签订了合作协议书，成为天堂镇的唯一经销商——我所开出的条件十分诱人，而他没有任何的风险，就可以坐收渔翁之利，像他这般精明的人是绝对不会错过这送上门来的好事的。

合约签订之后，收了他300台仪器的30%的定金，我要在三天之内把这300台仪器送到他的医药公司，否则就真的成为商业诈骗了。我决定直接飞回西安总部，向王光明详细地汇报我的工作及我大胆的销售计划。更重要的是，要重新确定我在重庆据点的存货量,因为,我不可能每次都要求航运,那样使运输成本增加了很多。

把款项从银行转过公司的账上之后,我立即赶回皇朝旅社,收拾了一下自己的几件换洗衣服及资料,就直奔楼下退房。楼下没有人,老板与老板娘这会儿更不知去了哪里,我等了几分钟还是看不到人影,我掏出20块钱,写了一张字条,留在柜台里面,急匆匆地向车站奔去。

发往重庆的第一班车是9:45,到重庆4个小时,再直奔机场,搭乘下午3点的飞机,5点钟我就能够抵达西安总部了。只有这样把时间紧凑起来,我才不会误事。然而,当我走到汽车站售票厅准备掏出钱来买票的时候,有两个人从售票厅的柜台里面走了出来,我看到这时候从售票厅外也走进来两个人。

他们径直走向我,把我围在他们中间。其中一个健壮得如一头牛的人问我:"你是易翔?"

我说:"是的。"

"你好像要急着离开?"

"是的。我的工作很忙。"

"什么工作?"

"我不想说出来。"

"你认识不认识一个叫乔志国的?"

"不认识,老实说我对这个人一点印象都没有。怎么啦?"

"他昨天晚上被人谋杀了。"

"哦?真不幸。"我表示同情地说。

"有人看见他昨晚在你房里出现过,并且你们好像发生过争吵。"

"老天,怎么可能!"我说,一边退后一步,一边注视着他们,他们像疯了一样,向我靠近。我说:"等一下,你们是什么人?警察吗?"

"当然,我们是警察。还要验一下证件吗?"其中的一位从上衣口袋内掏出一个黑色的本本,在我面前晃了一眼,我看到上面金色的警徽在闪闪发光。我突然想起昨天晚上出现在我房间里的那个猥琐的男人,当时我真有一种想一拳打死他的冲动,但没想到,他却于昨晚被人杀害了,并且就在皇朝旅社的二楼。

“你们想干什么？你们有拘捕令吗？”

“呵呵，小兄弟，不要来这一套，你懂吗？这里是重庆，你以为你能够安全离开这里吗？再说了，我们只是想要你协助调查一下，根本就用不到拘捕令，你懂不懂？”

“可是，我要赶下午 3 点的飞机。”

“哦，真不幸。恐怕在这个案子没有调查清楚之前，你哪里也去不了。走吧，小兄弟，跟我们回警局一趟。”说着，他掏出了手铐。

警车拉响长长的刺耳的警笛，所有在公路行走的人纷纷跳到路旁，然后伸长脖子向车内看，好像要看清哪一个倒霉鬼又犯了事被抓到了，从而好在这些沉闷的无聊透顶的县里增添一些额外的谈资。

我被关在一个五六平方的小隔间里。铁门锈迹斑斑，可见这里已经很久没有被使用过了，有一种厚重的尘土的味道。带格栅的方窗小得可怜，一道灰暗的阳光从那里射进来，增加不了任何的温度。我突然感到有些冷，不由得抱紧了臂膀。我用五分钟的时间，大致理清了所发生的事情：乔志国昨天晚上到我的房间里想就他知道的情况与信息敲我一笔，被我拒绝后他悻悻离去，然后是二楼传来开门与关门的声音，没有人走下楼梯，可见他本来就是住在这里的。今天早上在他的房间里发现被人谋杀，而我又匆匆离去，看起来是要逃跑的样子。情况对我不利。

有人过来告知我很快会被带到审讯室。他们要审讯我，给我做笔录。经过一段非常漫长的等待，终于来人了：是早上给我带上手铐的中年男人。

此刻，他穿上了警服，挂在胸前的警员证表明了他的身份：罗智，刑侦组组长。这是一个 40 岁身体魁梧的男人。他把嘴咧开的时候，我看到他两排洁白但不整齐的牙齿。他全身是结实的肌肉，我能想象得到他在动作时肌肉都在蠕动。

警官罗智今天心情显然不好。圆脸上凹陷的疤痕随着他的呼吸有节奏地快速地起伏着。“老子在这里做警察 20 多年了，从来都没有什么凶杀案，一直太平无事。倒是你，这个乳臭未干的毛头小子，一来到这儿就给老子增添了这么大的麻烦。老子真该在你来到这里的第一天就赶你出去。”看来，他注意我也不是一天两天了。

我没有发表什么看法，在这个时刻我最好住口。

审讯室的两个警察站得笔直，看来屋里来了重要人物，上午他们还一边吞云吐雾一边讲黄色笑话呢，在讲的时候还学着女人呻吟叫床的样子，引起另一个人哈哈大笑。两个男人在长桌后面的椅子上坐着，默默地抽着烟，好像是看到我们进来，突然间把谈话中止，房间内沉默无声。这两个人中有一个我好像见过，他穿着灰色带条纹的西装，配了条蓝紫色领带，领带夹上的挂件在日光灯下发出耀眼的光，看来仅这一个领带夹就要用去不少钱。我心里想着，这个人我见过，只是忽略了在哪里见过，我对他的感觉特别奇怪，当时见他的时候就是这么奇怪。另外一个人穿着一套警服，不过警服在他身上好像是缩了水一般，填得过饱的肚子凸显在警服外面，被一件红色的天鹅绒保暖内衣紧紧地兜着，像是凸起来的蒙古包，40 岁的样子，平头，很魁梧，非常精明。他没有佩戴警员证，看来是一位非常能干的人物，在警局里有着不低的职位。

天花板上的风扇积满了厚厚的灰尘，并且还有些蜘蛛网在上面，使这个房间更有点像是天罗地网。屋子里空荡荡的，只有一张摆在屋子中央的旧长桌和三把围桌而放的椅子，一个金属灯罩垂直悬挂在桌子的正上方。他们故意把强光直照犯人的眼睛，使他们有如瞎子，我现在就是此种感觉。警官罗智用手抓住我的手臂，把我按在长桌前面的椅子上。

罗智向他们介绍我，像一个马戏表演师介绍自己的宠物狮子："报告局长，这位就是易翔，乔志国谋杀案的最大嫌疑犯。只要我们履行完相关的程序及办理完相应的手续，此案就可以圆满地结案。"

局长轻轻地点点头，说道："那就做好相关的笔录，报到市里，执行枪决，然后结案。"

我虽没有完整的法律知识，但是我知道新制订的宪法是保护公民的合法权益的，再说我不是凶手，这其中肯定存在着非常大的误会，尽管情况对我很不利，但我相信法律是公平公正的，我感到自己的双腿有些发软，舌头也有些不听使唤，但我还是勇敢地提出申辩。

我说："据我所知，警局是不能够对一名疑犯在没有经过检察院判定有罪的情况下私自实行枪决的。我要求与我服务的公司联系，请求聘请一名律师。”

他不悦地说：“我们对你一直很容忍，也没有对你实行任何的刑事手段，就是希望你能够坦白地认罪，减轻我们不必要的麻烦。你这样做反而给我们警方带来更多的——那么，易翔，你说要联系你的公司，你的公司是做什么业务的?”

“我公司是西安的蓝天科技集团，全国重点知名企业。我是公司在重庆地区的唯一一名销售代表。既然我涉及刑事案件，我公司有权利也有义务聘请律师来涉及到本案中来。并且我也相信，如果我在重庆没有经过我公司委派的律师参与的情况下被莫名地实施枪决，那么以后将不会有人再会到重庆来担任这个职位，这对公司来说可能是一个损失，但对于重庆广大市民来说，将会是更大的损失。”

局长坐在那里，不肯轻信的样子但有点愣住了。坐在他身旁的那个男人急急站起说道：“局长，这个人显然是在胡言乱语，夸大其辞，他以为这样就可以逃脱法律的惩罚——再说，我就没有听说过他所讲的这个公司，我也不相信有哪一家公司会对我们产生这样大的影响。”

“显然他对自己及自己的公司是充满信心的。”局长说，“也有可能正如他所说的那样，或许只是有些误会在里面。那么，罗警官，你就按照正常的程序来审理此案，在我没有给你进一步的指示之前，不要有任何不合程序的举动。”他把“不合程序”这四个字说得非常重，显然是在暗示什么。我看到罗警官点了点头，局长起身，向外走出去，坐在旁边的那个人也紧忙地站起来，跟上前去。

罗警官站到我的面前，盯着我看，好像我是外星人似的。过了好一阵，他坐到长桌后面的椅子上，说道：“好了，我们现在开始进入审讯。”

局长刚走出去，另外的那名男子便立即跟了上去，走到屋角的时候，他挽起局长的胳膊。他们窃窃私语，很机密的样子。然而，我还是一字不落地尽收入耳底。“你也太不小心了，你应该先弄清楚他的来历再动手啊。”是局长的声音。另外一个人立即说道：“我们还可以用别的办法……”

我忽然想起我是在什么地方见过这个人了。早上我走出旅社去吃早餐，他就站在旅社的外面正向里望着，当看到我走出来的时候，立即装成路过这里的样子急匆匆地走了。看来，他与这件谋杀案有很大的关系。只是，他是谁呢?

为何要针对我?

罗警官的一句自语使我明白了所有的一切。“奇怪,梁副局长怎么会对这件案子感兴趣?以前很少看到他来警局啊。”罗警官看着他们走出去亲密地挽起胳膊的样子,有些不解地说。

第十章

当天晚上,我便被移交到了县法院,等候着第二天的审判。

审判在上午9点钟准时开庭。法庭里充满了看热闹的人群,在这个暮气沉沉的县城里,一起谋杀案的发生就足够他们谈论一段时间了,更何况凶手还是十天前被他们认为是悬壶济世的年轻善良的医生。虽是上午9点,天还有点冷嗖嗖的,但法庭内却有些透不过气来,闲得发闷的旁听者已把法院挤塞得密不透风。他们没有给我联系公司总部的机会,我知道他们这是想快速地把这件案子给结了,等到执法枪声一响,这件案子无论是谁都无法推翻重审了。但为了把文章做得漂亮,也为了使那些纯朴的百姓不至于看出什么猫腻来,他们给我请了一名律师。我能猜到这位律师与他们是蛇鼠一窝,我看到在出庭之前,这位律师与梁副局长私密地交谈了很久。而此刻,梁副局长正坐在旁听的座位上,露出得意的微笑。

我决定冒一次险。

走进法庭坐上主审椅子的是一位慈祥的老法官,他姓王,他没有说出他的名字,我也只有称呼他为王法官。他看了看法庭内外挤得密不透风的旁听者,用雄厚又威严的语气说:“本庭是为审理易翔涉嫌谋杀我县城居民乔志国而开的,请问控方,做好准备了吗?”

“是的,做好准备了,王法官。”我的律师站起来说道。

“你将代表控方也就是嫌犯易翔来参与本次的审判,请问是否已经取得了嫌犯的同意与认可?”

“这……”

“已经取得了本人的认可。”我开口接着他的话回答道。

“对于为你聘请的律师,你满意吗?”

“是的。我非常满意。”

王法官把头转向地方检察官,问道:“检方也准备好了吗?”

“检方也准备好了。”检察官说。

“对于乔志国被谋杀案,你们认为他就是真凶?”

“是的,王法官。”他说,“我县城虽小也比较贫穷,但几十年来一直都平安无事。自从这位被告到来之后,先是以免费义诊的手段做诱饵,骗取大多数老人购买他的仪器,经查,他并没有行医的资格,却为病人进行义诊,目的是为了销售他的仪器,这构成了商业诈骗罪。乔志国猜透了他的目的,对他劝阻不要再将诈骗继续下去,他看到有人识透了自己的阴谋,就心起恶念,当晚就把乔志国给谋杀了。第二天一早,他唯恐别人发现此事,就急急忙忙地想离开本县,被我县警官罗智带人将其擒获。我县警方以一级谋杀罪将其逮捕归案。”

法官问:“这就是你们逮捕他的全部理由吗?”

“是的,王法官。”

“被告身份证明有问题吗?”

“没有问题。被告易翔,19岁,河南人氏,已全部得到证实。”

“很好,现在检方提出证据。”

地方检察官叫罗智警官出庭作证,罗警官把案子的详细经过及审讯笔录当庭做了介绍。尸体是老板娘打扫房间时发现的,她随即便报了案,那个时间刚好是我留字条给她而离开旅社的时间。老板娘的证词中还提到了命案发生的晚上,她看到我喝醉了酒进入房间,然后听到我的房间里有大声的争吵,我让另外一个人滚出房间的吼声。罗警官补充说道:被害人乔志国是被钝器击中后脑而死,而事后在搜查被告的房间时,从他的床下发现了一把斧头。

王法官把头转向我的律师说:“控方,我认为检方所列举的这些证据已经证明被告犯有一级谋杀罪。在本庭看来,已经基本可以定罪,你还有没有什么要说的?”

我看了一眼我的律师,他正把一口唾沫吞下去,想要开口说话,我紧急打断他,抢先说道:“法官大人,在未正式宣判之前,能否允许我提出一个小小的请求?”

王法官看着我,有些不悦地说:“易翔先生,你有什么请求?请问是否与本案有关?”

“无关。我只想在您宣判之前,跟在座的旁听者中间的一人说一句话,仅此而已。希望法官大人能够满足我的这个小小的请求。”

王法官看看这法庭内外挤得满满的旁听者,害怕不答应我这个小请求会引起别人的诟病,就说道:“好吧,你想跟谁说话?记住你刚才所说的,就一句话。”

“好的。”我说道,“请工商局的梁副局长,我有一句话想跟您说。”

梁副局长猛然一愣,他显然没有料到我竟会知道他的身份。看着这么多人都在盯着自己,他一定猜想我断然也玩不出什么花样,于是,扶了一下自己的领带,大步地走到我的面前。

待他在我面前一米处站定,我微笑着对他说:“这个审讯结果你一定非常满意吧?”

他又是一愣。我趁机施展童年时所学到的“上乘武功”——催眠大法,对他进行催眠。我看着他的眼睛慢慢地失去了光彩,微笑着低声对他说:“好了,现在,把事情的真相当着大伙的面说出来吧。”

他转过身后,面对大家,开始一一把事情的来龙去脉和盘托出。

法庭内外顿时如爆炸一般,所有的人都呆若木鸡。

我被宣布无罪,当庭释放。

梁副局长因潘梦云跟我“私奔”,恼羞成怒,正想着要做掉我的时候,我却毫不知情地送上门来,再一次踏入天堂镇,他就已经安排好了一切。他们的计划就是在当天晚上把我做掉。然而,当我醉醺醺地回到房间时,却与乔志国发生了争执。最后乔志国看从我这里捞不到什么好处,又看我身强力壮怕硬来的话自己会吃亏,只好悻悻离开。凶手看到了我与乔志国争吵的一幕,也看到我身强力壮并不好对付,于是就拿乔志国开了刀,然后再嫁祸于我。杀手完成任务之后，当晚就向梁副局长作了汇报，而梁副局长唯恐此事做得不干净，第二天一早就去旅社门口去探听消息，结果恰好遇到要出来吃早餐的我。

梁副局长很不明白自己为何会锒铛入狱，而更郁闷的则是公安局局长了。当他看着梁副局长一件一件地把事情给说出来的时候，想中止他却又毫无办法（他总不能在众目睽睽之下开枪把正在认罪的犯人给杀了），只好任由梁副局长把事情牵扯到自己的头上：杀害乔志国的凶手是他安排的。梁副局长还抖搂出了公安局长与黑社会勾结、收受贿赂等犯罪内幕，并且把时间、地点、受贿金额都坦白得一清二楚。

这的确出乎王法官的意料。他也弄不明白一件眼看着就要定案的案件怎么会发生如此之大的变化。然而，他却又无可奈何，毕竟梁副局长所坦露的不是一件小事，他把一个盘踞在县城多年的黑社会窝点给牵扯出来了。罗警官是一个明白人，他知道事情的结局会怎样，于是也不等任何人开口说些什么，他就立即展开了布署，一举将犯罪团伙全部拿下。证据、事实确凿，公安局长也不得不低下了头，很不情愿地走进了监狱。

从法院走出来的时候，罗警官对我显然是热情了很多。他握着我的手说："兄弟，我不知道你使用了什么手段来对付梁副局长的，但是，你很有勇气。我喜欢你。"

我说："谢谢。我也不知道到底发生了什么事，我只是问了梁副局长一句非常简单的话，我问他这样的结果他是不是很满意，谁料想，他竟会把事情的真相给说出来了。可能是他受到了良心的谴责了吧，他不忍心我这么年轻就背上一条命案。"我故意装作糊涂地说。

"反正不管怎么样，欢迎以后常来这里。在这里，如果遇到什么麻烦事的话，请随时来找我。"

我说："那当然，到时你想摆脱我也摆脱不了。"

说完，我大步地向县汽车站走去。

坐在去重庆的汽车上，我知道潘梦云已经随着我走上了一条无法回头的路，梁副局长的公子不会那么轻易放过她的。掏出手机，我拨通了单身公寓的电话，响了很久，潘梦云才拿起接听。从她面对电话接还是不接的犹豫中，我知道她一定是吓坏了,那个无赖也一定找到了那里。听出是我的声音,潘梦云在电话中焦急地说:“易翔,你什么时间才能回来?我要离开这个鬼地方了。”

在电话中,我告诉她,赶紧收拾几件衣服,去机场,我们搭乘下午的飞机。潘梦云也没有问是什么原因,说了一声“我会在机场等你”就挂断了电话。

在机场见到潘梦云的时候,她的情绪极不稳定,看到我她扑在我的怀里就痛哭了起来。梁副局长的公子真的把电话给打到了公寓,潘梦云以为是我的电话,愉快地跑过去接听。当听到话筒里传来“你这个婊子,串通外人来害我父亲,我不会放过你”的恶狠狠的声音,她吓坏了。可怜的人儿,真是吓着你了。我搂着她的肩膀,让她在我的怀里好痛痛快快地哭。机场上来来往往的人群不时向我们投来惊奇的目光,我没有去理会。

我不能告诉她。这个看似坚强的女孩,却是脆弱得像冰一样,轻轻地碰撞就会破碎。那是一件令人惊慌与紧张的事情,我不能够把自己拿生命做赌注的事情告诉她,否则她又会紧张得要死。催眠术除了叔叔之外,没有人知道我会,叔叔也一再告诫我,不到万不得已,千万不能使用。这件事我不能违背叔叔的意愿,更不能让别人知道,那样将会给我带来许多不必要的麻烦,更有可能我会因此而被一些别有用心的人利用。我涉世尚浅,辨别是非能力还不强,用不好很有可能会使我走入歧途的。

“翔,告诉我到底发生了什么事?为什么他会说我害死了他的父亲?”飞机上,潘梦云倚在我的怀里,问道。

“没什么事。以后再也不会有人骚扰你了。”在离开天堂镇的时候,我曾向罗警官提起过梁公子,我说他以后还会不会再乱来调戏女人啊。罗警官微笑着说,不会了,绝对不会了。从罗警官的眼睛里,我看得出来,罗警官将要拿他开刀了。毕竟局长的职位现在空缺出来了,而他又在这里干了二十多年的警察,办两件漂亮的案子,局长的职位就非他莫属了。

“那就先恭喜你了。”我对他说道。

“恭喜什么?”

“你知,我知,心照不宣嘛!”

“我是真的越来越喜欢你了。”罗警官拍着我的肩膀,然后看着我走向车站。

“哦?”潘梦云抬起婆娑的泪眼,不明白地看着我。

“我想让你跟着我一起漂泊,你愿不愿意?”

我没料到这个问题造成的后果。潘梦云先是哭,再是笑,然后接着又哭。她紧紧地抱住我,还不时地亲吻我,不大会儿,她就趴在我的怀里睡着了。

下午5点钟,飞机准时降落在西安机场。刚走出检票口,我便看到了王光明,他正站在一辆雅阁轿车前等着我。王光明比一个月前胖了不少,头发打了很多啫喱水,整齐而光滑地趴在他的头上,活像是带着假发。一套笔挺的黑色西装,恰到好处地穿在身上,使本就年轻的他显得更朝气蓬勃。

“易翔!”他远远地向我打招呼。我和潘梦云走了过去,同他握手。他看着潘梦云,双眼有些发亮地说:“好啊,你行啊,才一个月的时间,就带回来了这么一位美女。真能耐!还不赶紧给兄弟介绍介绍!”

我微笑着说:“王经理,你误会了。这位是潘梦云小姐,她是我在重庆新招聘的销售助理。我这次来,一方面是向你申请给我配一名销售助理,现在人我已经带来了,无论如何你要答应;二是我要向你汇报一下我这个月的销售情况;三是,我新拟定了一个销售计划,初步实施还有些成效,需要与你商讨;四是关于重庆销售点的存货量需要重新调整一下。最后还有一点,就是调整后的仪器明天一早我要乘飞机运走。”我用眼睛的余光看了一下潘梦云,她有些失落。于是,我话语一转,冲潘梦云说道:“哦,对了,潘梦云,我来向你介绍一下,这位就是蓝天科技西南区域的销售经理,我的直接顶头上司。”潘梦云露出她好看的笑容,同王光明握了握手。

王光明把手一挥,说道:“再忙也要等到先吃了饭回到公司再说。来,先上车。”我想起了太阳岛医药公司的史泰利老总,他也喜欢把手一挥,只是同他相比,王光明缺少的不仅仅是气质,还有一种发自内心深处的豪爽。司机是一位年轻漂亮的女孩,我从后面捅了捅王光明,说:“不错嘛。”

王光明一愣,立即就明白了我的意思,哈哈地笑着。潘梦云坐在我的身旁,碰了碰我的胳膊,说:“你们讲什么呢?那么好笑?”

“没什么,没什么。”我慌忙解释道。趁她向外看的工夫,我冲王光明吐了吐舌头,我们俩又大笑起来。

轿车非常平稳地向前移动，王光明掩不住他的兴奋，他说："我们两个是蓝天科技唯一没有经过招聘就直接入职的人员，也是全公司里面学历最低的。至少，他们现在就不会再这样看待我们了，或者说我们的入职是凭借某种关系而进来的。"王光明说这些话的时候我没有言语，在离开的一个月内，我曾多次与他通电话，我能感受到他的这种压力。所以，我也一直要求自己努力做出点成绩来，不至于让别人把我们看扁。在很大程度上，我所取得的成绩就相当于是王光明的成绩。

雅阁轿车直接把我们带进帝王酒店门口，这是位于西安市商业中心区的高档酒店。我看了看王光明，他又一次挥了挥手："这是公司的决定。"没有等到我具体问下去的时候，好看的咨客小姐已经扭动着摇曳的腰肢把我们领进了电梯。

房号是中南海的 VIP 包房。房门一打开，里面便传来了热烈的掌声。我这才发现房间里已经聚满了人，他们都衣着整齐，看来都是些比较有脸面的人物。他们中间有一个身材稍胖的人走过来，用力地握着我的手说："我们的金牌销售员来了！太棒了！我们公司的销售高手全部云集在一起了，真是千载难逢的机会！"他控制了一下激动的情绪，接着说，"等一会儿晚饭过后，你可以向我们介绍一下你是如何打开重庆市场的销售，又是如何在一个月内把销售业绩做到别的整个区域的总和的。这一点你一定要讲，我们这些销售员，都等着学习你的销售之道呢！"

我紧急调动我的记忆库。在这一个月里，我已经学会了如何一眼就把别人记住，包括他的身份、他的性格，当然了，还有他的姓名。面前的这个人我见过，尽管只是一次不足五分钟的见面，而那次他也没有同我讲过一句话，我还是记起他来了：蓝天科技的总经理，戴天——戴总。一个月前我与王光明同时出现在他的办公室里时，他的眼神里充满了对我的不屑，甚至还有一种厌恶，我想如果不是因为王光明的原因，他根本就不可能让我入职。在他当时的想法里，我肯定也干不了多久，到时候会同王光明一起打包滚蛋。只是，他没有想到，我们非但暂时打不了包，并且还取得了不错的成绩。他的心里一定存在着很多的疑问，我这么一个名不见经传的小子，既没有学历，又没有从事过销售，可以说一丁点的销售技巧与销售经验都没有，更重要的是，在重庆那个人生地不熟的地方，语言无可避免会成为我最大的障碍，但为什么我却能够把销售业绩做到最好？更重要的是，他迫切想知道我与王光明之间到底是一种什么样的关系。我不知道我是否该回答他的这些问题，但我也想不出有什么理由拒绝他。我调动了我好看的笑容，冲他露出我的牙齿——这是我至今还引以为傲的事情，我拥有着一排整齐而洁白的牙齿——我没有迟疑，从我的公文包内取出了厚厚的一份销售记录及我下一步的营销计划书。请注意，我在这里使用到了“营销”这个词语，它不再单纯是一种销售，它还包含着更多更丰富的内容。我把这些整齐地放在休息室沙发前的茶几上，微笑着说道：“谢谢戴总对我的关注，也十分感谢大家能够抽出宝贵的时间来听我谈关于销售的一点浅的认识。这也是我这次急着回来的原因，我将要在今晚的时间内向戴总还有王经理及在座的各位优秀的前辈们汇报我这一个月来业务拓展的情况，同时，也将与戴总及王经理商讨一下以后重庆市场的产品存货量。明天一早，我要搭乘第一班飞机赶回重庆，因为有300台的仪器我明天必须亲自送到客户的手里。”

慢慢地，包房餐桌四周的优秀销售员们低语四起，这些不是恶意的低语，而是惊奇和兴趣交半。如果再把这300台仪器计算在内，那么我一个月的销售业绩将达到1100百台，而在公司内部，从来没有哪一个人的月销售业绩突破500台。王光明告诉过我，尽管公司所生产的仪器主要销往海外市场，但戴总一直希望能够把国内的市场也打开，所以公司才设立了东北、华北、华东、西北、西南、中南等六个销售事业部，但效果却不大理想，每个销售事业部的总体业绩都差不多，即使是最厉害的销售员每个月的销售额也没有超过300台，每一个销售部的总体业绩每个月大概在700台。所以，我能想象，当我再次报出还有300台可以立即销售出去的时候，他们目瞪口呆的样子。王光明闪动着他那双发亮的小眼睛，使劲地吞了几次口水，我知道这一刻他也被我的这些数字吓到了。

总经理拉着我的手走向餐桌，原来已经落座的那些优秀销售员们赶紧起立，重新调整了位置。我被安排在了总经理的旁边，是上座。落座后我发现潘梦云一直在盯着我，好像这一刻才开始真正地认识我。在我还没有来得及介绍她的时候，她拿起我放在茶几上的手机，一个人悄悄地走了出去。我不知道她拿我的手机要打电话给谁，但我相信，她不会做伤害我的事情。

“你可以给我们先讲讲，你是如何开展业务的？你知道，那个市场的上一个业务员，叫……徐俊辉的，对，就是这个人，他是重庆本地人，又是大学的高材生，但他的业绩也不过是每月十台左右。你现在竟然是他的100倍，这太不可思议了。”

接着，他突然问道：“你是否觉得徐俊辉不是一个好的销售员，或者他在那里的工作无非就是单纯的得过且过？”我答道：“不是的。”

一个成功的老总是绝不会让自己冷场的，他饶有兴趣地看着我，说道：“那好，你来告诉我，既然他不是得过且过，你又是如何工作的，取得如此大的成绩，而他的业绩却始终不见起色？”

“徐俊辉是一个很负责任的销售员，他也很吃苦，很努力地工作。”我回答戴总的这个问题，“在我刚到重庆的时候，他就把我一一介绍给了他原有的客户。这些客户后来也向我购买了几台仪器，虽然这些数量可以忽略不计。徐俊辉具备着天时、地利、人和的最佳条件，但业绩仍不理想，主要的原因是他是一个只能够卖出一把梳子给和尚的人。”

戴总猛然一愣，接着沉吟道：“只能够卖出一把梳子给和尚？我明白了，他之所以没有做好他的业绩，不是他的错，而是我们把他放错了位置。他不是一个好的销售员，但或许他会是一个好的管理员。把梳子卖给和尚，这个故事有意思。”他转头向其他人说道，“这个故事你们也都听说过吧，但有谁能够从中感悟到这些东西？在公司里，易翔虽说是一个新人，但也充分地证明了他的商业天赋，同时，也说明了一个问题，那就是我们的用人制度存在着诸多不完善的地方。这个问题我们急需解决，当然了，并不是今晚就要解决。今晚，我们的主角仍然是易翔。”

餐桌上的人不失时机地鼓起掌来，尤其是王光明，鼓掌的时候非常地卖力。我再一次诚惶诚恐地站起来，却被戴总一把拉住了手：“今天，我们就不要拘谨了。今晚的晚宴是为你接风而设，在座的各位也都是来向你学习的，就不必有太多的规矩了。该吃就吃，该喝就喝，今晚最主要的是吃好喝好，然后再同大家分享你的销售之道。”

潘梦云在这个时候走了进来,脸上没有任何的表情。我站起来为她介绍:“戴总,我要向您介绍一位新人,她是我在重庆遇到的一位女孩,现在做我的助理,帮我打理那里的客户电话、整理客户资料等事情。她就是潘梦云。”我转向潘梦云说道:“潘梦云,这位就是蓝天科技的戴总经理,蓝天科技最大的股东,也是国内非常著名的企业家。”

潘梦云微笑着同戴总握手,声音甜美地说:“早就听易翔多次提起戴总了,说戴总是一位了不起的企业家,却没有想到,戴总竟是如此的年轻,神采奕奕啊。”

人到50多岁最怕的就是自己老了,即便你是一位成功者,也摆脱不了这种微妙的心理纠缠。潘梦云的话显然是说到戴总的心窝里去了,他十分受用,握着潘梦云的手向我说道:“难怪你能够取得如此好的成绩,与这位漂亮的潘小姐一定有很大的关系吧。”我笑着说:“是啊,如果不是她,我肯定做不出这样的成绩。”

潘梦云的脸红了起来,手机恰在这个时候低吟浅唱起来,她说了一句“你们真会拿人开玩笑”,就再次走出去,接听电话了。

戴总的笑声在包房内爽朗地响起。

第十一章

晚餐后,我开始了我的工作汇报。就在帝国酒店的中南海包房内,我面对的是全公司顶尖级的销售员。

整个晚餐的时间,戴总向我介绍了餐桌上的所有人员。尽管他们来自全国不同的名校也讲着全国不同的方言,但相同的目标使这些销售员们已经形成了一支坚如磐石的团队。他们可以在任何一场战斗中,迅速调整他们的作战方案,以应对市场的变化或者来自国内外的各种金融风暴的影响。到场的有华南区域的销售经理黄忠祥，华北区域的销售经理付蔚魏，华中地区的销售经理邓一兵，西南区售的销售经理王光明，以及来自他们团队的最优秀的销售员吴军、付东东、欧阳小青、罗郁、邓肯、鲁雷，还有一些人我已经记不得名字了。还有两个区域的经理因到他们的区域里巡视工作，无法赶回。这些人在公司里，随便拉出来一位，都是能够抵挡一方的干将。戴总用非常形象的比喻来形容他们："如果说公司是一栋房子，而我是房子里的顶梁柱，那么他们就是房子里各个角度的支柱。无论哪一根柱子倒下了，随着他倒下的也只是他支撑的那一方瓦，其他的柱子会将这栋房子安然无恙地支撑起来。而这根倒下的柱子我们也会及时地进行修复，以确保这座房子的完整与坚固。所以，有了他们，这栋房子永远都是牢固的，不可破坏的。我们也会在这个基础上，稳步健全地向前发展。"但是，这些人，此刻却为了我聚在一起，为了这么一个在公司里毫不起眼也没有任何学问的毛头小子而聚在了一起。而我来西安的消息也仅仅是在登机之前才打电话给王光明的，可见王光明在这么短的时间内确实做了很多工作。

我开始介绍我的工作。

我开始向他们讲述重庆的语言，仿佛这是世界上语言最丰富的地方，哪怕是隔壁相邻的县城，你也能够听到不同的语言。它隶属北方语系，是西南官话的一种。虽与北方方言区的其他分支有许多共同之处，但也有不少自己的特点，在语音、词汇、句式等方面都自成一体。从方言种类讲，它分为三个大的方言片，綦江、江津一线归属灌赤片，秀山等地归属黔北片，其余区县归属成渝片。有一句话就十分形象地说明了重庆方言的不同之处：渝中区的人听不懂忠县话，綦江人听不懂丰都话。

我诵诗般的演讲声在帝王酒店的包房内回荡。我用自己不纯正的普通话把这些难以听懂的方言传达给听众们。我说到那里的天气，白天的时候你会汗流浃背，而夜晚你不得不裹紧外套甚至要穿两件毛衣。我又说到那里的地势，全是山坡，极少能看到平原，而那里的人们也只能依靠在山上开发果园来维持生计。我计算了一个数字让听众们知道，并不是每一个人都能够承包山头开发果园，那需要一笔不小数字的金钱。我讲到了一个极端，那里的劳动力全部都外出涌向了东南沿海，只剩下一些老弱妇孺无聊地靠在茶馆打麻将消磨余下的日子。

我感到自己酒力发作(我承认在晚餐的时候陪着戴总喝了一杯啤酒),我无法将目光从那些注视我的面孔上移开,那些冷漠的、不易亲近的面孔,那些躲藏在深深的眼眶中永远不会被你打动只是当你取得的成绩超过他们时会有一点点兴趣但也会像打量大猩猩一样盯着你的眼睛。我感到,我必须抓住他们的思想,不能够让他们分神,不能让他们再陷入自以为是的自我评量中,不能让他们的目光从我的目光中移开,哪怕一秒也不行,仿佛这就是我取得的业绩超出他们业绩的关键所在。我感到自己的全身开始冒冷汗,我的声音开始变得有些沙哑。我不再讲方言、气候、环境、山川、劳动力,不再谈论劳动力的外迁对本地经济的影响,不再讲他们给东南沿海的资本家们带来了多么丰厚的利润而使自己的家乡处于如何的贫困状态。

我开始直奔主题,缓缓地说道:“其实,我压根就没有想过销售。”你可以想象,当你面对你狂热的听众时,你向他们亲口说道“其实压根就没有发生过这件事”时他们的表情是多么的失望与失落。此刻,这些听众们的表情就是那样。我看到王光明有几次开口想打断我的话,但都被我用目光制止住了。我用目光威严地在房间内巡视,感觉自己就是至高无上的国王,房间里的低语、惊呼与不可思议全都戛然而止。

我说:“当我在养老院里看到那些老弱病残被疾病折磨的时候,我的心被深深地刺痛了,我想这是任何一个健康的有良知的人都会拥有的感觉。是的,我当时并没有想到要销售,我相信即便是你在这种情况下也不会有这种想法。我所能做的也就是利用我所拥有的高科技仪器为他们治疗,让他们拥有健康的身体,免受疾病的缠绕。我在养老院展开了义诊,为期一个星期,我在那里每天诊治超过100名的病人,不收取他们的任何费用。养老院年轻的护理员主动帮助我,用标准的普通话向我介绍每一位老人的病症,她知道,老人拥有健康的身体,可以使她减轻许多工作量。她非常细心地给我提供帮助,还把每一位病人的姓名、症状、联系方式等资料详细地给我统计在一起。”

我说道:“有一句广告词我非常喜欢,世间自有公道,付出总有回报。我的热心与医疗器的功效使我取得了老人们的信任,他们主动向我提出购买仪器,说他们以后需要这样的“家庭医生”。我以没有现货为由，要求他们提供订购的数量及名单，并让他们找出一位德高望重的负责人来做担保。我说如果让一个爱心的义诊有一个不好的结尾，那将是谁都不愿看到的。那些善良的老人们都拍着胸脯说，他们订购的就一定会买下来。我告诉他们半个月后会提货过来，到时候再向他们收取费用。他们都十分踊跃地报名。”

“我用这个方法奔波了三个相邻县城的三家养老院，每到一处，我都是抱着为病人诊治的想法——当你看到那些被病魔缠身的老人们时，你不可能会再有别的想法。当第三个地方的义诊结束时，我得到了订购的数量，这是一个出乎我意料的数字:289 台。”

房间内再次响起低语，我看到这多半是惊呼。我再一次用目光巡视房间，接着说下去。我说:“王光明迅速将仪器通过航运给我发过去。他知道 289 台绝不是最终的数字，最终一定会比这个数高，他发了 300 台仪器给我。只是，他也没有想到，这个数字也还远远不是最终的数字。当我提着仪器到达养老院的时候，我才发现，实际购买的数量比当时预订的数量竟然翻了一倍。你不得不相信口碑营销的力量，这些接受过我义诊的老人们成了我免费的销售员，他们带动了更多的老人来购买仪器。当我抵达第二家养老院时，300 台仪器已基本售完了，而第三家养老院的订购数量是最多的一家，共 177 台，剩下的几台显然是满足不了需求的。我再次打电话给王光明，他当天晚上便做出了安排，所以第二天上午我便接到了他发去的 500 台仪器。在第三家养老院我销售了 182 台，比原来预计的数量仅仅多了几台，我想这一定是这个县城能够购买的人数的极限了。”

我继续向下说道:“当我提着余下的货物准备离开县城的时候，我引起了一个人的关注。他邀我共进晚餐，我想着他可能是我所义诊过的某一个人的亲戚或者是朋友，想多方面地向我打听仪疗器的事情，就跟着他去了。我们聊得很开心，他听了我详细的介绍，很有兴趣与我合作。我这才知道，他是当地最大的一家医药公司的老总。其实这我早就应该想到的，但当时我却没有想到，我在一个外人不轻易踏入的小城内举行义诊，又销售了许多医疗器，明眼人一眼就可以看穿我是为了销售而来。他说，我能够通过义诊把县城的市场占领，但是我却不能利用同样的方式把乡镇及农村的市场也占领，而他拥有着非常宽广的销售渠道，他可以通过这个渠道把仪器迅速地铺向整个农村市场。”

我稍稍停顿了一下，我发现每一位听众的眼里都泛出了一种亮亮的东西。“我本来就对农村市场拥有着非常浓厚的兴趣，但一时还没有想到合适的办法介入，无疑，他的到来对我是一个比较难得的机会。我当晚就做了一个合同，给了他非常可观的利润。当然，这个利润是在我个人利润的范围内开出来的，不会影响到公司的利益。第二天，我便按照合同给他提去了300台的仪器，要求他们一个月销售完毕。下午，我又去了另外一个县城，同这个县城的医药公司也签了一份同样的协议，他们的数量也是300台。遗憾的是，这个时候，我却没有任何的存货了，我只好赶快飞回来，与戴总及王光明经理商讨我重庆市场的存货数量。”

房间内响起热烈而长久的掌声。掌声过后，潘梦云自动站了起来，她用非常甜美而标准的普通话告诉我，同时也告诉大家：“刚才接到重庆的来电，史泰利医药公司的300台仪器已经销售完毕，他已安排人员把余款汇入了我公司账户。他在来电中要求，再发500台仪器给他们，并且支付了50%的货款，同今天下午的货款一起汇过来了。”潘梦云停顿了一下，看了我一眼，接着说下去，“乌有之乡医药公司的老总也同意合作，要求铺货300台，货款支付方式按照原协议上所定。”

我蓦然间有些感动。潘梦云在我工作汇报没有开始的时候，拿着我的手机走了出去，原来她是打给了肖娅莉。肖娅莉曾多次在我义诊的时候给我提供过帮助，医药公司如果注意到我了，那么也一定会注意到她，由她出面去洽谈，也是再合适不过的。没想到，她能够在这么短的时间内把医药公司的老总说服，的确不是一件容易的事情。

加上这800台，我这个月的销售业绩抵达了1900台，直逼向2000了，而这个数字，则是公司任何一个区域销售两个月业绩的总和。

我听到雷鸣般的掌声经久不息。

飞机把我们送回到重庆，从昨天晚上到现在，潘梦云已经有12个小时没有开口说话了。这很反常，我们在一起的时候，一直都是她在讲话，而我默默地做一个听众。但现在，我几次想跟她说点什么，看到她的目光一直盯着窗外的蓝天，我又把话吞进了肚里。

出了重庆机场，潘梦云突然讲道："你就直接把仪器送到乌有之乡去吧，那里的合作协议需要你去签订。"

我想了想，觉得不妥，说道："我还是先把仪器送到天堂镇刘老板那里去，这是协议上规定的最后的送货期限了，第一次合作，我不能够不守信用。然后，就直接去太阳岛，把史老板的500台给他送去。至于乌有之乡那边，可以最后去，因为我们毕竟还没有签合约，这个可以稍缓半天一天的，不会有事的。"

"你还是去吧，我与娅莉讲好了，下午你会提货过去……天堂镇与太阳岛那边，我去处理。再说了，出来这么几天了，我也该回家去看看了，我不希望我的父母会因此而受到牵连。"潘梦云讲道。

潘梦云应该不会有什么危险。我与公安局的罗警官已经打过招呼了，他也答应会重点注意梁大公子的。只要他不来骚扰潘梦云，她就不会有事。以罗警官的聪明才智，相信这会儿梁大公子躲还来不及呢，绝不会因为潘梦云而自动出现，自己走进公安人员早已设好的圈套里。

我同意了潘梦云的建议。她已经算是正式入职了——我的销售助理。这是目前唯一配备给销售代表的一位助理，并且她只负责跟进我一个人的销售。作为销售助理，她应该及时进入角色，这样会分担我的一些工作。而显然，潘梦云已经把自己投入到这个角色中来了。

从机场汽车站我们分道扬镳。已是上午10点的重庆还在被一层浓浓的雾遮盖着，我仔细地看了一下，那是白色的，并且还泛着冰粒——那是霜，已经进入冬季了。踏上去乌有之乡的汽车，我并没有注意到潘梦云眼中一闪而过的忧郁。

第十二章

下午3点，霜已经消退，乌有之乡像一幅浓墨重彩的国画，在我的面前展示着它落叶后的枯美。田野里已经是光秃秃的了，已经播下的种子正在等待着一场雪的滋润后破土而出。天空中万里无云，只有依稀的几只乌鸦在路旁的枯枝上沙哑地叫着，你才能感觉到这里还有一丝生机。街道上很少看到有人走动，人们大多蜷缩在屋里津津有味地看着《还珠格格》第二部电视剧，或者几个人凑在一起，聚在一个小茶馆，一边喝茶，一边打着五毛钱一盘的麻将。

路过养老院的时候，几位老人坐在门口的小凳子上晒太阳，他们向我打着招呼，我微笑，向他们挥手，没有走过去。路的这一侧，就是养老院对面的旅社，就是我今天的目的地了，我大口地呼吸了几口空气，走了进去。

与我想象的一样，老板娘依旧躲在柜台后面全神贯注地看着这些骗人眼泪的电视剧。她把自己深埋在柜台后面，紧紧地盯着21寸的屏幕，半刻也不愿错过，时不时地会用手里的小毛巾擦一下眼睛，那是因为泪水又溢满了眼眶。放在手边果盘里的瓜子还是满的，看来她是忘记吃了。我站在柜台旁等了会儿，没有说话，她没有注意到我，依然把自己沉迷于皇宫之内的情爱之中。

过了一会儿，一个中年男人走出来了，他站在柜台的另一端仔细地把我打量了一番。我跟他主动打了声招呼，他走了过来，手里拿着一盒娇子牌香烟。"你要住店吗?"他问我，抽出一支烟给自己点上，然后想了想，又抽出了一支，递给我，"我是这儿的老板，姓肖。你是要住店?"我点点头，老板娘终于把自己拉回了现实之中，她从柜台后面快速地走出来，拉动她脸上的肌肉，向我露出她好看的笑容，"是易翔过来啦? 赶紧先坐一下。坐了几个小时的汽车，肯定累坏了吧? 我这就去给你整理一间房，你稍等一会。"说完，她一溜烟地跑到楼上。

"你们认识?"老板指着老板娘的背影问我。

“一个月前,我曾在这里住过一段时间,据说我是你们这家旅社的第一位客人。”我说。

“哦,这样啊,赶紧请坐。”他把我让到旅社大厅里的沙发上坐下,说道,“她就是这样,对人太热情了。”

我笑了笑,没有发表意见。

他停了一下,又问我:“你说你是做什么的? 看你不像是这里人?”

“我是西安蓝天科技集团的销售代表,来这里进行业务拓展工作。一个月前,我来到这里停留过一段时间,这次是再返回来看看,也是评估一下我的工作的效果。”我没有说与他的女儿肖娅莉非常熟悉,看来他是一个不常回家而又疑心很重的人,对这件事情他定会问东问西,到时候又要费一番口舌才能够给他解释清楚。

他哦了一声,接着连吸了几口香烟,说道:“青年人应该有事业心,你很不错。只是我现在要出去了,你就稍等一下,等会她就会把房间给你弄好的。在这里就如自己家里一样,需要什么随时到柜台说一声就行了。”他起身,同我握手,然后离开旅社沿街道向汽车站方向走去。

肖娅莉如同一只小鸟一样飞了出来:“易翔,你总算来了!”她把胳膊挂在我的脖子上,就像对待自己的同性好朋友一样。这种画面我在电视里看到过,是恋人之间比较亲昵的动作。我用一只手拍了拍她的背,说:“是的,我来了。”停了一下,赶紧补充道,“好了,你快放手了,外面好多人在看着呢。”

肖娅莉的脸像刚从烤炉里取出来的面包,红红的,她把手放了下来,站在我的面前,低声说道:“我才不管他们那些人呢! 都是一群老家伙,不懂得一点情调。”

没等我开口说些什么,老板娘也就是肖娅莉的母亲从楼上下来了。看到肖娅莉也在,她笑了笑对我说:“你看这个丫头,平时把她宠坏了,在客人面前也没有个女孩样。房间已经给你整理好了,我新换了床罩与被套,又给你多加了一床被子,现在天冷了,晚上要注意多盖一床,别冻着了……”

“妈,你怎么像个老太婆一样啰嗦了,烦不烦啊!”没等到老板娘开口教训她,肖娅莉一把拉起我的手,说道:“走,到你房间里去看看。”

“这……我……”什么都无法说了。我只好用另一只手拖着行李，走上二楼。

我明白老板娘为什么要整理房间了。床上的被褥全是新的，被套也是那种带花的家庭使用的被套，而不是旅社里常见的那种白色的被套。这令我感到很意外，老板娘或许是太过于热心了，要知道我只不过是这家旅社的一个匆匆过客而已。

“知道不，潘梦云告诉我你要来这里，我是多么兴奋。我特地跑出去买回了这床被褥，就是为你而准备的，喜欢不？”刚刚走进房间，肖娅莉就滔滔不绝地讲了起来。

这种热情已经超出了一般的热情了，我有些不大习惯，我问：“为什么？”

肖娅莉愣了一下，紧接着便不在乎地说道：“为了纪念我们家旅社开业一个月呗，而你又是第一位客人。现在这第一位客人重新回来住到本旅社，无论如何都要适当地特别照顾一下吧。”肖娅莉说话的语气与神情让我意识到事情并没有这么简单。不过，暂时我还想不到还有什么别的理由。我还有更要紧的事情要做，于是，我问她：“听潘梦云讲，你已经与这边的医药公司取得了联系？”

“是的，只要你一过来，就可以过去签合作协议了。”肖娅莉对此显然不很热衷。

“那你能否现在就带我过去，认识一下这位老板？我想先把正事办了。”

“好吧。”

我带上公文包，把合作协议书也放了进去，走出门，把房门锁上，同肖娅莉走下楼去。

老板娘又把自己埋进了电视里，但这次她却一下子就看到了我们。她走出柜台，热情地问我：“刚来这里，就又要出去啊？”

“是啊，要先把正事忙完。”我说。

“嗯，年轻人，有事业心，真不错，不错。”她赞叹着，如同肖娅莉的父亲一样。

医药公司的老板是一个身材矮小但很精神的中年男人。当肖娅莉把我介绍给他的时候，他热情地握着我的手，说同年轻人合作他十分地有信心，他很敬佩有闯劲有干劲的年轻人。然而，当他看我所制订的合作协议的时候，我才发现,他真正有兴趣的不是同年轻人合作,而是协议上的利润点。同前两家医药公司一样,我把利润点让得很高,这份协议也充分考虑到了医药公司的立场,所以,他无可挑剔。

前后不到十分钟,协议签订完毕,他付了300台仪器的30%的货款,同时,安排了一个人到旅社里跟我去提货,这样,就可以免得我再跑一趟。我十分乐意,趁银行还没有下班,把货款汇进了公司的账户,同医药公司的一位工作人员一起返回了旅社。路过养老院的时候,看见几位老人坐在门口的小凳子上晒太阳。

我终于有机会仔细观察旅社的老板娘了。她的脸很有特点,除了同肖娅莉一样拥有着一张圆形的娃娃脸之外,她的眼睛深陷在眼窝内,就好像很久没有休息过似的。她笑起来的时候,你才会感觉到她的美貌,而一旦她坐着发愣或是呆呆地盯着某件事物的时候,你会产生错觉,认为她是一尊雕像。是的,她此刻的神情就是这样,额头上的伤疤让我误认为是灯光的反映,后来,我仔细地盯着灯看了看,发现灯上面并没有飞虫或者蜘蛛丝之类的东西,才确认那就是一道疤,不很明显,却让人看到之后会浮想联翩。

当肖娅莉在我碗中堆起像小山一样的饭菜时,老板娘才突然返回了现实。她用一双炯炯有神的眼睛望着我,看到我面前堆起的饭菜,脸上露出一丝微笑,开口同我说话。“你家里还有什么人?爸爸妈妈身体都还好吧?有兄弟姐妹吗?”她问道。

“没有。我很小的时候,爸妈都死了,我对他们已经没有任何印象了。我是家里唯一的孩子,不过,有我没我都一样,因为自打我记事起,家就已经不是家了。”我淡然地说道。

“哦!可怜的孩子。”她显然没有想到我竟有如此的身世,不禁同情起我来,“那么小就失去了父母,你如何生活啊?”

“我过得很好。”我拍了拍胸口,说道,“从我这样强健的身体上你就可以看出。邻居们都很疼爱我,他们没有吃完的饭都会拿给我吃,尽管那都是些煮红薯之类的。在我们村庄后面有一个寺院,那里的和尚对我就像是亲人一样,他们会把最好的食物留给我吃。慈祥的老方丈就像是我的爷爷,他亲自教我读书写字,可惜的是,在我 10 岁那年,他也死了。从此,我也离开了那里,一个人到处漂泊,只要有东西吃,我不会去管那是什么东西,都会把肚皮填饱。我常常想念方丈,想他教我认的字,然后我就会在地上找根树枝认真地练习起来。所以到现在我能够读书看报,方丈教我的东西我一点都没有忘记。”

“真不简单。怪不得你工作起来像不要命似的,原来是这个原因啊,你要使自己过好生活,就只能靠自己的努力。”老板娘啧啧称赞道。

“我听说,蓝天科技也就是你现在所工作的这家企业是非常大的公司?”她接着问道。

我点点头,回答是的。

“那你能不能跟你老板讲一声,让娅莉也过去那里上班啊?哪怕是同你一样,天天在外奔波,她也能够做得了的。”老板娘指了指肖娅莉,接着往下说,“她呀,现在有一份稳定的工作,可总是不想干,说太安逸了,一心想要到外面去看看。你说说看,做一名教师是多么好的职业!既崇高又稳定,也不用天天雨打风吹的。可是,不管怎么给她说,她都是吃了称砣铁了心了,不出去看看是不会安心在家里教书的。我看啊,现在她谁的话都听不进去了,除了你说的她会听,就连我这个做妈的都不管用了。”

肖娅莉抬起头,眼睛红红的,叫了一声:“妈——”老板娘便不再开口说话了,饭桌上只剩下筷子与盘子碰撞的声音与呼啦呼啦吃饭的声音。我知道在这种情况下,我最好闭口,否则将会使气氛弄得更为尴尬,所以,也只好埋起头来吃饭。

晚饭后肖娅莉到我的房间里坐了一会儿,我以为她会说让我帮她找工作的事情。她没有开口。她进来的时候,手里提了一袋子的桔子,足有五六斤重,她从中拣了一个大的递给我,想了想,又从我手中拿回去,坐在桌子前面的椅子上,用心地剥着。

“这是我们自己果园里摘的,今天爸爸回来带过来的,你尝尝,甜不?”肖娅莉把剥好皮的桔子递给我。我接过桔子,默默地吃着,很甜,带着一点淡淡的酸,是桔子中的上品。

“易翔,你没有误会吧?”肖娅莉突然问道。

“什么?”

“你不会想我让你在我家吃晚饭是有目的的吧?我也没有想到,妈妈会问东问西地给你说了那么多的话。要知道这样,我是绝不敢让你在家里吃饭的,我宁愿带你到外面吃。”肖娅莉说。

“你想太多了,我一点都没有介意。”我说道。

“你不介意,那就好。我也放心了。”

“其实如果你要真的问我有没有办法把你弄到公司去,我也真的很难回答你。在公司里,我只不过是一个小小的销售代表,说话没有任何的力量,而让潘梦云留下来,我已是自作主张,让她做了我的销售助理。要知道,整个公司里,就只有我一个销售代表配有助理。我已经做得有些过火了,再开口的话,也很难说出来了。”我没有注意到肖娅莉的神情,向她解释道。

“放心,我绝不会开口为难你的。那都是我妈妈一厢情愿的想法,你就当她是胡说就行了。”说完,房间便陷入了寂静之中。很长时间,肖娅莉和我都没有再开口说话。

肖娅莉起身离开我的房间的时候,她在我的额头上轻轻地吻了一下,她说:“早点休息吧,要是感觉口渴了,就吃点桔子,吃剩下的,明天带过去,留给潘梦云吃吧,她也十分喜欢吃这种桔子。”

我没有说什么,目送她离开房间,然后起身,把房门关上,开始睡觉。

回到重庆之后,我便投入到了紧张的工作之中,日子也在这种紧张中一天天过去。潘梦云是一个出色的助手,在她的打理下,重庆各县城的医药公司都会有规律地来我们销售点提货,这为我节省了不少的时间与金钱。当我再一次接到王光明的电话,要我回公司总部开会的时候,时间在不知不觉中已经过去了一年,而我所销售的仪器,基本上已经遍及了重庆的每一寸土地。每一个县城的医药公司都与我有着良好的合作,他们也都十分准时地把每一笔货款汇入到我的账户。我与公司的结算也由周薪更改为了月薪,而每一次所返回给我的提成,都会让我怦然心动。我几乎已经忘记了肖娅莉和她的旅社,我也一直相信着,她有她自己的路要走,而这条路与我却相差甚远。是的,作为一名孤儿,一名时时刻刻都要为自己的一日三餐奔波劳碌的男人,我是没有任何的条件与她的路相交叉的。我们俩人走的路注定是平行的，永远都没有交叉点。晚上闲暇的时间我会阅读各种各样的书籍，包括管理学、成功学、心理学与销售技巧。这一点多亏有了潘梦云的帮助，每天晚上，她都会将新客户的资料及当天原客户的提货记录整理得清清楚楚，这节省了我大量的时间，有时候，我每月一份的销售报告她也会代我写好。只是，偶尔史泰利会过来提货，每一次他来的时候，我都会抽出时间亲自陪他。养老院的梁院长在来市里开会的空余时间也会过来看看我，我用潘梦云买来的最好的茶叶招待他。

我准备动身去总部参与会议。王光明在电话中向我透露，可能会讨论我的工作调动，我可能会升任为销售部的经理，主要负责西南区域的市场。我问王光明："那你呢？"王光明嘿嘿地笑着，没有回答。不用说，他肯定也升职了。他向总经理的承诺是一年之内，使公司的销售业绩增长30个百分点，而在这一年的时间里，仅仅是我负责的重庆市场业绩就增长了近200倍，这无疑给其他市场的销售代表们也增加了不少压力与动力，又加上我的销售方法也曾在公司销售团队中得到了推广，在全体销售员的努力下，国内市场的整体业绩上涨了300%。当然，国外市场不计算在内，因为国外市场是由美国的一名销售总监负责，而我与王光明显然都不具备与他交流的能力。

潘梦云已经订好了第二天早上飞往总部的机票。我决定提前下班，与潘梦云到重庆市中心区游览一番，顺便再购买一些礼品，明天给王光明带去。来重庆这么长时间了，脚步虽踏遍了重庆的每一寸土地，然而却没有一刻让眼睛饱览重庆美好时光的机会。潘梦云快速地把工作处理完，锁上门，同我一起走出房间。

到了楼下的时候，邮递员送来一封信。信是来自广州的，具体地址没写。我摸不着头绪，不知道谁会从广州寄信给我。我准备把信装入口袋等购物回来再看时，潘梦云却在一旁失声地叫道："娅莉，肖娅莉，不错，是她的信！"

我与潘梦云面面相觑。从来都没有想过肖娅莉会离开重庆，离开她所生活的县城，更没有想到，她竟然跑去了广州。难道她真的丢下教师工作不做了？或者是她仅仅是像潘梦云那样，外出游玩几天再返回来？潘梦云看着我，那目光中同样是疑惑与不解，甚至还有许多焦虑。我把手一挥，说道："走，回办公室，先看看肖娅莉的来信。"

第十三章

“又一个人走进了旅社，同母亲交谈着房间的价格。母亲热情地向他介绍这里的配备，向他推荐最好的房间。那个人只要了一间普通的房子，他把行李提进房间的时候我正坐在二楼我的房间的门口想心事。他拉动脸上的肌肉，冲我笑了笑，露出他好看的牙齿。他的牙齿同易翔的一样白，一样整齐。他住的房间也是易翔上次在这里时住的房间，普通单人房。我打开窗户，能够从我的房间里看到那个房间。

“我没有理会他的微笑。我站起身气冲冲地跑到楼下，站在柜台前面，质问母亲：为什么把 209 房间让别人住进去？母亲莫名其妙地望着我，不知所以。半晌，母亲才开口，我们开旅社哪有不让旅客住的道理？况且我们又有房。我大声地嚷嚷，我不管那么多，无论如何，这个房间都不能让别人住。我不管，你现在就让他住到别的房间去。我知道母亲肯定会以为我神经了，其实，我自己也常常这么认为。有时候，我会到这个房间里坐坐，床铺铺得整整齐齐的，没有打理过。这是易翔走的时候他自己叠好的。我没有让母亲进来打扫，我自己把房间里他留在烟灰缸里的烟头倒进垃圾桶，然后用水把烟灰缸洗干净，放在桌子上。

“我相信母亲是不会理解的。但我知道她一定会按照我的意思让那个男人搬到另一个房间的。长这么大，我与母亲相依为命，我的要求她从来都不会拒绝。而更多的时候，我也不会提什么过分的要求。我所谓的要求，也都是一些女孩常常对母亲的撒娇式的一些小事，比如要买一套新衣服之类的。

“我最近吃饭是越来越少了，每到吃饭的时候，都感觉到特别没有食欲。母亲看着堆在我面前的饭菜，总是会心疼地问我怎么啦，哪里不舒服。母亲问我的时候，眼睛红红的，好像要流泪的样子。我害怕看到母亲流泪，在爸爸从家里搬出他的东西住进另外一个女人的房间时，母亲那些天时时刻刻都是以泪洗面。我呆呆地站在母亲身边，看着她伤心，却什么话都说不出来。

"我强迫自己吃了一点东西，我不能让母亲再为我担心了。别看她每天都是笑容满面的，有谁知道她把多少苦把多少泪埋在了自己的心里啊。但我没吃几口，便有一种强烈的呕吐的感觉——我实在吃不下去了。不知道为什么，我一点食欲都没有。

"我走进 209 房，那个可恶的男人进来不到两分钟的时间，便把房间里弄得乱糟糟的。我花了很长的时间才把房间恢复原样，同易翔离开的时候一模一样。整理好之后，我坐在他常常坐的位置思考了很久，具体想些什么，脑子里乱糟糟的，我也说不清。只感觉到有一件事我必须要去做，是什么事？我说不上来。

"母亲站在门旁默默地看了我很久，她一句话都没说，只是看着我把房间收拾好。当我坐在床上的时候，母亲眼睛里流露出来的是担忧与心疼。我冲她笑了笑，说道，妈，我没事。母亲揉了揉眼睛，走进我的房间里拿了一件外套给我披上，母亲说，娅莉啊，妈就你一个女儿，你可千万别吓妈啊。我说，真的，没事，妈，你就放心吧。母亲说，那好，你就把外套穿好，天凉了，别冻着了。妈要下去了，还要到柜台上照顾着。

"我从床上跳下来，一下子搂住了母亲的脖子，高兴地对她说，妈，我知道了，我知道什么事情了。说完一溜烟地跑了出去，留下母亲一个人又是呆在那里愣怔了半天。妈说得对，天凉了，是的，这里的天气夜晚会更冷，旅社里的一床被褥根本就无法御寒，我要去买一床新被子，还有被套、床罩，要买全新的，留着招待他。他随时回来，都能够睡上温暖的一觉，而不会感到夜里很冷。

"我相信他会回来的，一定会的。给学生上课的时候，我的眼前一直晃动着他的身影。他的手是那么宽厚，每次握着我的手都十分温暖。那种感觉很微妙，很舒服，每个晚上我都会陪着他找地方吃饭，吃完饭回来的路上我总会拉起他的手，就是要再次体会这种感觉。走在他的身旁，我的心脏总是以加速度跳动，我害怕哪一天，在他的身边，我的心跳会一下子跳过极限，我会因此而死去。但我不怕死，我怕的是，我死后就不能够留在他的身边了。

“教导主任找我谈过两次话了，学生反映我上课的时候总是神情恍惚，连比较简单的计算题都会教错。我不想这样的，每次走进教室，我都会深呼吸几次，让自己的心能够安静下来。但一点作用都没有，只要我一听到学生用方言向我讲道老师好，我的耳边就会响起他的声音，请你讲普通话好吗？你会讲普通话吗？嗯，你讲方言我听不懂。每当想起这些，我总是忍不住想笑，他让别人讲普话，却从来没有注意过，他自己的普通话有多么的蹩脚。

“校长也来找我谈话了，我才明白这个问题的严重性，不过，即便失去了这份工作也无所谓。从小到大，我几乎受够了这个令人窒息的鬼地方。我真想跟着他走，到处漂泊，四海为家。我想，只要他肯说一声，跟我走吧。我会立即站起来就走，即便是连一件换洗衣服都不带。谈话的结果是我暂停教学一个星期，等我调整好了再来上课。校长是一位好校长，干了几十年了，也培养了一批又一批的优秀生。我虽不是优秀生，但也是他最听话的学生之一，他不希望我因此而丢失了工作。

“我根本就不在乎这份工作！只要易翔肯开口说话，我会忘了所有的烦恼，同他到任何一个他愿意去的地方。我不怕吃苦，也不怕受累。但是现在，我能做些什么呢？我连他在哪里都不知道。睡觉，我唯有睡觉，我没日没夜地躺在床上等着睡意的来临，但等着等着我就明白自己终究还是白等了。

“我盯着天花板，还是睡不着，那就起来吧。我走了过去，轻轻地打开了玻璃窗，对面209房间房门紧闭着。风停了，今夜很平静，连院里那棵高高的梧桐树也不再发出沙沙的声音。母亲还躲在楼下的柜台里面看《还珠格格》，我不知道这部电视剧为什么会令她这样痴迷。在他来的第一个晚上，吃完晚饭后我也陪母亲看了一会这部电视剧，但很快我就对那里面的纠缠不清的情感厌恶了。但现在，我不正是被一份情感所纠缠不清吗？人啊，有时候，真的很奇怪。

“我走进209房间，打开灯。所有的东西都在沉默着。洗干净了的烟灰缸，在桌了上孤独地等待着烟灰的进入。床铺上，我坐过的痕迹还清晰地留在那里，新买的被单、床罩在柜子里叠放着，整整齐齐地，还散发着一股诱人的清香。所有的东西如我上次离开时一样，没有人碰过。我知道，如果我不开口让人去碰的话，母亲也绝不会让人踏入这个房间的，就是她自己，也不会再走进来碰这些东西的。他明天会来，我这样想着。我已记不清，曾经多少次这样想着了。但我愿意，就这样坐在这里，没有声响，没有色彩，也没有任何像冰块那样尖锐或者像麻绳那样凌乱的思绪，就这样固执地想着他明天会来。

“我慢慢地从床上起来，坐到了桌旁。他每晚都会坐在这张椅子上整理资料。他是怎么做到的呢？每一次他都可以坐着几个小时不抬一次头，他埋着头在一个笔记本上不停地记录着，一会儿那上面便爬满了密密麻麻的字。我似乎对此感到吃惊了，我从来没有见过哪一个人能够像他如此有定力。即使以前读书的时候，我也会偶尔开开小差，让思想在课堂外面飞翔一圈再坐回课堂安安静静地听课。他从来都没有抬起头看过一眼，如果他抬起了头，会看到我正在惊慌失措地关上玻璃窗。

“我倒了杯水，慢慢地把水喝完了。是的，妈妈说得对，天已经凉了，水进入喉咙时，火热的喉咙很不舒服，我想咳嗽但咳不出来。该做些什么好呢？我站了起来，慢慢地躺到床上，我侧身枕到枕头上，嗅他留下来的气味。我想着，他明天会来，就开始笑了。

“终于我睡着了，窗外的喧闹声，汽车站的汽笛声，小商贩的叫卖声，接着是走廊里的脚步声和母亲热情的招呼声，这一切都渐渐地离我远去了。而以前，我是多么喜欢这些声音啊。我会想象着汽车抵达的目的地一定会更加新奇，那里的人群也一定更多。我会蹲在小商贩的摊位前熟练地与他们讨价还价，每一次我都会得到一种胜利的喜悦。但现在，这些都要离我远去了，我太累了，我要睡觉了，是的，我要睡了，并且永远都不再醒来。

“突然间，我看到他了，他走了过来，在我的床前弯下了腰。他的手放在了我的额头上，我喜欢这种感觉，喜欢他用手抚摸我。但是他要走了，不，我不能再让他就这样走了，我要跟着他，到天涯，到海角，到任何他想到的地方。不，不要——我睁开了眼睛，母亲站在我的床前，满含着泪水。看到我虚弱地睁开眼睛，她说，孩子，你千万别吓妈啊。我努力地冲她笑了笑，说，妈，我没事。母亲接着说，对了，潘梦云给你打来了电话，现在还在线上，你能不能接听？要是不能，我去问她有没有什么事，回来再告诉你。

“潘梦云！我的好姐妹，自从她失踪后，我就再也没有她的消息了。我挣扎着从床上坐起，说，我要下去接听她的电话。母亲扶着我，我感到身体轻飘飘的，一阵风过来好像都能把我吹走。我听到了她的声音，在电话中她告诉我，她与他在一起，她给我讲了他的情况。其实我早就知道，他不是一位医生，他来这里销售他的仪器才是真正的目的。但他成功了，这里的每一位老人都很喜欢他，都向他买仪器。潘梦云问我能不能去医药公司问一下，愿不愿意与他合作销售这种仪器，如果愿意的话，他明天就会来这里亲自跟他们签订合作协议。潘梦云详细地给我介绍了合作的具体事项，我几乎一字不落地全部记住了。老天，我也不知道怎么回事，这会儿我的脑瓜竟会如此好使。

“我对母亲喊道，妈，我饿了，我要吃饭，很多的粥还有榨菜。母亲高兴地跑进厨房，一会儿就端来了一大盆粥还有一盘榨菜，妈说，早就给你准备好了，你很长时间都没有吃东西了，赶紧吃点。母亲在身旁一直看着我吃，看着看着，母亲又流下了眼泪。我替母亲把泪擦干，告诉她，妈，没事了，他明天就会来，那个房间明天就不会再空着了。真的，潘梦云刚才告诉我的。

“母亲不住地点头。母亲说，孩子，只要你过得开心，你怎么做妈都不会阻止你，按照你想做的去做吧。放心妈，妈不会有事的，这么多年，妈都挺过来了。母亲一边说一边流泪，我扑在她的怀里像又回到了小时候，在那里好好地哭了一场。

“吃完饭，我感觉全身有使不完的力气。趁母亲把碗端进厨房的时候，我走了出去，径直走到了街头的医药公司。医药公司的老总与我父亲是好朋友。父亲因为搬离出家，自知对不起我与母亲，就托他的这位老朋友时常去我们家关照一下。我去了那里，把来意跟他讲了一下，他很爽快地答应了，他说前一段时间看见一个小伙子把仪器卖得这么好，早就想与这位小伙子合作了。他一开口就答应了我300台。我把这个数字告诉了潘梦云，她在电话那端也高兴了很久。她很肯定地对我说，明天他一定会来。

“或许是知道我生病了，父亲第二天一早便赶了过来，还提来了一大兜桔子。这个抛弃我与母亲的男人，我打心眼里憎恶他。但我今天高兴，并没有给他脸色看，相反，当我看到这位已经被生活折磨得有些变了样的男人，竟然还有些心痛。我告诉他以后要常回来看看母亲，毕竟没有办离婚手续，还是一家人，这个家也需要他。父亲羞愧得脸都有些发紫了，他说以后不会再抛下我与母亲不管了。母亲对他始终是横眉冷对，我坚持让父亲在这里吃了午饭再走。整个午饭，父亲一直吃得很不安，他一会看看母亲，一会又看看我，那样子让我想起犯了错误留在课堂的学生。

“父亲走出去不久，我便听到他在楼下与人说话的声音，接着便是母亲热情的招待声。从母亲的招呼声里，我听到了我期待已久的名字，飞奔着从房里跑了出去，易翔，我的易翔，他终于来了，他总算来了！我已与母亲说过，那床新被子是留给易翔一个人的，所以母亲也快速地跑进 209 房间，重新整理床铺，把我新买的被单、床罩换上。我跑到楼下的时候，父亲已经走了。我一跳搂着了易翔的脖子，我注意到他的脸刷地一下红到了耳根。

“医药公司的老总与易翔顺利地签订了合作协议书，他们都很高兴，握手，互递香烟。晚上母亲自作主张要留易翔在家里吃晚饭，我同意了。却没有想到母亲问起易翔的家庭与身世来。我更没有想到易翔自小就是一个孤儿，没有受过任何学校的正规教育，所学的知识全来自于一个小寺院方丈。母亲听了也很震惊，但她还是开口请易翔帮忙让我进入他的公司里去工作。我知道母亲这是为了我好。可我知道易翔如今取得这么点成绩也很不容易，我又怎能给他再增添负担呢？晚上我到他的房间里告诉他不要误会，还把父亲提来的桔子全部都拿给了他，因为我知道他一定会喜欢吃的。只要他喜欢，我就开心。那个晚上，我做了一件我从来都没有想过的事情：我吻了他，天啊，我吻了他。

“他走了，我知道他以后不会再来了，有潘梦云我这位好姐妹在身旁照顾他，我也就放心了。张爱玲说过，我爱你，为了你的幸福，我愿意放弃一切——包括你。是的，有潘梦云照顾他，他应该很幸福了，我只有默默地为他祝福，为他与潘梦云祝福。

“在这里我也无法再呆下去了，这里的一切，都已经深深地烙下了他的印痕，无何在哪一个角落，都可以看到他留下的影子。我决定出走，去寻找一个属于我的地方，那里没有他的痕迹。那里的天很蓝，水也会很蓝，或许若干年之后，我会在那里找一个令我心动的男人结婚，生子，过安静而平和的生活。”

“另：易翔，当你读到这些文字的时候，我已经从广州走出国门了。具体会去哪里，还是让我保留一点秘密吧。我不愿若干年之后我们相见的时候，我还像一只玻璃瓶那样透明，让你一眼就能够把我看穿。这样就不好了。女孩子嘛，始终还是要保持一点神秘感才好。你是一个很有头脑的人，相信你在商业上一定会取得大成就。潘梦云是我的好姐妹，她是一个比我更加优秀的好女孩，你可一定要好好对待她哦。"

读着这些文字，我有一种奇怪的感觉，好像在做梦。抬头看看潘梦云，她的双眼红红的，显然是已经哭过好几次了。

窗外，路灯已开始相继亮了起来。我起身把这些记录在日记本上的文字收好，装进公文包。时间已经不早了，我还要赶紧去市内购物，因为已经答应王光明的礼物可不能找借口不买，那个家伙有些时候还是非常小气的。

第十四章

再次相见的王光明，并没有电话中那样的兴奋。来接我与潘梦云的，依然是他与那位漂亮的女司机，开的还是那辆高档的雅阁轿车。上次来总部，已经是 11 个月前的事情了，那时为了急着提货，所以比较匆忙，也没有与王光明好好地聊聊。这一年以来，虽然王光明对我的工作是大力地支持，但很多时候我能感觉到，我们的关系已经开始有些疏远了。我把精心挑选的礼物送到他手上的时候，他只是淡淡地说声谢谢，便放在了雅阁轿车的后备箱里，并没有像我期待中的那样，惊喜地当着我的面打开。

我没有把我的这种感觉告诉他。这次来，我安排了比较充足的时间，重庆的所有销售商，我一次性地发了能够满足他们半个月销售的仪器。当然了，现在的合作条件已经更改了，他们要先付 70% 的货款，我才会发货给他们，并且销售的时间限制也比原来减少了一半。也就是说，即便是我半个月不回重庆，那里的市场也不会告急，而我，利用这半个月，已经能够完整地将我与王光明之间的关系裂痕修复完好了。

轿车依然把我们载到了帝王酒店。只是，这一次我们要住上一段时间。我看着王光明，他耸了耸肩说道：没办法，这是公司安排的。看我直蹙眉头，他又补充了一句说道：这是公司接待宾客最高的规格了。我没有说什么，无论是从朋友还是从一名下属的立场，我也都不应该再说什么。

我与潘梦云被安排在相邻的两个房间里。王光明在我的房间坐了一会，那位漂亮的女司机便进来了，说道："王经理，下午你还有一个会议，现在该回办公室了。"王光明便起身告辞："你还是先休息一下吧，晚上我再过来为你接风。天知道，我这些日子真是忙晕了头。不理会这些了，你好好地休息，不要到处走动，免得晚上我过来的时候找不到你。至于工作的事情，明天再去想，今天什么都不用想，好好休息是最重要的。"我感到王光明说话像变了个人似的，语无伦次，抓不住重点。尽管已经有相当长的一段时间我没有见过他了，但每次在电话中那都是直截了当，铿锵有力，绝不是现在这般拖泥带水。我有一种不好的感觉，可具体哪里不好，却又无法说清。

不多久，潘梦云过来敲门。她问我有没有心情出去走走。我拿上外套，把房门锁上，同她一起走出去。

外面不冷不热，才下午两点，太阳挂在天上，却丝毫没有发挥它的威力。好像一个慵懒的仆人，抓住每一个可以偷懒的时间都会眯着眼睛睡上一会儿。太阳这会儿也是如此，肯定也在偷懒。不然的话，为什么你用眼睛看着它都不会感到刺眼呢？潘梦云仿佛又回到了我刚认识她的时候那样可爱。我忽然意识到，在我身旁近一年的她，几乎没见她开心地笑过，每天都把自己埋头于繁忙的工作之中，似乎已经忘记了生活中还有说笑这回事。我的心里不由得一阵愧疚，说道，我们去看电影吧。

潘梦云愣了一下，然后使劲地点头，好像过了一会儿电影才在她的脑海中得到呈现是怎么一回事。我们去了市中心的一家影院，那里正在放一部母子别离的影片，我没太看懂。故事好像发生在台湾，一位未婚的母亲与儿子相依为命，受尽了许多人的白眼。突然有一天孩子被丈夫使用了一系列的手段抢走，孩子因想念母亲一次次一个人跑回去见她，她就使用带刺的藤条抽打孩子，后来孩子长大了，她反而疯了。对这部影片我没有太多的兴趣，我不相信这个世界上还有如此虐待孩子的母亲。反倒是潘梦云，不停地从包内抽出纸巾，擦了一遍又一遍不停流下的眼泪。那部片子的插曲很好听，我一下子就喜欢上了：世上只有妈妈好，有妈的孩子像块宝……一个稚嫩的童声在反复地唱着，给我留下了深刻的印象。与这部电影相比，我更惊诧于影院里的设置及音箱，那种效果比我小时候偶尔看的露天电影不知道强了多少倍。

影片结束后，潘梦云还坐在那里不停地擦眼睛。我用胳膊轻轻地碰了碰她，她站起来，跟着我走出影院。

我们沿着市中心区宽敞的马路走着，一直走到中心广场。我在一个广场旁边的小商铺里买了橙汁和纯净水。我们坐在石椅上静静地喝着各自的饮品。我点上烟，看着广场上的游客，他们正在三三两两地拍照。有人过来为我和潘梦云拍了一张合影，我冲他微微笑了笑。过了一会儿，潘梦云把头靠在我肩上，我静静地坐着想事情。她突然对我说："王经理可能在这里做得很不开心，戴总一直都不信任他。"我不知道潘梦云为何会这样说，只好问她："为什么你会这样认为？要知道他为公司创造了巨大的财富啊。"其实，我这个理由根本就不成立，为公司创造财富的是我，不是王光明，这个谁都心知肚明。但我不想把其中的一切都挑开说，那样对王光明更不公平。

"你知道，易翔。"她的声音有点低，好像要向我透露什么秘密似的，"如果你发现有一位美女各方面都优胜你许多倍，但却在你的身边默默地做你的助手，平日里一句多余的废话也不说，你会有什么想法？"

我的心里蓦然一动，把目光看向潘梦云。是的，一年以来，她一直就是这样在我身边默默地支持我，甘愿做我的助手，从来不说辛苦与劳累。我有什么想法？是的，我的想法是什么？好一会儿我才迟疑地说："或许是因为工作的不同……"

"你根本就不了解女人。"潘梦云打断了我的话，自顾自地说下去，"如果一个女人愿意这么做，无外乎有两种原因，一是，这个女人喜欢这个男人，心甘情愿地为他付出；二是，这个女人不得不这样做？因为有人要她这样做。”

“我还是不明白。为什么不得不这样做，有人要她这样做她可以不做啊。”

“假如这个女人需要钱，而要她做的人又愿意给她很多的钱呢？”

我忽然明白了，不由得倒抽一口冷气。这样说来，这个女人一定是被有目的地安排在男人身边的。我直直地盯着潘梦云，不再说一句话，用眼睛告诉她我已经明白是怎么回事了。

潘梦云没有注意我神情的变化，她继续说下去：“王经理名义上是一个经理，实际上权力非常小。他不像别的销售经理那样自由，有很大的权限。他的所有的生活都像被格式化了一样，每天都沿着固定的模式去做。如果你注意观察你就会发现，他的那位女司机的收入肯定比他还高。看她的穿着，从上到下一身的名牌你就会什么都明白了：她不是一位普通的司机，她是戴总安排在王经理身边的眼线。王经理的一言一行，她都会及时向戴总如实汇报。王经理也不是傻子，他也意识到了这一点。所以，他很绝望，也很失落。”

潘梦云好像在自言自语。她说的这些话我有多少进入了耳底？我想，可能很少，或许一点也没有。我与潘梦云从偶遇到邂逅，再到她离家出走我留下她在我身边，如果这一切都是故意安排的，那这个人显然非常的高明，他（她）不仅对我的一言一行十分地熟悉，可以说了如指掌，连我接下来将要做什么事在我的人生中可能会遇见什么人也都十分清楚。我不由得一阵哆嗦。但看着潘梦云，好像她对此并不知情，或许是我想得太多了？那么她就是属于她自己所说的第一种类型的。她喜欢我？天啊，不可能，绝对不可能。要知道，我们之间的差距实在太大了。即便是强行走在一起，我们携手共度的旅程也不会太长，最终还是要各走各的路。我感到这是冥冥之中注定的，任谁都无法去改变，比如我是孤儿这件事，即便方丈收留了我，最终的结果又是如何呢？他不明不白地死了，而对我最好的和尚叔叔呢，也失踪了，不知去向。

果真如潘梦云所讲的一样。快到傍晚的时候，王光明从办公室打来了电话，他向我说道：“易翔，我晚上还有一个客户要陪，就不为你接风了。你就自己找个地方与潘助理去吃吧。要不然，我安排司机刘莉小姐过去，带你们去吃本地特色风味?"我连忙说不必了,晚上我们就自行想办法解决。王光明在电话那头接着说下去,"那你就晚饭后早点休息,明天上午直接到公司来吧,过来后先到我办公室坐坐,今天你送我礼物我还没有好好谢谢你呢。"没等我再说什么,他挂断了电话。

晚饭自行解决,这容易办。我记得潘梦云说过,她也爱吃这里的肉夹馍。我们走进了一家不大但很干净的小店,点了肉夹馍,我又要了一碗臊子面,而潘梦云点了一份凉皮。晚饭十分简单但吃得很饱,也很久没有吃过面食了,所以吃得也较多。我们两个人共吃了五个肉夹馍,两碗臊子面,一碗凉皮,一碗羊肉饺子。最后,我们打着饱嗝走出了小店。

10点多钟,我躺在床上看《比尔盖茨传》。最近,我对这本书越来越有兴趣了,尤其是当看到盖茨在很短的时间内便建立起了庞大的网络王朝时,便会兴奋得拍案而起。这次来总部,来得较为匆忙,我没有准备其他的东西,第一件事便是把这本书装进我的公文包,以便能够随时随地拿出来看。可以说,在这段时间里,这本书已成了我的至爱。正当我看得入神的时候,有人敲门,接着便听到一个压低的男人声音:"易翔,快开门。是我。"我已经知道是王光明了,便迅速地从床上下来,光脚跑过去为他开门。

"把灯关上。"刚进来,王光明便说道。

我知道,他是害怕有人监控他。我关了灯,房间里黑乎乎的一片,窗外的路灯折射着微弱的光,勉强能够看到王光明坐在沙发中的身影。

"给我一支烟。"王光明讲道。

我抽出一支娇子牌香烟递给他,并用打火机给他点上。烟是我在听了史泰利的建议之后更换的牌子,他曾对我说,年轻人不要太张扬为好。在多数有身份的人都抽娇子牌香烟的环境下,我抽中华烟是对他们的不敬。史泰利是我比较尊重的一位生意人,第二天,我用娇子替代了所抽的中华。

"发生什么事了?"待他稍微平静了下来,我问道。

"在这里,我可能时间呆不长了。"王光明平淡地说道。

"为什么?"

“易翔，我不能和你在一起了。”我什么也没问。他说，“戴天要将我们分开。我也没有想到，我们竟然一直在被他玩弄。”

在王光明缓缓的叙述中，我明白了事情的真相。戴天戴总经理并不是给人印象中的那样豪爽，他是一个精于算计的人，从王光明进入公司的第一天起，他便开始对王光明进行算计了。之所以安排王光明到行政部任职，主要是因为这是一个直接向他汇报工作的职位，他能够更好地控制这位年轻的后生。而不知天高地厚的王光明则主动要求调至销售部，并向他立下“军令状”，这正好遂了戴总的心愿。他分派王光明任职西南区域的销售经理，原本想着那是一个穷区，销售业绩一直都远远地落后于别的区域，王光明即便本领再强，在这个区域的销售业绩也很难赶超其他五个区域，到时候王光明无法交差，就只好心甘情愿地走人，而他留在王光明手中的把柄也就随着王光明的离去而不会被别人知悉了。只是他没有想到，我这位跟在王光明身后不起眼的年轻小伙子，竟然在上任不到一个月的时间里就创下了公司单个销售代表销售业绩的新高。他意识到我的销售业绩肯定会刺激到那些所谓的优秀销售员，到时候将会带动全公司销售业绩疯狂地上升，而这样的话，王光明非但不会走人，在公司的地位反而可能会更加牢固。为了严格地监控王光明的举动，不让他与别的工作人员有过分亲密的接触，他为王光明安排了一位助理，不仅分担王光明业务上的事情，还充当王光明的私人司机，这也就是我第一次从重庆返回西安前两天的事情。

事情的发展果然如他预想的一样，我的业绩的领先刺激了公司内优秀的销售代表们，他们一个个要同我比拼销售的技巧，一个个都想要胜过我。尽管他们都没能够让自己的业绩领先于我，但也使公司整体的销售业绩比去年翻了几番。戴总对我的成绩表现出了浓厚的兴趣，认为我是公司的可塑之才。但他又不想让王光明的地位太过牢固，你可以试想一下，如果你比较讨厌的人天天在你面前春风得意，你是一种什么样的感觉。于是，戴总就想出了一招：把我招回公司，任职西南区域的销售经理，而王光明，则提升为销售副总监，主抓华东、华南及东北三个片区的销售。表面上是升了王光明的职，实际上是把我与王光明进行了分割，以后我的销售业绩与他无关。

突然间，我感到烦躁、焦虑甚至愤怒。我听到耳朵里嗡嗡作响，西安火车站附近小职业介绍所里的白老板、重庆市天堂镇的梁副局长、蓝天科技戴总，他们的笑声在我的耳边抑扬顿挫地响起，我感觉到从高处跌落到深渊的眩晕。

我一句话也说不出来，在这个时候，好像任何语言都是多余的。打从一开始，一切都已注定，作为一名贫苦人家的青年，我们始终逃脱不了被一些人玩弄于股掌之上的命运。有一段时间我以为我们的明天一片阳光，尤其是当我看到我的存款以几何倍增长的速度向上猛蹿的时候，我甚至还一次又一次重新虚构我幼年时的梦想，以为我的国已近在眼前，触手可摸了，偶尔想到我登上这个国的最高位置，我就会止不住地乐。现在看来，这只不过是一个幻想，一个泡沫，一个五彩缤纷的泡沫，当它一旦破灭的时候，你才会发现，它不过是一滴水，一滴丑陋的水。我抽着烟，不说一句话，黑暗中，两个红红的烟头一明一暗地交替出现着。我仿佛听到了职介所的白老板在冲我吼道："你他妈的以为你是谁，想跟老子斗，门都没有！"他的声音很尖，我能听出他很愤怒，他的声音里充满了火药味，好像稍微再冒一点点火，就会顿时爆炸起来，将我炸得粉身碎骨。

或许正是这种声音让我感到耳朵里嗡嗡作响，让我感到眩晕。我感到无奈，一种巨大的苍凉将我的生命虚空成一座不见底的深谷。

我想到了反击，对所有不怀好意的人，对一些恣意把我们这种穷苦的青年玩弄于股掌的人。

"你要我怎么办？"我问王光明。我是一个嫉恶如仇的人，也是一个知恩图报的人。王光明与我虽不常联系，但我们之间的感情已经达到了一种常人难以理解的地步。他要我做任何事情，只要是我能够做到的，我绝不会皱一下眉头的。

"我要离开这里。"王光明似乎在沉思，但他还是接着说了下去，"我有一个高中同学，毕业后就外出打工了，前段时间他与我联系，说是在一家企业做得不错，我想过去看看，如果合适的话，我想在那边投资做点生意。"

"是要我拿钱给你？"我问道。

"不是，钱我已经有了。虽然戴总安排了一个眼线在我身边，但她还是不能够二十四小时不眨眼地监控我。老虎也有打盹的时间，我就利用这些时间，也弄了一些钱出来用。现在我身上已经有了100多万元，想必已经够用了。”王光明对自己的手段好像是颇为满意。

我没有开口，也没有打击他的这种怡然自得的心情。在做销售这一年的时间里，我的销售业绩平均下来，每月都有近3000台的仪器，光是公司返给我的佣金就有近300万元，减去我在重庆的工作开支，返给那些医药公司的，我剩余的还有120余万元，如果加上公司每月派发给金牌销售代表的奖金1万元，我总共还有130余万元。显然，作为一名销售经理，自下面销售代表的业绩而拿到的佣金是不多的。

我想了想，还是说道：“如果钱不够用的话，我可以想办法让戴总多拿些给我们。”

“不，不。我不能那样做，一年下来，我赚的也够多的了，我也不希望再用那件事要挟他了。”王光明慌忙阻止我。然后，他用讥讽的眼神瞅着我说：“怎么，你怎么会那样想？我一直以为你是一个很善良的人。”

我装作没有听懂他的话，回答道：“我呢，是一个受穷已经害怕了的人，我不喜欢放过任何能够捞钱的机会。对于那些表面上是君子、骨子里却是卑鄙无耻的下流人，我更不会放过。再说了，即便要走，也要走得理直气壮，走得趾高气扬。”

王光明似乎很欣赏这个理由，我甚至能从黑暗中看到他严肃的脸上露出一丝不易察觉的笑容：“好吧，反正我们要走了，这样不声不响地走，我确实也有些心不甘情不愿。想想他对我做的那些事情，我就来气。”

我开始给他谋划，等明天上午会议结束之后，我们一同走进戴总的办公室，把我们的辞呈在他一个人的时候当面呈给他。辞呈上写道我们有更好的发展，要离开公司，立即就走，从此与公司无任何关系。等到戴总一在辞呈上签了字，王光明就立即拿着辞呈办理相关离职手续。而我留在办公室里与戴总交易，交易的时间大概需要15分钟，而这已经够王光明办完所有的交接手续了。“明白了吗？在这个环节中，任何地方都不能出现纰漏。”我再一次给王光明确认。

王光明用一种疑惑的眼光打量着我。

“你确定要这样做吗？你知道，那个人很有心计的，在这座城市里也很有地位及影响力。也许我应该陪着你，同他交涉，毕竟他不敢拿我怎么着，我手里握有他的把柄，他应该不会乱来而不顾及到自己的地位和影响。”我发现王光明对我还是非常紧张的，我忽然感到非常感动，好在我们是在黑暗中，王光明没有看到我神情的变化，而我也很快就将这种感动压下去了。

我冷静地说道：“我们俩人必须有一人去办理离职手续。我说过，即便走，也要走得光明正大，辞呈上也写明我们是因为自身的发展而离开这里，并且将与公司无任何的关系。如果我去办理交接手续，则显得名不正言不顺了，因为我作为你的下属怎么能够越权帮你办理手续，而你帮我办理则是再恰当不过的。来，我是跟着你来的；走，也跟着你走，不会引起任何人的怀疑的。”

沉默了一会儿，王光明站了起来，在黑暗中握着我的手，说道：“好吧，我们就这样做。不过，兄弟，你一定要小心。万一不行，就算了。我们已经有足够的钱了，在广州做点事情也是够用的了。”我拍拍他的肩膀说道：“放心吧，不会有事，我会见机行事的。”

王光明又与我握了一下手，然后离去。在王光明面前，我没有将我的详细计划告诉他，那样将会用去我大量的时间向他解释其中的奥妙，而他仍会瞪大了眼睛盯着我看，一副打量外星人的模样。更多时候，我必须要保持我的普通人的身份，一个平平凡凡的青年人，与任何一个与我同龄的青年人没什么两样，一样的幼稚，一样的天真，看到一位漂亮的女孩一样会脸红心跳，而眼睛却不自觉地偷偷地在她的身上扫来扫去。我将要做的，只是对戴天进行一次小小的惩罚，让他以后收敛自己的行为，不要再对穷苦的员工或是穷苦人随便玩弄。

第十五章

戴天，蓝天科技公司的总经理。一张肥胖的脸上蓄起了稀稀胡须的戴天，掌握着一万余名员工，在这座城市里高高在上可以呼风唤雨的戴天，为了让儿子读名牌大学不顾及别人十年寒窗苦读的戴天，把员工玩弄于股掌之中，从心眼里憎恶穷人的戴天，此刻正坐在豪华的单人办公室里等待着我们的到来。我能想象得到，他在等待我们时的神情。一边喝着上等的铁观音，一边不耐烦地看着手上名贵的手表。

我与王光明并没有立即赶过去，在王光明的办公室里，他交代着他的“秘书”正在电脑上打印着辞呈。潘梦云坐在一张单人沙发上，一言不发，把自己埋于沙发之内，好像在思考着什么。她不明白我们为什么会突然提出要走，或许她正在思索着，是要继续留在这里，还是同我一起离开这里，奔赴一个未知的前途。

我坐在对面的沙发上注视着她。潘梦云的脸圆圆的，嘴唇很厚，乌黑的头发直披到肩上，偶尔从窗外刮过来的风忍耐不住要上前把它吹乱，结果无功而返。额前的刘海一直覆盖到眉心，把眉毛都遮住了，如果你不仔细看，她坐在那里睡上一觉你也不会发现。潘梦云比我初见她的时候黑了不少，也结实了不少，我知道这是她这一年里辛苦劳累的结果。想到这个有家却不能归的女孩，我的心就忍不住一阵颤抖，或许她留在公司里，是她最安全的归宿。凭她美丽的外貌，优秀的业务能力，我应该可以说服戴总把她留下来，继续接管重庆的销售市场。

这样想着，我的心里便豁然开朗了。然而，当我抬头再看向潘梦云的时候，她却正泪眼汪汪地看着我。仿佛看透了我的心思，她摇了摇头，眼神仿佛在控诉我不应该把她留下。“你知道,那将是比较辛苦的……我们也不知道能否会干出些名堂来……”我没有接着说下去,她坚毅的眼神已经告诉我了,她不怕吃苦。她看着我,等待着我的应允。我站起来,走到窗前能晒到太阳的那块地方,不想让她看出我的心软。

我没有再看她一眼,这里不是我与她商量事情的地方。来公司,我们有重要的事情要做。如果要与她商量事情,或是征求她的意见,我们没必要在这里。在酒店,在广场,甚至在路边,任何一个地方都可以成为我们谈话的空间,然而,这里不行。她似乎很失望,一个人静静地流泪。有好几次,我听到秘书打字的声音停顿了下来,她看看我,又看看潘梦云,见我们都沉默着,于是打字声又在办公室内响起。我点燃一支烟,离开了窗前的那片太阳地,在潘梦云面前的沙发上坐下。我想安慰她几句,请求她的饶恕,饶恕我的自作主张及可能会对她造成的伤害。但是,我却无法开口,语言如同卡在喉咙里的鱼刺一样,无法吐出。思来想去,让她留在这里都是目前最为妥善的安排。

她没有再抬起头来,她把头深埋在两只胳膊之间,肩膀剧烈地抖动着,我想她一定非常伤心。但我没有时间去理会这些了。这会儿,秘书已经把辞呈打印好了,王光明拿着他和我的辞呈站在了我的面前。我起身,同他一起走出办公室。在办公室房门关上的时候,我看到秘书正拿起桌上的电话。

与我一年前进入戴总的办公室相比,这里多了一些东西。其中最显眼的就是在戴总办公桌后面有一台比较大的仪器,上面有好几个数字转盘,好几个仪表,还有一打以上的开关。一块镀金板上刻着“环球超声波治疗股份有限公司”及“超声波治疗仪,166 万能型”等字样。仪器的正上方,摆放着一台贵重的摆钟,摆钟正在嘀嗒嘀嗒地响。办公室里还多出了几张椅子,与原有的五张单人沙发错落有致地摆放着。看来,这里经常有许多人出入,开一个十多人的小型会议已经足够了。

刚才的等待看来已让他做好了充足的准备。见到我们进来,他肥胖的脸上呈现出热情的笑容:“我们的金牌营销代表返回来了,欢迎,热烈欢迎啊!”他坐在办公桌后的沙发上,没有站起来也没有要起身的意思。我与王光明正准备在进门的那张双人沙发上坐下,他却招呼着我们:"不,不要坐在那里,坐到这里来,很久没有见到你了,我要听听你这段时间的故事,你是如何一步步地把我们的产品销售到整个重庆市场的?"

我与王光明在他办公桌前面的椅子上与他面对面地坐下。我简单而迅速地把这一年来的销售情况给他作了一个汇报,他听了之后连连露出赞叹的神情。我越发对他厌恶了,我相信在我们还没有走进这间办公室的时候,他就已经知道我们来的目的了,然而,现在他还在装模作样。不过,我还是强压着我的愤怒,因为等一下,我可能还要请求他让潘梦云留下,继续接手重庆的销售市场。潘梦云名义上是我的销售助理,但她却一直没有被公司认同,也没有从公司领取过一分钱的工资,她每月的收入都是由我来支付的。但是现在,我要离开这里了,她不能没有一份安稳的工作,而接手重庆市场,也算是我留给她最好的礼物了。

漂亮的女秘书扭动着美丽的腰肢为我们各冲了一杯好喝的咖啡。待秘书离开之后,戴总依然保持着他的笑容,亲切地问我:"易翔,你来公司做销售代表多久了?"

"我与王经理是同一天加盟公司的,到今天,已经一年零三天了。"我回答道。

他点了点头:"你觉得在这一年里你有收获吗?"

"当然。"我由衷地说道,"在这里我得到了成长与提升,以前许多没有碰到过、没有想过的问题,在销售的过程中却经常遇到,我现在不仅能够从容地去看待这些问题,还能够使这些问题得到最好的解决,这是我最大的收获。当然,在物质方面,我的收获也不小。"

他微笑着点头:"你想不想得到更大的提升?让你的能力与你将要得到的物质与财富更加接近?"

"我不明白。"我故意装糊涂,疑惑地问道,"您指的是……"

戴总端起面前的咖啡,喝了一口,把目光转向王光明,说道:"我以为你会提前透露消息给他,看来,你是想给他意外的惊喜啊。"他又把目光转向了我,接着说:“经公司董事会决议,提升王光明为销售副总监,而你将接替王光明目前的工作,负责整个西南区域的销售工作。你一定没有想到,很感意外吧?”

我不再说话,一副沉思的模样。而我的脚,悄悄地踢了一下王光明,他明白我的意思。他从椅子上站了起来,把我们两人的辞呈递到戴天的面前,说道:“戴总,非常感谢您给了我们这次机会,让我们能够在公司里得到提升与锻炼,在这一年的时间里,我们确实得到了不小的提升,也学到了很多宝贵的知识。现在,我们准备离开公司,到东南沿海去发展。这是我们的辞呈,在里面已经注明了,我们离职之后,将会与公司再无任何关系。请戴总给予批准。”

戴天接过辞呈,随便地翻了一下,再次把目光转向我,说道:“你们真的就这么决定了,不再考虑一下了?”

我依旧不说话。王光明笃定地说:“是的,我们已经决定了,不用再考虑了。”

“那很遗憾,我也只能预祝你们得到更好的发展了。”说着,戴天在我们的辞呈上龙飞凤舞地签上了他的大名。拿着有他签名的辞呈,我们在15分钟之内就可以办完离职手续,或许这就是大公司之所以大的原因,办事效率非常之高。我们道了谢,我站了起来,再一次同戴总握手,他也与王光明握了一下手,但显然不那么热情。

王光明走在前面,快速地离开戴天的办公室去办理手续了。我慢慢地移动着脚步,等到约摸与他的距离有两米远的时候,猛然间我停住了脚步,转过身,把手用力地扯向头发,再一次面向戴天。刚刚坐在办公桌后面沙发上的戴天显然是愣了一下,他的眼神呈现出瞬间的茫然。我抓住这瞬间的机会,运用丹田腹力发出沉闷而尖锐的声音说道:“入眠!”戴天立即进入缓缓沉睡的状态。

我按照预先设想的问题开始与他对话。“为什么你会想到要升我的职,让我做西南区域的销售经理?”

“你能够把西南区域的销售业绩做得更好。”

“这是董事会的意思还是你自己的意思?”

“董事会的决议,但主要是我的意思。”

“为什么要这样做?”

“我要把你与王光明分开。他是一个无耻的小人,书呆子,没有一丁点的能力,还每天异想天开地要做大事。我早就看透这种人了。要不是我有把柄在他手里给了他这次机会,他永远都别想有出人头地的一天。但现在,看看他那种表情,一副小人得志的样子,还到处炫耀他有多大的能耐……”

“没有别的意思了?”我打断他的话,继续问道。

“有。我不能让他在公司里扎下根来,那样将会影响到我的地位。我要把他的翅膀砍下来,他就动弹不了了。”

“那他这样离开,你会不会感觉到对不住他?”

“不会。”

“好了,这件事我也就不再继续问下去了。这样吧,现在王光明要到沿海城市去创业,需要资金支持,你就以个人的名义,支持一下他。最好你能够写一张字条,说你非常敬佩有作为的青年,愿意拿出一笔钱来资助他创业,并且这些钱将永不追究。”

“好的。”戴天拿起纸和笔,刷刷地写了起来,并在末尾签上了他的大名。我拿到字条一看,几乎要大吃一惊:一千万!老天,他个人哪里来的那么多钱?

我说:“现金,你有那么多吗?”

“那是当然。”他转过身去,转到他身后那台仪器上面的一个仪表,转动了几圈之后,门打开了,里面摆放的是整整齐齐的百元大钞。

“就按你写的这个数目拿给我吧。”我说道。

他把钱装进一个密码箱内,满满的一大箱,我提着,沉甸甸的。我正要准备离开的时候,忽然间想到了一个问题,继续问道:“你怎么会有这么多现金?”

“是我为组织募集的。”

“什么组织?”

“一个秘密组织。”

“你们要用这些钱来做什么?”

“组织成员,策变。”

蓦然间，我几乎要跌倒在地。我感觉到自己的心脏就要跳出来了，我没有想到，我面对的竟然会是一个阴谋策动社会混乱的人！为了不让更多的人受到危险，我觉得我应该做点什么。沉思了半晌，我毅然把手伸向电话，并在电话上按下了免提。当嘟嘟两声铃响之后，电话里传来了一个稳重的声音：110，有什么可以帮你的？我没有回答他们，继续向戴天问道："你们将会在什么时间策变？采取什么样的行动？"

"有一个联络人会具体通知我们，但这件事不会要我们直接出面，我只是负责筹集经费。李大师在北京行动的时候，会有许多人纷纷响应，我的任务就是把这些钱及时送过去。我们的活动十分隐密，不到时间，任何人都不会知道具体情况，就怕有人告密。"

"什么人会通知你们？"

"一个姓劳的中年男人，他的右脸有一道疤。"

"再告诉我一下，你的这些钱是如何募集来的？"

"是从公司的公款里挪过来的。这件事要是被别人知道了，我也就玩完了。我做事十分小心，他们是不会察觉的。"

"最后一个问题，你叫什么名字，干什么的？"

"戴天，蓝天科技公司总经理。"

我按下免提，把电话挂断，提着沉甸甸的箱子走出房间。在临出门的时候，我告诉他，当他听到有人直接叫他戴天的时候，他就可以醒过来了，目前，他十分疲惫，需要好好地睡上一觉。

我突然间改变了主意。看来让潘梦云留在这里，并不是一个明智之举，因为稍不小心，她可能就会被卷入一场阴谋的混乱中。我决定了，要带她离开，我们一起去广州。

离职手续办理得十分顺利。我与王光明从走出公司的那一刻起，与公司就再无任何关系了。我们决定，直接打的到火车站，坐下午3点的火车前往广州。我们不想给任何人一个空降的富翁的印象，我们在接下来的日子里，仍然要精打细算地过生活，因为，那一千万我没有打算随便拿出来用。或许在某个地方再发生一次前两年那样的大水时，我可能会把这些钱全部拿出来，捐给他们，给他们一些力所能及的帮助。

在去火车站的路上，我从车窗上看到有许多辆警车呼啸着直奔高新科技园。王光明瞪大了眼睛看着我，我故意把头扭过去，看窗外的风景。他什么也没有说，把话永远地留在了肚子内。一路上潘梦云也没有说话，她同我一样，要尽可能地把这座城市留在记忆里。太阳已经出来了，在出租车的正前方，但无论怎样加速，出租车始终与它保持着非常遥远的距离。我们一共路过了 16 个红绿灯，其中停下来 5 次，等了 78 秒。在这段时间里，我看到路两旁的一些店铺，伙计正慵懒地把店门打开，在他的用力下，卷闸门砰地一声开到了顶端，绿灯在这时亮起。

第十六章

王光明所说的高中同学是一个叫邱建军的男孩。那是一个瘦高瘦高的年轻人，23 岁左右。显然，王光明没有告诉他我与潘梦云会一起过来，当他看到我们的时候，吃了一惊，但很快地便恢复了镇定，向我们伸出双手，笑容非常自信。

他穿着一套深蓝色的西装，笔挺笔挺的。与他握手的时候，我注意到他西装袖口的商标没有拆掉，那是一个我没有听说过的国内品牌，我不知道具体的价格会是多少，但绝对不是上等的那种，我注意到他胳膊下的地方，有许多细小的毛球，那是劣质布料穿过一段时间后常见的现象。一种隐隐约约的感觉让我非常不舒服，或许这里并像他在电话中讲的那样，遍地是黄金，到处都是机遇。他的领带让我确认了我的感觉，那是一种在街头小摊上随处可见的货色，一条最多 15 元。

王光明似乎没有注意到这些，他与老同学高兴地握手、拥抱。邱建军向我们介绍一直站在他身后的一位少女，看起来应该同潘梦云的年龄一样，但皮肤显然黑了许多也粗糙了许多，好像是经常在烈日下曝晒或者是劳动而造成的。邱建军对她的介绍十分简单：林琲，今年刚大学毕业，现在公司里实习兼任秘书。

林琲对我和潘梦云好像不大热情，同我们握手感觉像走过场一样。而与王光明握手，则显得非常热切，好像王光明是她的衣食父母一样。我仔细地打量了她一下，虽然还算漂亮，但没有气质，不像是念过大学的样子。当然了，我没有读过大学，不知道大学生的样子如何，但她与潘梦云相比起来，显然是逊色了很多，无论是从气质上还是从外貌上。如果不是王光明强调我是他的"财神爷"，相信连握手她也会免了。

我们一路走向公交车站。邱建军说他住在南湖山庄，现在就去他的住处，先安排我们住下来，然后带我们四处看看，之后再了解他在电话中所提到的机会。我不大乐意住在别人的家里，尤其是我注意到他似乎不敢看我，每一次与我的目光接触的时候，他的眼神总是躲躲闪闪的，透露出一种莫名的恐慌。所以，在公交车站我对王光明说道："你随他们过去，我与梦云找一个旅社住下就行了，人多，我不愿增添你同学的负担。"我的话说得十分坚决，有任何人都不能说服我的意味。

王光明猛然意识到自己的身份。这次来我们是来寻找合适的机会开创事业的，不是来投奔他的同学的，这两者的角色是完全不同的。王光明看看他的老同学，又看看我，突然说道："老同学，麻烦你了，带我们去找一家酒店。易翔说得对，我们不能给你增添麻烦。"

邱建军这个时候仿佛才明白我的重要性。与王光明之间，我们有一种十分微妙的关系，我感恩于他给我的机遇，所以十分努力地工作；而我们又是在工地上结识的朋友，重要的是因我的努力，他在戴天面前才能够理直气壮地提出自己的想法甚至可以对他说不，这是人格与尊严独立的体现。从这个意义上来讲，他对我也怀有一种微弱的感恩的心理。我们两人是彼此尊重的，谁也不会反驳对方正确的建议。邱建军连忙对我露出他那两排不整齐的牙齿，问我："你们想住什么样的旅社?”我说:“对这里我们不熟悉,你来决定吧,只要干净就行。”我想了一下,又补充说道,“交通也要便利一些。”他呵呵地笑着,说道:“那就中信广场这边吧,这里有几家酒店,都挺不错的。”

我正准备说你决定吧,王光明接了过去:“我上次来广州开会的时候,住的是白云宾馆,那里就挺不错的。地方清静,环境也较幽雅,有一点非常重要的是,房间比较宽敞,可以在房间里举行小型的会议。我们就住在那里吧。”我没有说话,从邱建军的神情上,我可以想象到王光明所讲的这个宾馆规格之高。我看到邱建军深深地吸了几口气。

我说:“好吧,就住在那里。交通也很便利吧?”

“那是当然,无论你想去哪里,都能够随时地坐车。”王光明对邱建军说,“老同学,走吧,现在带我们去那里吧。”邱建军脸上的表情极不自然,但他还是满不在乎地说道:“好,我们这就赶过去。林琲,你去看一下站牌,看哪班车到白云宾馆。”林琲应了一声,正要前去,王光明哈哈大笑起来:“老同学,你不至于这么寒酸吧!我们直接打辆出租车过去吧。”邱建军脸顿时红到了脖子,一边说就是就是,一边跑到路边拦截出租车。

出租车在广州的街道上滑行,路灯适时地亮了起来,夜晚已经来临了。路边的灯火和楼房不断变幻,彩色的霓虹灯耀眼地闪烁着,从很远的地方就能看到。墙壁、公共汽车站、房屋建筑、地板、出租车、货车、建筑物脚手架、家具、电梯、提款机等等,无论是大街小巷,还是穷乡僻壤,到处张贴着胸罩、冷冻食品、去头屑洗发香波以及三刃剃须刀的广告。一路上,潘梦云都没有讲话,她把自己的目光投注在这些广告上面。但我能感觉到对于我的这次决定她是十分满意的,因为在火车上,很多次她都会把头靠在我的肩膀上,而一旦注意到王光明在对面注视着她的时候,才又迅速地移开。我离开重庆时的那种感觉更加强烈了,我想这个女孩或许真的是喜欢我了。

寂静在逐渐地消失。出租车里电台正播放着增高广告,一位听众打进热线电话,诉说自己身材矮小的苦闷以及增高的强烈愿望,另一位听众打进来,说穿了他们的增高鞋之后,半年的时间就长高了20厘米,现在还找到了一位漂亮而十分爱自己的女孩子做恋人。我边听着,边微笑着发表意见:这些傻蛋。潘梦云十分暧昧地瞥了我一眼,又迅速地把视线沉埋于那些灯体广告之中。

司机拉下了手刹,出租车停了下来等着绿灯的亮起。已经是第三个立交桥了,我不知道还要再过几个,还要再兜多大的圈子。潘梦云把自己蜷缩在角落里,显得十分孤独。我移动了一下几乎发麻的腿,却不小心把手放到了潘梦云的腿上。她又向里挤了一下,显得更加的弱小与无助。林琲坐在邱建明的腿上,两人一路上没有开口说一句话,可以看出,他们之间的关系一般,绝非是那种可以坐在腿上的关系。我注意到,坐到邱建明腿上之后,林琲从没有正眼看过一次邱建明,同潘梦云一样,她也把脸扭向窗外,只是她们二人看的方向刚好相反。

有多长时间了,出租车像蜗牛爬路般地前行着。到处是车和尾气。能够占用的空间再也拥不下一只脚。立交桥两层不够使用就建到了三层,然而好像并没有起到什么作用,车辆依然在立交桥的两头排起了长长的车龙。真的见鬼了,我让司机把窗户打开,我与王光明调换了一下位子,点燃一支烟,我对着窗外吐出了一个又大又圆的烟圈。路过沙河大街的时候,我看到一个似曾熟悉的身影,好像是蓝天科技华南区域的销售代表。我第一次返回公司总部的时候,好像与他见过一面。这附近应该就是华南区域的办事处了。在火车上,我已经看过今天的报纸了,广东的报纸也用了头版来刊登戴天的照片:一名优秀的青年企业家(已经50多岁的人了,还被称为青年,真不知道这些媒体对青年是如何界定的),因涉嫌挪用公款、阴谋策动社会混乱等罪行,被警方逮捕,审讯将于三日后在西安高等人民法院举行。王光明也看到了这条消息,轻轻地说道:“他奶奶的。”

出租车在一个小时之后将我们送到白云宾馆前泊客的位置。机灵的门僮为我们将出租车门打开。我第一个从出租车内走出来,伸了伸四肢,一种久违的舒服感又涌了回来。在车里的一个小时,就好像是被人控制了自由,现在好了,我自由地在天空下伸展与呼吸。第二个下来的是潘梦云,她并没有像我一样舒展四肢,她稍稍地整了整衣服,向我投来询问式的眼光。我点了点头,她走进了大堂。

在一起一年的时间，我们习惯了这种眼神的交流。其实更多的时候，我们都很喜欢这种交流的方式。我本身就不大爱说话，经常把说话当成是一种负担，而潘梦云，自从经历过被梁大公子纠缠那件事之后，好像变了一个人似的，话语也少了很多，除非一些必须要用语言来传达的，其他她一概跟我用眼神来交流。

邱建军在王光明结完车费走下来的时候，提出告辞。我们没有挽留他，王光明只说了一声明天我会给你电话的，便与他握手告别。林琲依旧是不大热情的样子，同我们握手的时候只是勉强地碰了碰手指。我知道邱建军心里是有些发怵了，他那一身廉价的西装在这样的酒店里一下子便无所遁形了。或许他也意识到了这一点，按照目前的状况最好还是不要走进这种五星级的酒店。本来当王光明提出住在这种高档的酒店我也是要反对的，但我看到邱建军狠狠地吞着口水，便鬼使神差地同意了。

我们并没有什么行李，每人一个简单的背包。戴天给我们的钱我在西安的时候就存进了银行里，我没有告诉王光明具体的数目，他也没有问起这件事。银行卡在我身上，只要他需要，我随时都会拿出来给他使用。门僮将宾馆的大门打开，欢迎我们的到来。潘梦云已经开好了房间，三间标准单人房。我们像是骄奢的富家子弟，边说边笑着走进房间。

洗漱完毕，整个人便精神了许多。床头电话响起，是潘梦云用内线打来的，问我晚饭要吃些什么。她说了几个地方，川、湘、粤菜系都有，最后我问她，最近的大排档是哪一家，潘梦云流利地说出来，她还说那是一家川菜馆，一直营业到凌晨3点。我说道，好，就这一家。放下电话我发觉我越来越依赖这个女孩了。她已经非常熟悉我生活的每一个细节。她知道我一定不会选择那种高档的餐馆去吃晚饭，所以在咨询总台的时候也详细地询问了附近的大排档。

南国的天气十分宜人，虽已进入12月份，但并没有一点寒冷的迹象，街道上的行人依旧穿着十分单薄的衣服，有些靓丽的女子甚至还穿着短裙，让美丽的双腿裸露在风中。王光明将杯中的啤酒一饮而尽，问我：

“易翔,你是不是早已经知道了?”

“什么?”

“戴天被捕的事情。”

我拿起桌上的啤酒,给他加满,我端起我的酒杯,轻轻地喝了一口。我说:“为什么会这样想?”

“我不是傻瓜。凡是有脑子的人都会这样想。”

我呵呵地笑了:“这很重要吗?”

王光明愣了一下,接着便明白了过来,是的,什么都不重要了。去他的戴天,去他的蓝天科技,一切与我们无关了。我们举起杯,干杯。

我说明天去邱建军那里,你一个人过去吧,我与潘梦云先找个落脚的地方,我说你看我们租一套三室一厅的公寓怎么样,王光明对这个问题似乎不大热衷,他让我随便。他在想事情,他想什么我知道。

干完最后一杯啤酒的时候,王光明说明天一早他就过去那里看看,他不相信邱建军会骗他。看来,王光明也已经知道了,邱建军的现状并没有电话里讲得那样好。王光明之所还要去看一下,我想主要是他不喜欢被人愚弄的感觉,我也不喜欢。

但我没有再说什么,我的头晕晕的,我的舌头有点大了。老天,我竟然陪着他喝下去了两瓶啤酒。

王光明起得很早,他8点多的时候就出去了。我因昨晚的酒精作用而睁不开眼。他说今天他会回来得较晚,让我找好落脚点之后打电话告诉他,他直接过去。我迷迷糊糊地嗯了一声,他走出去的时候,我又睡着了。

潘梦云把我叫醒的时候已经11点了。她通过内线电话问我,要不要还在这里住一天,我回答不用。我立即起床,以最快的速度洗漱,15分钟后,我打内线,告诉她,我们现在可以去办理退房了。

我们在一间比较干净的餐厅里吃了早茶。街道上行人脚步匆匆,没有人会注意潘梦云在不知不觉中挽起了我的手臂。我们并排慢慢地走着,微风吹来,仿佛是在北方的阳春三月。

公路上挤满了各式各样的小汽车，大型商场，商业中心，还有各式各样的特色的餐厅，一一进入我的视线，通过这种方式，我感受着这座城市的心跳，我觉得自己流浪的脚步将会停止，我将会在这里待上一阵子，或许不再离开。

我们在海珠区找了一套三室一厅的公寓。我们花了一个小时的时间把房间重新清扫了一遍，然后我们去购物。又一个小时后，我们提着大包小包的东西回到公寓。我们对房间进行了分配，我的房间是面向南方的也是最大的那间，因为房间里有一个大书柜，我可以把许多书放置在里面。王光明的房间在我的正对面，而潘梦云的则居正中，无论是我或者是王光明，有任何事都可以在最短的时间内通知潘梦云去做。客厅里有一台半新的柜式大冰箱，声音吵得像是儿时看露天电影时的发电机，还有一台 24 寸的 TCL 彩电，打开的时候只可以听到嗡嗡的声音，看到模糊不清的人影。一张三人沙发还有两张单人沙发都是纯木的，上面的海棉垫子已经露出了海棉。厨房里有一台双灶的煤气炉，使用的是天然液化气，我们不用再购买煤气罐了。但厨房用具锅碗瓢盆都需要购买，我和潘梦云相视一笑之后，洗了洗手，重新返回商场。

王光明回来的时候，这套租来的公寓已经能够感受到家的温暖了。我们在每一间卧室的窗户上都装上了那种暖色调的窗帘，客厅的窗户上也是如此。卧室的床上，都铺上了新买的床单和被子。电视机让公寓的维修员修理了一下天线，能够清晰地播放想看的节目。沙发上也换了新的坐垫，地板被擦得干干净净的，在白炽灯的光照下，能够照出人的影子来。

潘梦云很喜欢做菜。在重庆时她就常常做她拿手的菜：五香牛肉、酸辣土豆丝、水煮鱼、辣子鸡。天稍微凉一些的时候，她也会弄火锅来吃。她弄的火锅也非常地道，同在正宗的火锅店里吃的感觉不出来两样。后来，她也尝试着做一些面食，比如肉夹馍、手擀面之类的，但她总是弄不好，我手把手教了她几次，她也学不会，所以想吃面食的时候也只有我自己动手了。我们在一起，彼此不问对方的过去，我想这可能是我们能够开心地生活在一起的原因。彼此不问出处，只奔着同一个目标，坚定不移地前行。

王光明并没有表现出惊喜。坐在饭桌前，他只是默默地吃着饭菜，慢慢地饮着啤酒。啤酒下午买回来就一直在冰箱里冰冻着，十分地冰，我喝了一口，便感觉到一股凉气直冲脑门，赶紧给自己盛了一碗汤，小心地喝着。电视里播放着广东方言版的新闻，我们都听不懂，但谁也没有拿起遥控器来换台。王光明嚅动了几次嘴唇，我夹了一些菜，放在他的碗里，告诉他，先吃饭吧，他没有说什么，埋着头大口大口地吃着。

晚饭后，潘梦云在厨房里收拾碗筷。我点燃一支烟，然后抽出一支，王光明没有接，我又放回烟盒。王光明在等着我问他今天外出的结果如何，我没有问他，答案已经全部写在他的脸上了。

他还是自顾自地说了起来，他说："邱建军欺骗了我，那小子没干正经事。"

我没有发表意见，等着他继续讲下去。他说："试着想想看，如果你走到一个房间里，那里坐满了一屋子的年轻人，听一个比你我还年轻的小伙子在上面讲课，说这位小伙子是比较优秀的销售员，在多么短的时间内就做到了销售经理的位子，可你看到他穿的那套西装，我敢保证绝对是在菜市场旁边的衣摊上买的，一看就是劣质货。可他不在乎，在台上还装模作样地讲着——"王光明清了清嗓子，学那年轻人的声音，有种嘶吼的感觉，他吼着，"大家来到这里，无非是寻找机会和寻求改变。我把你们带到一个敢梦敢想的空间，它首先不限制你年龄的大小，学历的高低，有无良好的社会背景。只要你做人成功，想要就能得到，得到就能改变你和整个家族的命运……"王光明中止了嘶吼，停顿下来，看着我。

"好，好！讲得真不错，继续讲下去嘛！我在听着。"我打趣地为王光明鼓掌，潘梦云也从厨房里探出头来，莫名其妙地看着我们两个。

"好，好你个大头鬼！"王光明拿起面前的茶杯，装模作样地要向我掷来，我配合着他躲了一下，然后，向他问道："接着又发生什么事了？"

"能发生什么事！在这种情况下，再笨的人也能够明白，这是传销，国家明令禁止的行为，而他们竟然还在执迷不悟。我要拉邱建军出来，那小子竟然还要和我急，看他那德行，我就生气，别提他了，如果不是因为老同学的关系，我也懒得理他。"

"接下来呢?"

"接下来我就离开那儿了。"

"然后呢?"

"然后,然后什么都没有。"王光明信誓旦旦地说,结果一会儿他又转变了他的语气,"易翔,你真是一个小混蛋,看来什么事情都瞒不过你。不错,我是去了广州办事处,与刘经理聊了一会儿……"

"告诉我结果,你是怎样决定的?"我打断了王光明的话,我知道要是听他这样东拉西扯地去讲,他能够讲上一整个夜晚,而没有把重点讲出来。

"刘经理说,公司董事会对我们俩人的辞职感到十分意外。他们重新考虑了对我们职务调动的决议,发现是戴天一人在搞鬼之后,就取消了原来的任命。只要我们同意,我们可以随时再回公司任职。我仍然是销售副总监,你是销售经理,不过,无论到什么时候,我们都会在同一个区域,只要我们不同意分开……"

"你是怎么决定的?"我重新强调了这个问题。

"你知道,我不大喜欢在大城市里的生活。"他说,"那里有太过激烈的竞争,不正常的欺诈,太多的车辆,拥挤的交通,即便到处都是立交桥也无济于事。停车困难,弄不清的单行道,各种污染——"

我呵呵地笑了:"你还是没有回答我的问题。"

"我们要离开这里,乘坐明天的飞机回到西安,重新到蓝天科技那里去上班。只要我们回去,那里的任何一个区域都由我们自己挑选,这是他们董事长的承诺。这就是我的答案:明天早上,我们离开这里,回西安。"

"不是我们,是你。"我替他纠正道,同时起身走回我的房间,趁他还没有开口说其他事情之前,把房门关上。

第十七章

把王光明从白云机场送上飞机之后，我没有回公寓。与潘梦云单独在一起的时候，她总是有意无意地挽起我的手臂，这本不是什么大不了的事儿，在重庆的时候她就经常如此，我并没有因此而感到别扭。现在却有些不同了，肖娅莉的信、王光明看我们时有些暧昧的表情，都令我有些不自然。我想，他们或许都误会了。此刻我不想回去，我似乎有些害怕单独与潘梦云处于一个房间里了，这真是一件怪事。我觉得自己在外面，应该有许多事情要做，但该死的脑袋，这会儿竟然找不到一件能让我花费精力或者是心思去注意的事情。我告诉自己，即便是你们从小就在一起玩耍，经常上山掏鸟窝，下河捉泥鳅，但忽然间有一天，你发现你们都长大了的时候，你们在一起也不会如小时候那样自然。我与潘梦云之间的感觉现在就是如此，我们好像认识了很多年，我们彼此熟悉对方，知道对方的任何爱好或者是生活细节，但现在王光明离去了，我们却突然间无所适从了。

王光明执意要走，这是我早已经料到的结果。办理了离职手续之后，我要立即离开那座城市，就是不想他看到戴天被捕的一幕；选择了坐火车，我本以为在旅途中他不会看到有关的新闻，火车上还没有安装电视，等到广州时，也已经是三天之后了，这件事也应该过去了，那样王光明就不会知道公司到底发生了什么事情，更不会想着要回去了。但我没有注意到，火车上随便跳上车的小商贩，他们会向旅客兜售当天的报纸。就是那张报纸，戴天的图片在头版头条占据了半个版面，王光明把它买了下来。从看到戴天被捕的这条新闻到走上飞机，王光明始终都没有向我问询过此事。他跑到广州办事处向刘经理打听事情的详细始末，只探听到公司欢迎他回去继续任职的消息，一时间他热血沸腾，他认为戴天的被捕与我们有关系，既然事情现在到了不可收拾的地步，他要回去处理残局，最起码，只要公司的销售部门没有受影响的话，公司就不会因戴天的离去而遭遇不测。我与他之间好像自这一刻，开始产生了隔阂，他认为我故意把这件事瞒着他是不再想做他的下属，他购买机票也没有同我讲一声，昨天晚上告诉我他要回去，也是在我一直追问着他才回答的，而那个时间，他已经订好了机票，并且是他个人的。

我没有告诉王光明回去可能会遇到麻烦事儿，同时我自己也不知悉将要面对什么样的情况。我只是把银行卡递给他，告诉他里面有1000万，万一遭遇不测时拿出来使用。王光明先是惊异，再是感动，最后是推脱，他说，做了公司的销售副总，他每年的收入将会超过百万，1000万他用不了多久就可以赚到了。倒是我，既然想在这里创一番事业，没有钱支撑肯定是不行的。他把银行卡推到我的面前，我们俩使劲地握手。

我在公交车上漫无目的地看着街道旁的店铺。这是一个与我所到过的地方完全不同的城市。人行道上是匆匆的脚步，店铺里是忙碌的身影，如果店里生意不景气，伙计们则会在店铺门口拿着一个小喇叭大声地招揽着顾客。公交车走走停停，常会在红绿灯前停上几分钟——短暂的绿灯没有等它开到路口时便转换为红灯了。车上的乘客大声地讲着电话，在告诉对方迟到的原因："你知道，这该死的塞车！"心安理得地让对方等待。有一个销售员模样的年轻人，正在用电话向对方确认时间，从他不大熟悉的语气中，我听得出来，这是一个刚开始入行做销售的人，经验还不丰富。坐在我身旁的是一位我没有注意到何时上车的中年妇女，她手里提着大包小包的蔬菜及一条不甘心被杀还在扑扑做着挣扎的鱼，她用一种我听不懂的语言向我说了一句什么，我冲她点头微笑，她便把头扭向了别的地方。

我终于烦躁地在一条看起来比较安静的街道上下了车。这是一条难得的安静街道。街上几乎看不到一个人。一条狗在柏油路上瞎逛悠，一个便民服务站里有人正在从一辆车往店里搬着某气罐。我在一棵古老的榕树下停住了脚，在那旁边的一个小便利店里买了一瓶纯净水，一口气把它喝完，把瓶子扔进了标着“可回收垃圾”的垃圾箱内。我坐在榕树下抽了一支烟，直到看见了不远处有一座基督教堂，然后我站起身，朝那个方向走去。南国的天气没有一点寒冷的意味，每一个人都在忙碌着自己的活计，没有人注意到我，我很惬意地走在这种环境里，不去想任何问题。

在一所社区图书馆前，我毫不迟疑地走了进去。在服务柜台前，我填了一份申请表并签上自己的名字，一个职员看都没看就编了号，我马上想到蓝天科技的那位温柔漂亮的前台小姐，无论是谁走到她的面前，她都会露出好看的笑容，然后把你的名字、单位、联系方式及来公司有何事情登记在一个记录本上，然后再拿起电话为你联系你将要拜访的对象。我想这就是不同之处，每一个人面对自己的工作的态度不同。

我拿着一个小本本样式的借书卡走进柜台后面的阅览室。走进里面，我马上就想起了霉菌、灰尘和潮湿的味道。这间所谓的社区图书馆里没有太多的东西，实际上，是社区里的居民们每一家清理出来的用不到的书籍，堆积到了这里，社区居委会再出资购买几本像样的书，就成为了图书馆。在内地，有不少县级的图书馆都是这样形成的，而每年申报的经费却不见少。我按照分类找到了几本关于经济的书籍，一本李嘉诚传也被我抽了出来，还有两本是关于深圳特区建市的书籍，我抱着这几本书，坐到书桌前，把书放在桌子上的时候，厚厚的灰尘飞了起来。

我相信，任何一个真正需要查找资料的人都不会来这样的社区图书馆，这是一个容易被人忽略的地方，只有当家里的书籍多到无处存放，而必须为新书腾出地方来时，人们才会想起这个地方。但对我来说，在这里阅读却是一件比较轻松和愉快的事情，这比在外为了销售一台仪器而必须东奔西跑的工作要令人开心得多。那些被弄坏的纸片上有许多黄色的斑点，发了霉，皱巴巴的，我一边闻着它们的味道一边品读着。我找到一个笔记本，里面记满了密密麻麻的字，在笔记本的扉页上写着“网络连锁销售”的字样，对我来说，这是一个全新的概念，我饶有兴趣地读下去。笔记本上这样记录着：

“1978 年党的十一届三中全会，改变了以阶级斗争为纲的路线，转为以经济建设为中心的路线。在党的‘一个中心，两个基本点’，以及邓小平理论的方针、政策的指引下，我国的经济建设取得了腾飞的发展，每年以 8 ~ 12 个百分点递增，取得了举世瞩目的成就，令世人刮目相看。然而任何事物的发展都不可能是一帆风顺的，作为一个国家的经济建设尤为如此。新事物代替旧事物是历史的必然，是不以人的意志为转移的，是受客观规律所制约的。1992 年邓小平南巡讲话指出，计划经济不等于社会主义，市场经济不等于资本主义。计划和市场都是经济手段，计划多一点还是市场多一点不是社会主义与资本主义的本质区别。以及党的十四大的顺利召开，这都标志着我国市场经济的发展已拉开了序幕。”

我不知道我阅读这些会有什么作用，或许是好奇心作祟，也或许是为了能够在与人交流的时候，多一些谈资。对于这些记录得歪歪扭扭的文字，在我的脑中却突然变得清清楚楚，就像长时间的轮船旅行之后，一路上都让你感到窒息的迷雾突然散去，一块陆地连同上面的树木、码头和唱着歌的鸟儿突然清晰地在你面前出现，你一定会捂着心窝，继而又迅速地捂着嘴巴，生怕自己会大声地呼喊出来。我感觉到这所有的一切都非常地熟悉，好像在若干年之前，就已经被清晰地印在了我的脑中一样。我继续向下读去：

“在由旧事物向新事物转变的过程中，必然会出现一系列的矛盾与冲突，因为发展是新事物的产生，旧事物的灭亡。在这一转轨的过程中，出现矛盾，出现冲突是在所难免的。这正如春秋战国时期由奴隶社会向封建社会转轨的时候是一样的。因此导致了我国大量产品卖不出去，产品大量积压，下岗分流加剧。再加上受 1997 年来自于泰国的东南亚金融危机的冲击，以及受 1998 年百年不遇的特大洪涝灾害的影响，都使得我国经济进入了一个低靡状态。到 1998 年下半年的时候，持续了 23 个月的物价下滑，使我国经济进入了持续疲软的旋涡而不能自拔。工人下岗，工厂停工，公司破产，企业倒闭。80% 的产品积压在仓库里，只有 20% 的产品被人们所消费。产品只有生产出来并被消费掉，才能给社会带来效益。于是这又导致了社会效益普遍降低，人们收入普遍下降。人们不敢消费，保守消费，就连有钱人也纷纷捂紧了自己的钱袋，把钱存入银行。据中央银行统计，到2000年年底的时候，我国银行储蓄已突破7万亿元大关。”

我被这一系列的数字弄入了恐慌与绝望的境地，我不自觉地摸向口袋，试图抽支烟平息自己紊乱的心跳，但天杀的，这种地方是禁止吸烟的。我几乎有些讨厌这个写下这些文字的人了，我拿起笔记本前后都翻了个遍，想从中找出记这本笔记的人的名字，但我失败了，只有一股奇怪的味道让我陷入更加绝望的境地。

“货币作为一种流通工具，本身没有任何的价值可言，它只有在社会上流通起来，并且流通的速度越快，流通的周期越短，给社会带来的效益才会越大。这正如人的血液一样，假如人的血液不流通了，那也说明这个人的生命即将终结。作为一个国家的血液——货币不流通了，这也就必然导致国家金融秩序的紊乱，国家经济的全线崩溃，从而也连带着出现政治动荡的局面。针对以上种种情况，国家采取了多样措施。首先是降低银行利息。截至到目前为止，银行已连续11次降息，无非是想把庞大的银行存款挤出银行，企图制造赚钱效应。其次是发行4000亿元债券，以扩大基础设施建设，拉动投资，刺激消费。再次是实行债转股，也就是将银行债款转为企业股份。我国最大的乙烯生产基地——广东茂名石化，就成功地将1.6亿元银行债款转为了企业股份，走上了扭亏为盈的道路。接着又向8000万公务员普涨工资，也无非是想扩大消费、刺激消费而已。最后一招便是向居民征收银行储蓄利息所得税，也是想把货币挤出银行，让人们去消费，以给社会带来效益，制造经济增长点。然而遗憾的是，国家的政策虽好，但效果并不明显，经济低靡的旋涡依然在下沉，在下滑。俗话说国家兴亡，匹夫有责，一大批有识有志之士开始寻找一条救国救民的道路。究其原因是我国流通领域出现了问题，是由计划经济向市场经济转轨的过程中不可避免的矛盾和冲突所导致的。

“市场经济的第一个阶段是优胜劣汰、优化组合的过程。目前国家采取的是抓大放小的方针，也就是允许一批有实力的大企业兼并濒临破产没有竞争力的小企业，以减少失业率。原先的计划经济毫无条件地将人们群分，严重僵化了人们的智力、脑力，甚至体力。改革开放给那些想谋求个人发展的人们提供了难得的机遇。新的社会环境,新的经济环境,要求人们必须适应社会,适应世界。目前是一个发展开放的社会,如果再与世隔绝,闭门造车,恐怕将会为社会所淘汰,桃花源式的生活已没有了生存空间。2001 年 11 月 11 日,我国顺利地加入了世界贸易组织(WTO),这就要求我们必须与世界接轨,只有如此才能够有所发展。

“我国称地大物博,人口众多,在计划经济体制下葬送了一代甚至几代人的命运。原先的教育体制存在严重弊端,产生了高分低能的畸形现象,忽视了对人们的素质培养。面对当今的失业压力,人们已显出力不从心的感觉。现在是一个发展的社会,许多领域都必须改进,特别是流通领域。以前那种依靠权益关系进行投资,以及坐等顾客、抱着商品满街跑的现象已经行不通了,这就需要用新的方式来销售产品,因为回避是没有出路的,而网络销售正是在这种条件下产生的。”

我如逃跑似的跑到了走廊。我走出去的神情如被一只有毒的马蜂狠狠地蜇了下,几乎是跑着离开座位的。我没有理会柜台后面的职员看我的神情,在走廊上,我全身哆嗦着打着了打火机,把香烟点上。很奇怪,这个时候我竟然想起了戴天,在他没有向我提起他的“阴谋”之前,我也曾读过一些关于那位“神奇的教主”的书籍,但却未曾让我入迷,更没有像戴天那样似着了魔般地去挪用公款。而现在,这本普普通通的绿皮笔记本,竟然比李大师的教义更为厉害,让我有种欲罢不能的感觉。

在走廊上吸烟的时候,我考虑的不是要不要先把其他的几本书读一下,而是我要弄明白这到底是什么样的销售。我问自己,这应该是一份怎样的销售事业呢?但这个问题让人觉得很烦。我想想点别的事情,在重庆的销售又让我重新回到这个问题上。我用了一年的时间,铺建起了一张巨大的销售网络,然而,当我正要开始收网的时候,我却离开了那里,无论是谁,只要抓住了这张网的绳头,都能够在短时间内捕到令自己兴奋的猎物来。但我所建起的网络似乎与笔记本所记录的文字无关,那这是一种什么样的销售呢?

从走廊尽头的窗户,可以看到基督教堂后面的一栋房子的墙壁。这面墙让人好奇它后面会有什么，一个穿着黑色长袍牧师模样的人匆匆从墙旁边的侧门走过去，我可以看到他脚下的黑色皮鞋。烟抽完了，我把它摁到白色不锈钢垃圾桶顶端盛着的碎石子中，重又走进阅览室。

我打开笔记本，在这潦草的笔迹中继续辨认着字迹读下去："网络销售是起源于连锁销售基础上的一种新型销售模式。新兴的网络销售可以说给我国经济注入了新的活力，避免了传统销售的许多弊端，从而达到了专业化的销售目的。而我国销售领域的问题是瓶颈效应的出现，使生产和销售出现了问题，而网络销售便解决了上面的问题与弊端。1998 年在首都北京举行的先进销售方式经验交流会，即高层次网络研讨会上，我国经济学家于光远、胡平，以及外经贸部长吴恰出席了这次会议。会议指出 2000—2020 年是我国网络销售发展的黄金阶段。这个网络销售是新生事物，也必然会有一些问题。于光远、胡平对此还专门做了一段精辟的论述，他们说网络销售本身并没有任何的是非问题，关键的是我们自己怎样做好工作的问题。如果你真想在这片领域里耕耘的话，那就请树立正确的网络理念，树立劳动治富的观念，克服贪欲，才能在这个既是销售者又是消费者的领域里找准自己的人生坐标，实现自己的创业之志，实现自己的远大理想。"到了这里，我戛然止住，我似乎明白了这种销售的真实涵义了。潜意识告诉我，这不是一个健康的完善的销售，甚至有可能是违法的。为了证实我的这种猜想，我继续读下去："首先是网络销售它采用的是 20% 的店面与 80% 的人际网络双管齐下的销售方式，也就是体系内的业务员可以把产品直接销售给顾客，也可以带领顾客到我们的专卖店中购买。顾客在购买产品的时候，不仅获得了消费权，而且还获得了一份销售权。业务员在推销出产品的同时，还有一部分提成可拿。为了赚取更多的利润，业务员可以在社会上组建自己的销售体系，以实现自己创业的原始资金积累。第二，网络销售是产需直达，也就是产品直接由厂家销售到顾客手中，避免了中间环节。中间流通环节非常的复杂，流通费用非常的昂贵，网络销售正是克服了这种弊端，减少了流通环节，节约了大量流通费用，避免了三角债的产生，以及假冒伪劣产品的混入，维护了消费者的权益。第三，便是市场倍增原理。倍增在数学中被称为几何倍增,在生物学中被称为细胞分裂,而在物理学中被称为核裂变。简单地说就是一增十、十增百的一个过程。”

然后,我注意到加入这种销售的条件:“第一个条件是必须是本产品的使用者和爱好者;第二个条件是必须年满十八周岁,是成年人,拥有一张合格的中华人民共和国居民身份证,能够对自己的行为负责;第三个条件便是有一名合格的担保人;最后一点是满足上面三个条件的同时,再申购一份产品。假如申购成功的话,恭喜你,你已经成为体系的一员了。”

合上笔记本,我呵呵地笑了。我认真地看了几遍我记录下来的关键词,让这些内容在脑子里一次一次地回放。我第一次觉得很高兴,我弄清楚了一件不健康的销售的本相。我很想抽支烟让自己更舒服一些,但我忍住了,我掏出随身携带的软皮笔记本,把自己看到的东西原原本本地抄到了本子上。这花了我很长的时间,但是完成的时候,我的心情却很好,我已经不记得王光明的离开给我带来的坏心情了。我走出来的时候,太阳已经西斜了,要是有人在门口给我放好一日三餐和一包香烟,我可以在这里呆上一个月而不跨出房门。但是现在,我必须要回去了,我要享受潘梦云烧好的可口的饭菜,把好心情再咀嚼一遍。更重要的是,明天,我要去会一会王光明的这位老同学,居住在南湖山庄的邱建军。

第十八章

我乘上去南湖山庄的公交车。那里是属于广州市区郊外的一个村落。我没有再乘坐出租车,我不愿给人一种富家公子哥的形象,我本出身于贫穷家庭,我不能忘却村民被活活饿死的惨相。

南湖山庄环南湖而建,依山傍水,在这个拥挤的都市里,有商业头脑的人自然不肯放过这么一个好地方。他们对这里进行投资，开发了集游乐园、休闲中心、商务会所、大型酒店等于一体的产业链。在这里，你可以带着孩子来玩耍，冲浪、碰碰船等各种各样的娱乐项目定会让你的孩子喜不自胜；你可以陪同爱人或者情侣休闲度假，划着一条小船，漫游于湖中，自是别有一番风味；你也可以带着你公司的全体同事开展大型的活动，那酒店里面的活动大厅足够容纳四五百人。这不仅是休闲的好去处，更是商务洽谈的好场地，依窗而坐，窗外碧波荡漾，让人心旷神怡；窗内宽敞明亮，让人心胸舒展。

邱建军，那个穿着廉价西装的男孩，来广州也不过一年半的光景，能够住在这样的环境里，确实让人匪夷所思。我注意到，在山庄入口处的公路对面，有一间低矮的小房屋，门口竖着一块铁皮做的"收购站"的标牌，一个老人佝偻着身子，正坐在房屋门口昏昏欲睡。小屋的窗前，堆积着许多破旧的汽车轮胎、生锈的钢板、纯净水瓶子、缺了口的玻璃瓶、电线、废钢筋和捆好的旧纸箱。我还注意到，在收购站的旁边，有一条小土路直通向收购站后面的山里，站在公路上，我能看到山脚下有几间临时搭建的小屋。小路的两边长满了很深的荒草，如果不注意观察，根本就无法察觉到那里会有条小路。

看到我已经到来了，邱建军并没有感到惊奇。他也懒得向我解释他从荒草中走出来的原因。车站的初次见面已经使他对我和王光明这种人拉远了距离，又加上王光明对他在电话中百般所讲的"机会"只是走马观花地看了一眼，便匆匆地下了定论，这使他更加清楚了我们这种人不会把他所讲的"机会"放在眼里。或许他认为，我这次前来只是受王光明的嘱托，前来再做一次了解，这仅仅是为了照顾他的尊严而来，至于结果，那根本就是秃子头上的虱子，明摆着的事儿。

"如果你仅仅是来代替王光明说一声道歉的话，那行，我们已经见过面了，你可以走了；如果你是想了解一下我们所从事的工作，那欢迎，正好今天我们有一场户外培训，你可以与我一起去，不过，你那份的开支你自己承担。"邱建军对我不很热情，这是我早已经料到的，我没有在意。我告诉他："是的，我来正是为了了解你们的事业。能够参加你们的活动，那真是太好了。"对我的回答，他显然有些意外，脸上露出一时难以琢磨的神情。对于这类人，我很明白，斤斤计较，常以自己的得失来决定自己的喜恶，在人的一生中，难以取得像样的成绩。这类人太多了。

邱建军一时找不到合适的话就不再开口。太阳已经开始爬升上来，天空一片湛蓝，有一些外地来的游客已经开始排着队在游乐园的门口等候买票了。收购站的后面，有人在燃烧垃圾，冒出的浓浓的烟被一阵微风吹散，很快又盘旋着飘了回来，散发出阵阵恶臭。几个十一二岁的孩子对这些恶臭似乎无所畏惧，提着一条破旧的尼龙袋欢呼着跑过去。我看到邱建军在用眼睛的余光偷偷地打量着我。我笑了笑，问他："你们搞活动，不会是在这样的一个场地吧？"我的目光望向收购站后面的那几间小屋。

邱建军的脸顿时红了起来，像被人揭露了秘密似的。"当……当然不会。今天是我们的年度培训，是从外面请回来的专家来讲课的。这是每年一次的重要活动，规格非常高的。本来培训要求必须是我们体系内的人才能够参加，不过，看在我与王光明老同学一场的分上，你与他又是那么好的兄弟，这次我向上面做了特别申请，他们也同意的。"看到我似乎没有特别感动，他又补充说道，"昨天接到你的电话，我就开始向领导申请，讲了很久，他才同意的。"我笑了，说："辛苦你了。"我们俩人便都不再说话。

这是一条由市区开往郊区的公路，公路不宽，但车辆较多，在我们等待的这会儿工夫，已经过去了六辆公交车。由于是山庄的入口，这里被辟出一块巨大的空地，用于车辆调动方向。入口的一侧是一个公交车站，里面停了许多待发的车辆。路两旁没有一棵树，阳光照在身上，竟然有种想要出汗的感觉。记得去年的这个时间，在重庆我的手就被冻裂了，看来，今年是不会出现这种情况了。正想着，又一辆车过来了，车上传来响亮的歌声与欢叫声。邱建军招呼我，要上车了。

这是一群很有激情的年轻人，看样子他们来自不同的地方。他们用比较蹩脚的普通话大声地交谈着，彼此间没有一点拘束与陌生的感觉。我没有参与他们的谈话，我本来是把目光投向窗外的风景的，但是真该死，我竟然在倾听着他们的谈话。

“今天我真的能见到经理吗?”坐在我前排的女孩问与她同座的另一个女孩。

“是的,这种活动他一定会出席的,去年老总也来参与了。”

“那你看看我今天的打扮会不会引起他的注意?”

“你今天非常漂亮,放心好了,每个人都会注意到你的。”蓦然间,这个女孩仿佛想起了什么,问道,“你怎么了,你不会是暗恋上我们的经理了吧?要知道,在体系内可是不允许谈恋爱的!”

“没有啦,你小声点,让别人听到多难为情。”最先说话的那个女孩脸红了,是苹果熟透的那种红。我想起了潘梦云,她的脸也曾这样红过,记得是我第一次见到她的时候,当时我还真想上去咬她一口。

想起潘梦云,我的心里似乎有些乱了。现在她在做什么?昨天我一个人在图书室呆了一天,她就一个人在公寓里发了一天的呆。直到我回去的时候,她才想起来做饭。我没有让她张罗,带她到楼下的小餐厅吃了顿饺子,她好像没什么胃口,吃了几个便说吃不下去了。早上出来的时候,她说晚上让我早点回去,她会做好饭等着我。正好我也要跟她谈谈了,这段日子,我还可能真的就顾不上她了。

“天啊,我也不知道怎么了,我真的很紧张。”先前说话的女孩又开口向她的同伴说。

“没事的,到时候就会好起来的。培训一开始,你就会放松了。”这个女孩显然是参与过培训,很有经验地说道。

“是真的吗?我听说有些活动比较紧张,还要从台子上后摔下去,听起来就感到害怕。”

“别乱想了,怎么可能会让你受到伤害呢?我们都是一家人,都会保护你的。”

女孩不再说话,把头靠在她同伴的肩上,似乎安静了下来。

我的心怦怦地跳动了起来。很久了,我没有遇到过这种温馨的场面。与王光明在一起，虽说我们也不会使对方受伤，甚至会主动保护对方，但那似乎是某种利益在里面的缘故。而现在我眼前的，则是一种义务的保护，这种感觉距离我已经比较遥远了。然而事实确是如此，当某种比较遥远的事物突然出现在你的面前的时候，你会不惜一切地去抓住它。这一刻，我就有这种感觉，我有一种冲动，想站起来，把这两位女子拥入怀中。

虽已进入深秋，南国的天气依然感觉不到半丝的寒意，整个车厢的人大都穿着西服套装，里面是一件单薄的衫衣。只有我，为了能够更好地融入到这支我不解的团队中来，穿了一件深蓝色的运动套装，然而还是显得与他们有些格格不入。道路两旁的树上零落的叶子片片飘飞，洒下一地金黄的寂寞，但你还没有来得及感受这深深的落寞，环卫工人便已经把道路清扫得干干净净了。或许这就是广州，在这里一切都是那么地迅速、快节奏，即便你想感受片刻的落寞时间也不会允许。进入市区，绿化带中间的花朵也以最美的姿态枯萎，让你不由自主地感受到，在这里即便你是一名普通的环卫工人，也能够得到应有的尊重，从而在心底升腾起一种自豪的归属感。风从车窗吹来，微微地抚摸着我的脸，吹落身上长期奔波的疲惫与尘埃，莫名地，在这群与我毫不相干的年轻人中间，我的心中有一种久违的温暖的感觉，很轻松，很舒服。也许是因为今天的培训，车内的每一个人都显得心情愉快，我一直在想，如果有人邀我加入他们的行列，我会做出什么样的选择。

我翻看着人手一份的培训手册，这是刚上车的时候，一个坐在前排戴着眼镜的年轻女孩子发给我的。我注意到我们将要抵达的地方是一个刚刚开发起来叫做长德农庄的休闲度假村。我不知道这是一个什么样的农庄，也不知道还有多远的距离，我没有问邱建军。这个时候，他正在兴奋地与坐在他对面的一个女孩讲去年参加培训的事情，我看到那个女孩紧握着双手，面目苍白，想来可能是被邱建军描述的紧张的培训吓到了。我没有打断他饶有兴趣的谈话，低下头继续看培训手册。手册上记录着："拓展训练英文为 Outward Bound，它源于二战期间的英国。当时盟军的商务船队屡遭德国人袭击，许多年轻水手葬身海底。人们从生还者身上发现，他们并不一定是体能最好的年轻人，但却都是求生意志顽强的人。根据这一结论，德国人库特·汉思等人创办了‘阿伯德威海上学校’，训练押轻海员在海上的生存能力和船触礁后的生存技巧。战争结束后，拓展训练以其独特创意和训练方式，逐步在全球推广开来，训练对象也由最初的海员扩大到军人、学生、工商业人员等各类群体。训练目标也由单纯的体能、生存训练扩展到心理训练、人格训练、管理训练等。如今，拓展训练主要是利用崇山峻岭、瀚海大川等自然环境，通过各种精心设计的活动，在解决问题、接受挑战的过程中，使学员达到‘磨练意志、陶冶情操、完善人格、熔炼团队’的培训目的，是一种现代人和现代组织全新的学习方法。拓展训练的课程主要由水上、野外和场地三类课程组成。水上课程包括：游泳、跳水、扎筏、划艇等；野外课程包括：远足露营、登山攀岩、野外定向、伞翼滑翔、户外生存技能等；场地课程是在专门的训练场地上，利用各种训练设施，如高架绳网等，开展各种团队组合课程及攀岩、跳越等心理训练活动。”我们今天将要参与的是第三类，在场地内完成的拓展训练。

车厢内突然一阵喧哗，我抬起头看到一个30岁左右的男人拿着话筒站在了大巴车的前端，话筒的另一端插在大巴车方向盘旁边的一个孔内，话筒线不是很长，拿话筒的中年人只能站在司机的身边。他用简洁而标准的普通话做了自我介绍：洛克，训导员。他将包括我在内的51人做了分组，共分成3组，然后，他说了几个游戏及游戏规则，要我们按照规则进行，在这几个小游戏中，使大家能够基本互相熟识。我明白，这也是本次拓展训练的一部分。

10点钟，我们准时抵达目的地。当我从车上走下来的时候，才发现今天来参与训练的人并不仅仅是我们这些人。大约共有300人，我粗略地估算了一下，已经有五辆大巴车停在那里了，看着车上的成员同其他那些先来的人彼此间相互打着招呼，我知道，我们是一起的。

在进入农庄之前，我们进行了重新分组，这次的分组是以十个人为单位的。洛克还有另外两名训导员告诉我们，在接下来的活动中，我们将以小组为单位参与，每一个小组就是一个整体、一个团队。我与邱建军在同一组，这好像是理所当然的，所有的人都认为我是他带来的。只是，让我没有想到的是，他是我们这一小组的组长。分组之后，我们还要为小组取一个响亮的名字及小组组歌。我没有为这事而伤脑筋，邱建军一个人把所有的都想到了：组名是腾龙团队，口号是“腾龙腾龙，唯我称雄”，简单而有气势，看得出来，其他的组员也都很喜欢，只是组歌《大地勇士》我从没有听过，跟着他学了很多遍，也只是勉强地能够哼上两句。

“腾龙腾龙，唯我称雄！”我们喊着响亮的口号，在别的小组还在为组名而争执不休的时候，进入了农庄。

上午进行的是两项训练，每一项都是看起来十分简单然却又令我陷入沉思的活动。

第一项是破冰训练。在功能齐全座位逾千的大会议室内进行，所有的座位全部被撤走，留下一个相当大的活动场所。一根2米长的竹竿，两个人用两根食指将竹竿举起再放下，保持两边平衡，食指不能离开竹竿，不费多少力气就把竹竿举高放低。但训导员要我们每组都拿根竹子，每一个人伸出一根手指来完成这项指令。这岂不是很简单。我这样想着，也听到有人小声地嘀咕着，不是说有挑战性吗？放低棍子，也太简单了点吧。然而，当训导员的指令开始下达的时候，我们才发现并不是那么回事。按照要求，食指始终不能离开棍子，而且要大家一同放低棍子。于是大家集中注意力尽力把手指托住的那截棍子放低，谁知棍子竟不听使唤，不见下，反而向上抬了。好不容易稍稍向下了，训导员突然说，有人手指离开棍子了，重来，重来……在一次次的重来中，我们发现，棍子竟越抬越高，与眉齐了。当我们最终以失败告终的时候，没有人再认为这是一件简单的活动了。

第二项是报数训练。从1报到100，每一位成员要接着上一个人的报数迅速报下去，时间不能超过一秒。要求是所报的数中，不能够出现7以及7的倍数，凡有一位成员报错数，要对组长进行体能惩罚——做俯卧撑，第一次报错，做10个俯卧撑，第二次20个，第三次40个，就这样翻倍地增长上去。把规则讲完之后，训导员说道：“这个时候，组长可以放弃组长的职位，那么小组就要重新推选一位能够胜任的组长。”我看到邱建军的脸上竟露出坚定的神色，对他不禁开始有了一些好感。

报数开始。1、2、3……6、8、9……好，一直没有错误，我不禁在想，这应该还是比较容易的吗，谁不会跳一个数报啊。正想着，突然间就到我了，21，我脱口而出。所有的成员都把目光注视着我，我蓦然想起，21是7的倍数。我没有来得及愧疚地看邱建军一眼时，他已经趴在地上，开始做俯卧撑了。还好，10个俯卧撑，问题不大，脸不红心不跳。报数从头开始。我在心里告诫自己，千万不要再犯错误了，否则很难堪的。

1、2、3……6、8、9……20、22、23……好了，终于没有报错了。25、26，28，一个女孩子的声音响亮地报出，那是站在邱建军身旁的王个小女孩，当她注意到大家都不再往下报而把目光都盯着她时，她的脸蓦地一下子红了。邱建军没有责怪她的意思，再一次趴在地上做起了俯卧撑，这一次，他要做20个。

报数继续。他继续做俯卧撑，40个，80个，当他做到160个的时候，我看到许多组员的眼睛里都溢出了泪水。邱建军趴在地上，已经无法再用胳膊支撑起他的身体了，他甚至连动一下的力气也没有了。西装早已经被脱下扔在了一旁的地上，汗水使他的衣衫紧紧地贴在他的背上，使他原本瘦弱的躯体更显得单薄，一条条青筋在他的胳膊上呼之欲出。有一些组已经很好地完成了报数，围过来看着他艰难地再一次支撑起身体。

"邱建军，加油！""邱建军，加油！"许多人不约而同地喊了起来，为邱建军打气。

终于做完了。报数继续。然而，尽管每一个人都不希望再出错，还是出了错。我看到所有的小组都已经报完了，只有我们这一组还在进行着。所有的人都围了过来，几个训导员也过来了。

邱建军脸色苍白地站了出来。我上前一步，止住了他。我转向训导员，说："请让我代替他做，可以吗？"三位训导员相互地看了一眼，默默地点了点头。我把外套脱掉，趴在地上开始做了起来。尽管我的身体强健，尽管我有很好的武术功底，然而，汗水还是很快就模糊了我的双眼。做到300个的时候，我实在不想动了，我感到自己的身体越来越重了，背上好像有很重的东西压着，是的，就像一座山那样重,我几乎要窒息了。

“腾龙腾龙,唯我称雄!”我看到邱建军大声地喊了起来。

“腾龙腾龙,唯我称雄!”我看到所有的组员都喊了起来。

“腾龙腾龙,唯我称雄!”整个大厅内,我感到了地动山摇,再没有别的任何声音。

我感到体内有一种力量在蹿动,如果再不发泄出来,就会爆炸。我深深地吸了一口气,一股劲把剩余的20个做完。

站起来,报数继续。还好,我们没有再出现任何的差错,当我们响亮地报出100的时候,我听到整个大厅都沸腾了。邱建军紧紧地拥抱了我,所有的组员也都涌了上来,我们紧紧地拥抱着。在这一刻,我明白了何为团队,何为团队的力量。这对我是一种莫大的震撼,远比我做320个俯卧撑的震撼更大更强。

午餐的时候,我与邱建军被安排在靠近舞台的那桌坐下。我曾受邀参与过医药公司的宴会,知道靠近舞台的位置一般都是重要嘉宾以及高层领导坐的。从邱建军有些惊慌的神情上我看得出来,是的,这一桌都是比较重要的人物。

坐在我左边的是一个40岁、戴着一副玳瑁眼镜、头发很短的男人。他微笑着问了我的姓名及职业。这个时候,我已经得到很好的调息了,我告诉了他,我刚来广州,准备投资一点小事业。具体的事业我没有讲,因为这个时候,我对自己将要投资的事业还是一头雾水,一点头绪也没有。

他没有问我怎么会出现在这里,他只是说了一句:你的体质很不错。接着,他便把头扭了过去,同桌上的其他人聊了起来。在他聊的话题中,我听到了一个关于奇迹的故事。我以为他讲的是我与邱建军做伏卧撑这件事,依我们的体质,根本就不可能完成那个数量,但我们成功地做完了。我用心地听了下去,但好像又不是在说我,好像是在向我暗示着什么事情。

是发生在美国加州的一个故事。一个清晨,有人看了眼报纸的头条登着:“1美元换法拉利。”他摇摇头,把报纸丢到了一边,刚好落在了一个流浪汉的身边。他捡起来看了看,也摇了摇头,把报纸扔给他旁边的流浪汉。第二个流浪汉也看了看头条,但是没有放在心上,他想,这大概是有钱人开的玩笑,不过他把报纸留下了,想着至少可以挡挡中午的大太阳。中午的时候,两个流浪汉都讨到了1美元。他们相约去吃汉堡。排队的时候,留着报纸的流浪汉发现他们正在1美元换法拉利地点的附近,他打算去看看,于是就按着报纸上的地址找了过去。接应他的是一个佣人,当听流浪汉说是来换法拉利的,便把他带到了一个贵妇面前。贵妇把流浪汉带到了车库,车库里全是名贵的小车,就是没有法拉利。流浪汉原以为受骗了,准备离去,贵妇挡住了他:"你有一美元吗?"流浪汉给了她1美元,贵妇人指了指说:"车在那,你取走吧。"说着扔给他车钥匙。原来法拉利被布罩着,流浪汉揭开一看,车有九成新。可是流浪汉心里不踏实,又问怎么回事。贵妇人不耐烦地说:"你这人真啰唆,我告诉你吧,这是我老公买给他情人的。她有使用权,可是我有拍卖权,卖多少是我的事,你明白了吗?"流浪汉大喜,哼着小曲开车上了马路。正好他的流浪汉兄弟蹲在马路边吃汉堡,流浪汉故意把车停在他身旁。他的兄弟大吃一惊,说:"兄弟啊,你怎么去偷车,赶紧还给人家……"流浪汉得意地说:"这是我花一美元买来的。你不相信奇迹,奇迹往往发生在你身边。"

饭后休息的时候,洛克向我走来,递给了我一张名片,我看到上面写着:辛历,国际成功学大师。下面是他的联系方式。我似乎明白了一点什么。

第十九章

在广场酒店21楼的芙蓉国包间里,辛历正在满面红光地招待宾客。这是市里比较高档的一家酒店,位于最繁华的商业中心区。辛历选了酒店里最好的一间包房,从包房的窗户上能够将周围的繁华尽收眼底。或许是真正的高兴,也或许是他邀请的这30余位对象都是本市较有头脸的企业家,他为这餐饭订下了比较高的规格。从包间的选择到所点的菜品,再到上菜的服务员,都令来往的宾客十分满意。包房的门口，摆放着几个鲜红的牌匾，上书“祝福辛历”“前程无量”等字样，下面的落款是“某某企业贺”，我看了一下，这些都是本市的知名企业。包间内悬挂着一条红色的横幅，黄色的字体闪闪发亮：“热烈祝贺辛历先生荣膺国内第一成功学大师。”房间内有闪光灯不停地闪烁。

辛历是一个遭遇坎坷的人。这也正是他把名字更改为“辛历”的主要原因，他时常告诫自己，不要忘记艰苦的磨练，不能在这种艰苦面前丧失斗志。他幼年丧母，高中毕业那年，父亲又因病不治而逝，他也只好放弃了继续深造的梦想，应聘进了当地的一家工厂当学徒工。他很用心，半年后就成为了一名正式的技术工。两年后他与工厂里的一位较漂亮的被工友称为厂花的女同事结了婚，一年后生了一个女儿，日子过得简单而幸福。然而有一天，他的妻子却突然离他而去，在临走的时候告诉他，她再也忍受不了这种简朴的日子了，她要到外面去寻找自己的天地。那一走，她再也没有回去过。辛历一个人过起了又当爹又当妈的日子。一个普通的工厂技术员又能够有多高的工资啊，辛历常常面对女儿的哭闹要买这样那样的玩具而暗自伤心。有一天，当刚读一年级的女儿在雨天向他要一双胶鞋穿的时候，他竟然拿不出给女儿买鞋的钱。他向工友去借，但没有一个人肯借给他。他的心碎了，那天他抱着女儿哭了。懂事的女儿为他擦掉泪水，告诉他，她再也不要胶鞋了。辛历只想给自己几个耳光。他不相信命运，他不相信自己一辈子就这样窝囊地过下去。那天把自己的名字更改为辛历，把女儿托付给一个远房的亲戚，一个人离开了那个不成样子的家。

接着，命运之神伸出和善的双手，轻轻推了他一下。当他来到南方的这个城市后，正好有一位国际著名的台湾成功学大师来中国搞一次演讲。正不知如何使自己改变的他，满怀希望地赶了过去，然而，高昂的门票使他只能呆在现场外面，远远地憧憬着大师的风采。课堂结束后，当鲜花与掌声以及闪光灯簇拥着大师走出来的时候，辛历激动地站了起来，他跑过去，挤到最前面，边挤边向大师诉说他要成功的强烈愿望。大师冲他笑了笑，在几名保安人员及助教的协助下，分开人群，上了一辆高级轿车。辛历不甘心，他经过多方打探，终于查到大师下榻的酒店，他过去哀求助教让他见一面大师，助教抵挡不住他的哀求，带他进去了。大师微笑着听了他的讲述,问他:“你为什么想要成功?”他如实地回答:“当你一个人走在街上,肚子饿得要命,不敢向别人求助,每个你以前认识的人都不敢沾你,怕你占他们便宜。你除了成功,别无他法了。”大师看他诚实,又有着非常强烈的成功欲望,就给了他一次机会,让辛历跟着他,从销售他的课程开始做起。

辛历很珍惜大师给他的这次机会。他追随大师的脚步奔走于中国包括港澳台在内的各个地区,大师给他打开了一条绿色通道,让他在推销课程的同时,还可以免费进入场内听他的讲座。辛历对课程内容一无所知,对于销售管理亦所知不多。但早年的工厂学徒的工作经验已经使他懂得“任劳任怨,不计报酬”的道理,而且他也知道,应该主动去发现工作来做,不只是等待别人来指挥自己做什么。他在销售课程的同时,对于大师的每一次演讲,都会主动地到现场做些力所能及的事情,比如摆摆桌椅、维持一下现场秩序、引领听课者进入课堂等等。辛历也十分地好学,听完大师的每一次演讲之后,他都会反复地记忆、朗读,一个人到深山里,对着大山演讲。三年后他便当上大师的助教,五年后就能自己独立开展一些讲座了。六年后,大师告诉他,你可以另起炉灶了,他这才依依不舍地离开了大师。当时国内的培训市场还比较滞后,各种各样的培训制度与培训机构还未建立,即便有人在搞某方面的培训,也只是散兵游勇,无法形成气候。辛历也从一名散兵开始,他逐个地向企业推销他的课程,经历过一次一次的失败之后,他终于品尝到了成功的喜悦。尤其是1997年金融风暴过后,一些复苏的企业慢慢地开始重视培训这一块,辛历的名字在业界也越来越响亮。

一个漂亮的十六七岁的女孩坐在辛历的身旁,在辛历的注视下有礼貌地称呼她旁边的人“伯父”“叔叔”,声音甜蜜而柔美。“那是辛老师的女儿辛娜,今年在读高二。”洛克正站在我的身边,我没有听见他走过来的脚步声,不知道他何时站在了我的身后。我低头看了一下,地板上铺着一层厚厚的大红地毯。“现在辛娜一定很幸福,她拥有着世界上最棒的父亲。”我愉悦地说道。

“是的。他们父女俩的感情十分深厚。”洛克边说着边把我引向辛历的那桌,“与辛老师坐在一起的,可都是些本市知名的人士,来,我为你引见一下。”我们穿过另外三桌的宾客，径直向辛历走去。

辛历正在主持着这场派对，从他对这些宾客的神情上，我能够看得出这些人地位的显赫。洛克把我引到他身边的时候，向他说道："辛老师，这位就是易翔，上次在长德农庄搞拓展培训时的那位年轻人。你见过的。"

辛历仿佛沉思了几秒钟，接着是恍然大悟的表情，他拍了一下那张光亮的额头，向我伸出热情的双手，"我想到了，"他说，"你就是那位一口气做完320个俯卧撑的小伙子，非常有潜质。欢迎参与今晚的宴会。"

我几乎有些糊涂了，如果他不记得我的话，怎么会邀请我出席今天的宴会呢？然而，看他的神情，又好像是刚刚记起我一样。我没有来得及细想，我知道我面对的是一位非常有实力的成功学大师，此刻被他的双手紧紧地握住，有一种非常惶恐的感觉。

坐在辛历旁边的是一个40岁的男子，秃头，很魁梧，非常精明，眼睛里闪烁的是较为热情的幽默感。

辛历为我们介绍。他说："施伟，这位是易翔易先生，是一个非常有爆发力与潜力的年轻人。易先生，这位是施伟，我的经理人，他能够代我做出一切的决定，也能够代我出席任何的场合。"

施伟对我点点头，伸出手很有礼貌但并不热情地和我握手。他说："曾听辛老师讲过你，遗憾的是，上次我代表辛老师出席一个很重要的会议，没有看到你精彩的表演。今天见到你，很高兴。"

"谢谢。"我说，"认识你很高兴。"

为了表示施伟的重要性，辛历又讲道："施伟先生与我在一起已经很多年了，是我的重要的合作伙伴，我只管讲课、培训与拿盈利，而施伟负责让我有课可讲、有盈利可进。"

"真是难得的一对搭档。"我由衷地赞叹道。曾在相当长的时间内，我认为与王光明会是一对非常好的搭档，只是后来人各有志，他还是走了，重新返回了蓝天科技。只是不知道他现在怎么样了，这会儿我倒真有点希望他在蓝天科技郁郁而不得志，那样的话我们两人又可以合伙做搭档了。

施伟先生始终微笑着，善意的微笑，令人亲切的微笑，不在乎任何人说任何事的微笑。

辛娜满脸的笑容，她站在父亲的身后用一双好奇的眼睛注意着我，好像在待着父亲把她介绍给我。或许是在这种场合下，叔叔伯伯地喊得太多了，而蓦然间来了一位“哥哥”令她十分意外的同时，多少也有点兴奋吧。遗憾的是，辛历却没有为我们介绍。

辛历对我说：“你能够出席今晚的这场宴会，我真是太高兴了。洛克有没有为你介绍一下今晚的宾客？都是企业界的名流。易翔，不要拘束，今晚尽情地多喝几杯。”

我识相地说：“谢谢。”说了句祝贺的话之后，与辛历再次握手，然后在洛克的引领下，离开这张桌子，向别的宾客走去。

这是一场真正地晚宴，一张庞大的圆桌周围坐着 11 位宾客，每一位宾客面前的不锈钢餐具都发出耀眼的光芒。每一道菜都能够看得出晚宴主办方的用心之良苦，每一位宾客都吃得有滋有味，即便你是一位对饮食有着特殊要求的人，或者是一位非常挑食的人，相信这也是一顿能够令你满意的晚餐。辛辣、清淡、酸甜……各种各样的菜系应有尽用，能够满足各种饮食习惯的人。

我坐在与辛历那桌相临的位子上。或许今晚我是一位比较“特殊”的宾客，既不像其他人那样拥有显赫的地位，又没有在某企业拥有着至关重要的职务，洛克一直就待在我的身边。此刻，他紧挨着我坐下，眼睛却不时地往辛历那里瞟去。

我吃得很少，面前的转盘圆桌不时地被服务员有礼貌地转动着。其他人已经换过三次盛放垃圾的碟子，而我面前的碟子依然干净如初。我只喝了一小碗汤，吃了两个菠萝包，喝了一杯红酒，当服务员要给我添加第二杯的时候，被我制止了。我不是故意装作矜持，在这样的一种场合下，我的确吃不下东西，更多的时候，我倒更喜欢去街边的大排档。那里自由，无拘无束，而这里，让人有一种莫名的压抑感。

我不知道辛历到底为什么会邀请我来出席今晚的宴会。事情绝不是因为我能够一口气做320个俯卧撑那样简单，也更不是他所讲的因为我是一位非常有潜力的小伙子。他的合伙人施伟是一个非常冷静而有头脑的人，他有着真正总经理的样子，不止是了解每一细部作业，而是做决定，下达命令，他不会因外力而紊乱，更不会因别人的一句话而左右自己的分析与决定。整场晚宴，虽然是辛历在唱主角，但我能感到，施伟在其中的功劳，我甚至能够想象到他为了这场晚宴而背后不停地张罗的情景。

我把注意力放到辛历的身上。尽管我的目光在整个晚宴没有再向那边瞟一下，但我的耳朵却始终锁定在他那里面，无论他在讲什么话，我都会尽收耳底。许多宾客从东南亚金融风波对国内企业的影响开始聊起，谈到国内的诸行业一片萧条，又谈到辛历在这种情况下的异军突起，不仅为企业注入了兴奋剂，更是成就了自己与挽救了很多岌岌可危的企业。这些人不露声色地对辛历进行了称赞，我从辛历乐呵呵的笑声中听出了，他显然对这种称赞很受用。

晚宴过后是舞会。服务员麻利地把餐桌撤下之后，房间内顿时腾出了非常大的一个舞池。霓虹灯闪烁起来，那些高贵的绅士们有礼貌地邀请高雅的贵妇们一同步入舞池。我不会跳，也不愿意去学，一个人坐在阳台上静静地抽烟。阳台上只有我一人。我可以独占这优雅而高贵的黄金地带。与许多时尚杂志所刊登的用来吸引游客的照片一样，天花板高高的，阳台大大的，气氛非常温馨。时常有微风吹来，你能够嗅到花香的味道，还有风中夹带的海水的气味。房间内与自己有关或无关的人都不重要，只是这种氛围，这种令人温暖与感动的夜晚会令心情舒适得简直就像去亲朋好友家玩耍一样。

施伟走了过来，他客气地问我怎么不步入舞池，没等到我回答，他自顾自地说，其实他也不喜欢跳舞，总认为把时间放在这上面是一种浪费。他在我对面的椅子上坐了下来，从口袋内掏出一盒烟，从中抽出一支，为自己点上。

“易先生对国内的培训市场了解多少？”他笑眯眯地问，并把目光停留在我的脸上。

“一无所知。”我如实回答。

“培训市场尤其是成功学培训，在国内还是一个新兴的行业，辛历老师的成功之处就在于他是第一批走这条道路的人。”施伟轻描淡写地说道。房间内射出的霓虹灯灯光照在他的脸上，一会青一会红，变幻得十分迅速。

我点头表示同意。我在蓝天科技做销售代表时的销售已经为我证实了这一点。

“然而，一个人的力量毕竟是有限的。相信易先生通过上一次的培训，也了解到了团队的力量，说实话，我们现在缺少的正是这一块。”施伟似乎在犹豫这些要不要告诉我，最后好像是下定了很大的决心，继续说下去，“这些年，辛老师通过自己的努力，取得了令人瞩目的成就，然而这些成就如果以团队的形式来运作的话，相信会比现在好十倍甚至百倍。”

我不明所以地望着他。

“易先生如果有兴趣的话，我们可以一起来合作。”

“怎么个合作法?”我有些兴趣了。说实话，来广州已经一个多月了，新的一年也已经开始了，然而，对于合适的项目，我始终没有头绪。对于培训这行业，虽然我不懂，但我也没有必要去懂，我们重要的是要了解通过培训能够使人获得什么，这就已经够了。而经历了一次培训之后，我对这其中的好处感受颇深。

“我们现在需要一笔资金来注册公司，需要办公场地、工作人员与设备等。这样，我们的培训就可以正规化、公司化来运作了，也只有这样，中国的培训事业才能够蓬勃地发展起来。易先生如果想要投资项目的话，我相信没有哪一个行业能够与培训这一个行业相媲美了。”

我这才明白，为什么我会被邀请参与今晚的宴会了。原来是上次我无意中说的一句“来投资点事业来做”，使辛历对我加以注意了。但不管如何，我有些心动了，对于任何一次机会，我都愿意做一下尝试，这就是我的性格。“大概需要多少资金?”我问道。

“如果我们注册资金50万，场地与设备以及人员，差不多需要30万，另外还要有20万的流动资金，这样的话，100万我们就可以运作起来了。”显然，施伟是早已做好了预算，他熟练地回答我。

“100万可不是一个小数目，我需要考虑一下。”

“你是对培训行业没有信心还是没有兴趣?”他问。

“都不是。对任何一项事业我都有兴趣,但对于一种新生的行业来说,我的兴趣会更大。只是,这100万的确不是个小数目,我需要认真地考虑一下。”我回答得比较坦诚。

施伟没有急着要我给出肯定的答复。他在空中吐出好看的烟圈,房间,霓虹灯依旧在闪烁着光芒,与这栋楼房周围不停地闪烁的灯光遥相呼应。我目不转睛地注视这些看似繁华与喧闹的场景,房间里的男人女人,闪烁不停的霓虹灯,道路上拥挤的车群。蓦地,我想到距今百年之后。百年之后,置身此处的人们(也包括我)应该从地上荡然无存,化为尘埃化为灰烬。如此一想,我产生了一种不可思议的心情。这里所有的人或物都显得虚无缥缈,仿佛即将被风吹散消失。我伸开自己双手定定地细看。我到底为了什么如此东奔西窜而寻找一份所谓的机会呢?难道为了那个虚无的王国?百年过后,我会像那些曾经的英雄那样,被后人所记忆吗?目前的财富已足够我省吃俭用一辈子了。但我摇摇头,不再往外看,不再想百年后的事。要想现在的事。该做的决定,对施伟的建议的考虑,这才是目前要做的。考虑那么远的事又有什么用呢!

约摸有一分钟的时间,我们都待在沉默里。后来,施伟缓缓地说道:“一个星期六的早晨,一个牧师正在为讲道词伤脑筋,他的太太出去买东西了,外面下着雨,小儿子又烦躁不安,无事可做。后来他随手拿起一本旧杂志,顺手翻一翻,看到一张色彩鲜丽的巨幅图画,那是一张世界地图。他于是把这一页撕下来,把它撕成小片,丢到客厅地板上说:‘强尼,你把它拼起来,我就给你两毛五分钱。’牧师心想儿子至少会忙上半天,谁知不到十分钟,他书房就响起敲门声,他儿子已经拼好了,牧师真是惊讶万分,强尼居然这么快就拼好了。每一片纸头都整整齐齐地排在一起,整张地图又恢复了原状。‘儿子啊,怎么这么快就拼好啦?’牧师问。‘噢,’强尼说,‘很简单呀!这张地图的背面有一个人的图画。我先把一张纸放在下面,把人的图画放在上面拼起来,再放一张纸在拼好的图上面,然后翻过来就好了。我想,假使人拼得对,地图也该拼得对才是。’牧师忍不住笑起来,给了他一个两毛五的镍币,‘你把明天讲道的题目也给了我了。’他说,‘假使一个人是对的,他的世界也是对的。’”

我惊讶地发现,施伟竟然同辛历一样,拥有着较好的口才,只是,他为何没有走这条培训之路呢?如果他像辛历这样选择了培训的路途,或许他也拥有了像辛历这样的成就了。我不禁有些为他遗憾。

“易先生是聪明人。我相信易先生的选择是对的。正如牧师所讲,假使一个人是对的,他的世界也是对的。我相信易先生不会选错的。”

“给我三天。三天后我给你答复。”我说。

第二十章

我与邱建军的关系竟然出乎意料地好了起来。在电话中他听到我的声音,十分地意外,然而很快他就很热忱地问:“有什么事情吗?老伙计,我以为你已经把我给忘记了呢?”

“怎么会呢。”我说,“怎么样,最近有时间没有,想邀请你来我这里吃顿便饭如何?来广州一个多月了,也一直没有机会请你吃一餐饭,不知道你肯不肯赏脸?”

“说这话就有些见外了,我来这里比你时间长,我都还没有请你吃饭,又怎敢劳你大驾请我吃?说实话,是不是有什么事情要跟我谈?”我们现在好像已经是老朋友了,说话十分随便,无拘无束。

“是的。晚上来我这里吃晚饭吧,我的确有些事要同你商量一下。下班后你就直接来我公寓好了。我们就在公寓里吃,正好潘梦云下午没去上课,我让她多做几个菜,我们哥俩今晚好好聊聊。”在这一个月的时间里,由于我没有寻到合适的机遇,而天天又把自己泡在图书馆里,潘梦云自觉无聊,就在这段时间内报考了一个电脑培训班。她告诉我,在21世纪不懂电脑的话,将会被称为一个文盲，会被别人瞧不起的。我笑她有些太过夸张了，她脖子一直，哼，你爱信不信，又出去了。

邱建军在电话里哈哈大笑，他说："那我看来真的是要一饱口福了。"邱建军挂断了电话。

放下电话，我走进洗手间里洗了一把脸，镜子里是一个崭新的我。这几天关于打击传销的报道更多了，几乎每天的晨报上都能看到一举捣破某传销窝点的新闻。每一位市民也几乎是闻传销而色变。这不是说我喜欢传销，没有人会喜欢这玩意儿。我认为甚至邱建军他自己也不喜欢这份所谓的事业，尽管他在其中已经辛苦付出了一年的努力。这正是我约他前来吃饭的原因。无论如何，他对这份事业的狂热还是有点道理的。你能够对一份事业保持着三天的新奇感与激情，但你能否将这种激情保持一年而不动摇？

潘梦云没有去上课，这一个月来，我们之间似乎陌生了很多。每个人都在为着自己的事情而奔波忙碌着。每天一大早，我都会走出房间，直奔图书馆，在那里一呆就是一整天；而潘梦云也就是穿戴整齐之后，去学习电脑。但每天她都会在化妆镜前坐上很长的一段时间，好像她不是去学习电脑，而是去那里为了见某个人似的。我没有时间去探究这些，但隐隐地总有些不舒服的感觉。

我坐在客厅的沙发里，看今早的晨报。潘梦云在我面前扭动着好看的腰肢走来走去，她在准备今晚的晚餐。她为我煮了一壶咖啡，一股浓浓的香味洋溢着整个房间。这是一种非常美妙的享受，说实在的，我并不是特别爱喝咖啡的人，可是却爱极咖啡的这种浓郁的香味！其实很多时候都是这样的：连我们自己都没觉察到，却忽然莫名其妙地迷恋上某件东西、某样事情或是某个人。没有什么原因，就是那么一瞬间的事，痴痴然就迷失了。然后，就上了瘾，忘记了自己其实并不喜欢咖啡的苦味，只顾沉陷在香味中，以为，这便是玉液了。这正如我们认定的事或者认定的人，在当时当地是那样天荒地老般的重要而且唯一。可事实是，我们常常并不清楚当时的自己真正想要的到底是什么。那时的执著，那时的感动，很多年以后，唯一能随时间流留心中的也只剩下那么几个甜蜜的片段；好在我们都是健忘的，所以，痛苦也好，受伤也好，最后都像喝完了最后一口的咖啡，苦味已渐渐淡忘，留在味觉中的，仅仅是滑滑的肉桂香味……

明天是最后一天了，我要给施伟一个答复。这一段日子里，我在图书馆内也意识到了培训行业的潜在市场，这将如同我刚开始销售医疗器一样，具有非常广阔的市场。然而，如果与辛历合作，这将与我做医疗器的销售大不一样。与他合作，我需要一支团队，一支能够迅速开展业务的团队。只有这样，我才能够将公司运作下去，也只有这样，我们的合作才能够长久地持续下去，才能够为那些有需要的人群提供帮助。

我把合作的一个重要条件寄托在了邱建军的身上，尽管我与他只见过两次面，接触也只是一天多一点点的时间，但我发现，他是一个非常有责任心的人，也是一个敢作敢为的人。我需要这样的一个人做我的帮手。如果我能够说服他脱离目前的事业来与我一起干一份新事业的话，我就能够答应与辛历的合作……

但如何展开与邱建军的谈话，我把手支在下巴上，理不出一个头绪来。咖啡喝了一杯又一杯，烟抽了一支又一支，仍然没有一点作用，凌乱的思绪没有丝毫能够理出来的迹像。我头痛，我头痛，我头痛，我头痛。我静静地坐了很久，这很危险，这样使得我呆坐着浪费时间与生命。我的生命不能够停止下来，哪怕是片刻的停止也不行。我站起来，走进厨房，潘梦云戴着一只随身听，用耳机把耳朵给塞住了。这样也好，最起码她不会受外面事情的干扰，而一心一意地去做我们的晚餐。她扭动着腰肢，一把菜刀在她手下有节奏地移动着，我似乎听到了她随身听里播放的动听的旋律。

我在厨房里站了一会儿，这没有打扰潘梦云，她似乎很喜欢这里的一方天地。她快乐得像一只小鸟，在唱着属于自己的歌。她没有注意到我。我从冰箱里拽出一只浅紫色的葡萄酒杯，这是潘梦云挑选的。洗干净后，我拿出来用它盛满一杯葡萄酒，放到咖啡杯边。我看着这两杯不同颜色的液体，有些想笑，但随即又觉得莫名所以，就忍住了。

其实潘梦云同我一样并不喜欢喝这些难以下咽的葡萄酒，但我们必须习惯这种优雅，因为在当今的这个社会优雅就是一种特别的社交方式。似乎越是身份高的人,同他们在一起吃饭时就更需要习惯这种优雅。不管是蓝天科技的戴天,还是国内第一成功学大师辛历,他们似乎都有这种嗜好。

我重新坐下,深吸一口气,把杯内的葡萄酒一口喝下去。我从冰箱内又取出一瓶葡萄酒,把它倒在杯内,刚好半杯,这也是优雅的需要。这是第一天。今天之后会一天比一天容易。以后,我想到每天都要端着这种高脚杯时,胃有一种被攥住、扭动的感觉。

我在桌旁坐下。站起来,又坐下。我全身贯注于呼吸,应该有用。可是,这无济于事。

我站在窗前,从我住的这套公寓里,一眼望去就可以看到绿叶繁茂的公园。这套公寓以前是一个工作室,结构虽然老式一些,但天花板很高,感觉很宽敞,像个工作室。最里面的房间弄得像仓库一样,里面全是作品,古典的,现代的,抽象的,堆得满满当当。潘梦云在收拾房间的时候,也把一些用不到的废弃的木桌、旧沙发、每天看过的报纸等都塞进那间屋子,现在成为了我们堆放杂物的房间。

墙壁上的挂钟在这个时候响起。下午 4 点了,还有 5 分钟邱建军就来到了。潘梦云已经将饭菜端上桌了,此刻,她脱掉了围裙,在房间里对着梳妆镜描眼线,抹睫毛膏,又涂上一点淡红色唇膏。我走进洗手间,重新洗了把脸,告诉自己深呼吸,再次深呼吸,努力使自己平静下来。做完这些,我静静地站着,尽可能客观地审视镜子里的自己。

看起来还可以。俊朗,浓眉,年轻的脸上充满了朝气。但一个月前的那种自信却不见了。这可是大事。重要的是,对于任何一个将要与我合作的伙伴来讲,这可是个致命的问题!我没穿那件运动的套装,那一套名牌运动装使我在上一次就与邱建军的距离非常远。我选了一件看不到牌子的羊毛衫套在外面。这仍然是一件做工非常精细的上等货,不过,应该好多了,最起码看不到牌子,就不会给他一种居高临下的距离感。我再一次告诉自己,万事都会不同,就从今日开始。我不再是为了自己而努力,什么都会比以前更好。

潘梦云已经在客厅里等候了,她换了一件粉色的羊毛衫,这使得她的身体的曲线更加凸显，我第一次发现，眼前的她，竟然是如此的漂亮。门在这个时候被轻轻地叩响，潘梦云目光转向我：是邱建军？我点点头，她轻盈地前去开门，像一只快乐的小燕子。

这是一次非常令人满意的晚餐。从邱建军用一只手捂住嘴一边剔牙不断地发出啧啧的称叹声中，我能感觉到对这样的晚餐他是非常满意的。当他从南湖山庄旁边的那个垃圾收购站后面走出来的时候，我就能够想象得到他的生活状态。他仍然穿着我前两次见到他时的那套劣质的西装，我甚至想象，他是不是只有这么一套西装，或者说是在南方过冬的衣服(外套)。但他好像不在乎这些似的，对于我们之间所产生的这种距离，他已经接受了，他好像认为这是应该的，我们过得应该比他好。或许，他也可能在心里暗自较劲，只是时间的问题，有朝一日，他一定会比我们更强。但目前，他没有表现出任何一点这种意思，这多少有些让我失望。

我决定以一种他意想不到的方式与他谈话。

我掏出我的手机递给他，他显得很吃惊，不明所以地望着。我说，打个电话给王光明吧，我知道你们在读书时是比较要好的哥们。他没有接电话。只是不明所以地望着我。我继续对他说，问一下你的这位铁哥们，如果是他，我选择了一件事的时候，他会怎么办？

他似乎明白了我今天邀他过来的目的。呵呵地笑了，没有说什么，等着我继续说下去。

我偏偏什么都不说，只是看着他，电话我放在了桌子上，等着他做出行动。

“好吧，你要我做什么？我相信你。”他终于开口说道。

我说：“虽然我从来没有问过你与王光明的事情，但我能够猜想得到你们都是穷苦人家出身，跟我一样，都生活在非常贫穷的家庭里。我也相信，正是因为这种贫穷，才使得你们惺惺相惜，在读书的时候结为了非常要好的兄弟。但就目前来说，王光明已经脱离了贫穷，而据我观察，老弟你……”我看到他窘迫地扭了扭身体，就赶紧转变话题，继续说下去，“在上次拓展培训的时候，我看到老弟身上有一股不服输、敢于负责的冲劲，说实话，我真的很敬佩你，我也相信，早晚有一天，你也会同王光明一样，脱离贫穷，不再受那种困苦日子的威胁。”

“可是我已经很努力了。天知道，我这一年里所吃的苦有多少！”邱建军似乎受到了触动，眼睛有些发红。

“哦？”我等着邱建军继续说下去，而从来都不提什么救星。

“我也就实话给你说了吧，也不怕你笑话，你可能根本就想象不到我们目前的状况。说好听点，我们是居住在南湖山庄，但实际上呢？只是南湖山庄对面的那个垃圾收购站后面的几座工棚，那还是以前有人在那里开山的时候留下的。无论是刮风下雨，我们都能够特别受到大自然的眷恋。而每天吃的呢，你更无法想象，都是傍晚我们从菜市上捡回的一些小菜贩卖不掉扔下的菜叶子，回去煮，放些面条进去，就是我们的晚餐了。而对外，我们则必须说成是我们这个行业与传统行业不同点就在这里，我们要学会节约，节约每一分钱都是我们最大的获利。他妈的，全部是骗人的鬼话，如果有钱，谁还会在乎这一分钱！”他端起面前的茶杯，一饮而尽，我看到潘梦云有些要皱眉头的意思，示意她不要开口，她什么都没说，继续为我们倒她煮的功夫茶。

“王光明看到你这种情况，没有说什么吗？”我有些不解地问道。

“别傻了，我们怎么可能会带新朋友到我们的这种地方去！每一个新朋友到来，我们都会安排他住在比较像样的出租房内，那里有些业务高手，能够带动新朋友快速地了解我们的行业。我也会经常被邀请住到这些出租房内，帮他们带些新朋友。”说到这些的时候，邱建军脸上露出了些许得意的神情，似乎被安排住进这种出租房内是一种至高无上的荣誉。

“接下来你们怎么办？”我继续问道。

“哦，老天，我不知道你在这晚餐里面放进了什么，我现在总有一种说话的冲动，我要把我们这个行业所有的秘密都说给你听了。”

“那就说下去。”

“我们每天的主要工作就是上课。每节课上课前，主持人都要搞点开心节目，让刚到的新朋友上讲台介绍、演唱等，这是让他们推销自己、提高胆量。一般搞半个小时，气氛很热烈，让人觉得有一种团结向上的氛围。这对新朋友来说很重要，因为他们通常都是初次遇到这种场面，良好气氛有助于留住他们。

“随后，主持人就请出讲师上课。其中以提成课上的次数最多，都是固定内容，先谈人生和机遇，表明这是一次难得的发展机会；再谈公司背景和产品，传统营销与连锁业务的对比区别，以及奖金分配、公司特色福利等等；最后探讨投资2800元值不值的问题，总之是以利诱人。几节课下来，虽然有的人对一个月拿几千、几万甚至十几万的奖金仍感到怀疑，但看到身边的人个个充满自信，往往信以为真，被这种金钱欲望所引诱。

“听完提成课再听心态课、理念课，内容虽然有不同，但主要是为新朋友洗脑、鼓劲，解释产品为什么不放在商场卖，为什么不打广告，以及它的美好前景等等。这种利用模糊的‘特许经营’或‘网络连锁销售’做挡箭牌的说法，很多人都搞不清楚，反正内容的虚实无人考究。做我们这个行业，有人总结说是‘简单的事重复做，简单的话重复说’。

“接下来就是分享课，这是最能激励人心的。基本的办法，就是请一些刚申购产品加盟我们行业的业务员谈自己的经历，现身说法，从怎样被邀来、起初产生误会，到最终认可这份‘事业’，再谈自己的宏伟理想，最后由我们这些经验丰富的人在出租房内给这些新朋友进行‘洗脑’。我们都是经验比较丰富，谈起来滔滔不绝，给人的感觉是‘上知天文，下知地理’，把‘加盟连锁’吹得天花乱坠，令你感到不做将是一大憾事，再加上自己的辉煌经历，以及令人羡慕的巨额收入等等，十分感人。这个时候你就会想尽一切办法去筹集资金，来加盟我们的事业了，而一旦你加盟了，我们都会有一些相应的‘提成’可拿。这个时候，你发现所有一切都与所讲的不一样，你即便是想退出，也晚了，因为你已经交了钱了。”

沉默，长时间的沉默，只有喝茶与抽烟的声音。潘梦云的脸色变得苍白，显然，她被这种“加盟连锁”的真相吓到了。我也没有想到，这世间竟有如此的事情存在。坑蒙拐骗难道就是人之本性，无论走到哪里，都会存在着并且变换着花样来诱骗着善良的人们？我感觉自己的脊背在冒着冷汗，我从来都没有这样愤怒过。

呼吸，深呼吸，我抽着烟，使自己逐渐平静下来。我接着问："为什么你们不离开那里？找一份合适的工作来做？"

"你以为我们不想啊，但我们这种人又能够做些什么呢？在这座城市里，我们一没有学历，二没有技术，是不受欢迎的群体。再说了，做过我们这个行业的人，别人躲都唯恐不及，谁还敢招聘我们？"

"你知道王光明是怎样一步一步脱离贫穷的吗？"我问道。看到他摇摇头，就继续说下去，"王光明一开始是在西安的一个建筑工地上做小工，我就是在那个建筑工地上认识他的，并结为了比较好的兄弟。后来，一次很偶然的机会，我们进入了西安比较大的一家企业做业务，一年的时间里，我们利用自己的勤劳改变了我们的命运。"

"他奶奶的。"邱建军吞着口水，说，"我什么时间会有这种机会啊？"

"如果现在有一份事情要你来做，而这份事情又可能会带给你许多财富，你愿不愿意去做？"我谈到了我邀请他来的主要目的。

"是什么事情？"邱建军充满了好奇，但我明白，这个时候，我随便说一份事情他都会应承下来，毫不犹豫地答应去做的。但我还是要他好好地考虑清楚，因为，对我来讲，这或许是一次比较大的冒险。

"可能你赚不到一分钱，也可能会赚到很多。但我能保证，你有很多机会与真正的成功者接触，至于能否学到他们的成功经验，则要看你个人的造化了。"我这样说道，希望他能够从更多的信息中去思考这个问题，而不是盲目地答应。

"这样的事情 如果我不做，才是真正的傻蛋。不过，我需要两天的时间，因为，我要把现在这份事业的一些事情处理一下。"

"先不要这么快答应，我要的是你能够带着你十多人的团队进来，因为，我需要的是一支强硬的真正的业务团队。"我说道。

"那是自然，我的团队，个个都像我一样，能吃苦，有责任。"邱建军爽朗地笑着。整个晚上，我第一次看到他如此开心。我与潘梦云也相视一笑。

第二十一章

我看到了很多稀奇古怪的东西,可看着看着我就醒了,当我发现原来自己看到的这些不过是个梦的时候,我有些不安,我不知道这是怎么了,很长时间以来,我甚至不知道什么是梦,而最近这段日子里,老是做这些奇怪的梦。醒之前,我在梦里看到了那个不知名的小寺庙的慈祥的老方丈,他用一种悲怆的眼神看着我,喊着我的名字"易翔,易翔!"也许,他是想告诉我一些事情吧,可这个时候往往会走进来一个人打断他的话语,这个人就是我曾喊他叔叔的和尚,他后来因不愿做方丈而离开寺庙,再没有人知道他的踪迹。他走进来向方丈说着一些鸡毛蒜皮的琐事,在说这些事情的时候,眼睛偷偷地盯着我,闪烁着光芒。我不知道方丈要告诉我什么,也不知道叔叔为什么总喜欢用这种眼神看着我,我想要大声地问他们,接着我便醒了,浑身是汗。这会儿,我听着城市的喧闹声和从街道上传来的汽车声、商贩大声的叫卖声以及行人匆匆的脚步声、不时打电话向对方说明自己迟到的原因的声音。各种声音汇集在一起,好像就是这座城市欢快的旋律。午睡时间太长了也没有什么好处。此刻,头有些疼痛。昨晚我想了一个晚上的问题,公司的发展、同辛历的合作、邱建军团队成员的安置等等,直到现在我还能感觉到眼皮的沉重。我看了看表,5 点差一刻,尽管还不到晚饭的时间,可我还是起来了。

我走出了房间。家里十分安静。潘梦云又去电脑培训班学习了,留了张字条,告诉我她会在 6 点钟回来准备晚饭。真是个爱学习的好姑娘!我这样咕噜着称赞她。

我与辛历合作的"易翔国际培训机构"刚开张,公司里每天都有许多事情要处理,潘梦云在公司里每天都是从早忙到晚,而到了周末却还要去学习电脑……我摇着疼痛的脑袋，习惯性地走到冰箱的面前，把手放到冰箱的把手上，内心充满了期待：新东西，惊喜、意料之外的奇遇。潘梦云每日都会给我一些惊喜，这让我似乎有了一种习惯，每天都期待着这次的惊喜是什么。我打开冰箱，里面就像是大型商场的橱窗一样光芒四射，各种各样的瓶子，葡萄酒、红酒、啤酒、可乐、橙汁、鲜奶。哦，老天，求求你，给我一点奇遇哄哄我吧！可他们仿佛在说，你要尝试着自己去创造奇遇，而不是一味地等待。我失望地关上冰箱，在关上之前，我从冰箱最下端拿了一个洗好的苹果。我这样做不是为了安慰胃，只是想让自己这会儿有点事干。

这些日子发生的事情太多了，我简直不知道该怎么形容了。公司顺利开张，我成为了最年轻的总经理兼法人。辛历名义上没有职务，只是每次大型培训活动的总培训师，但谁都知道，这个公司有他的一半。在公司里，施伟全权代表辛历处理事务，虽是副总经理，但他的风格、处事的态度及方法，俨然是总经理的模样。我不会去在意这些事情，施伟是一个非常好的职业经理人，由他来打理公司，我更为放心。洛克依旧是辛历的助教，常常跟随着辛历到处去讲课。

邱建军带着他团队的 12 个人加盟了公司，成为公司业务拓展最坚实的基础。我问他："你是如何带领着这么多人脱离原来的公司的?"他笑着告诉我："放心吧，所有的事情我都已经办妥了，不会有任何的麻烦。"他没有再说下去，我也就没有再问。但从第二天的晨报上我大致了解了事情的经过：我市最大的传销组织被一举击毁。报纸上报道了某传销头目自报传销害人内幕，并向警方提供了该传销团伙的领导头目名单，警方根据这些资料，一举击破盘踞在我市多个地方的传销组织，成功解救近 3000 名被骗入伙的青年。我知道这一定是邱建军做的，我也明白，他这样做，或许有着不得已的苦衷。我没有说什么，对他能为我这么一位陌生人的信任而去冒险而感到感动。同时，我也相信，公司的业务交给这么一帮有干劲有激情的人去做，一定能够迅速地扩展。我在南湖山庄为他们租了两套三室一厅的公寓，让他们真正地住进了南湖山庄。这令他们十分地高兴，做起事来，更是干劲十足。

令我最意想不到的是，王光明重新回到了广州。当他一脸阳光地站在我的面前时，我还恍若在梦里。他选择了在华南区任职，他把华南区的总部设置在广州，这样，我们就可以经常见面了。他还跟我签下了一张全年的培训订单，他说，要将他所在区域的每一位销售代表都培训成一个顶尖的销售员，那样他就不用做什么事情了，天天可以陪着我喝酒聊天了。他这是玩笑话，我知道。但作为公司新开张的第一张订单，并且超过100万，这无疑为整个公司都注入了一针兴奋剂。我看到每一位销售员的眼睛中都泛着光。

但他没有同我们住在一起。他在市中心区购置了一套房产，他说，作为蓝天科技华南区的销售总监，无论是在外表还是生活起居上，都不能让别人看扁啊，那样对公司的形象很不好。他购置这套房产的时候，蓝天科技集团主动为他提供了30%的资金，他没有同我提起我存在银行的那笔钱，我知道他目前不需要这笔钱，也没有说什么。他邀我与潘梦云到他的新房去参观，我们去了两次，但后来，房间里多了一位女士的时候，我们就不再去了。

这些原本应该令我愉快的事情并没有使我的心神不宁消退过去。还不到5点，离潘梦云回来还有一个小时，我坐在沙发上，啃着苹果，有一种青涩的味道。到底是什么令我心神不宁？难道仅仅是一个梦？除去这个奇怪的梦，还有什么东西令我感到熟悉，而一时又记不起来。是什么呢？我有点近乎绝望地苦思冥想。不行，脑子像短路了一样，想不起来。这种感觉，就像你每天看到一位熟悉的人，当突然有一天她戴了一副耳环时，你就会感觉到她的某些地方发生了改变，而具体在哪里，你却说不上来，因为你没有注意到她的这副耳环是否每天都戴着。

到底是什么呢？难道与我有关？我把那些几乎已经全部忘记的记忆重新翻出来，希望能够从中寻到一点端倪，然而，我却失望了。我坐在沙发里，一言不发，静静地等着，不知道接下来会有什么事情发生。

好像有预感似的，我拿出手机的时候，电话响了起来。

“易总吗？我是施伟，晚上辛老师想请你一起吃个便饭，请你赏脸。”

“还有什么人？”我问。

“还有，你也邀请上你的朋友王总吧，我们公司刚开张，他就给我们签了这么大的一张订单，辛老师的意思是我们还是应该请他吃餐饭，表示一下意思的。”

又是辛老师！看来，以后自己做事总得活在辛老师的影子里了。不过，这也难怪施伟，毕竟他跟着辛历时间久了，这样称呼也习惯了，既然都已经习惯了，那还有什么好介意的呢？“在哪里？”我问道。

“我 15 分钟后过去接你，然后再去接你的朋友王总，你看如何？”

“好的。辛苦你了，谢谢。”我答应道。这种事是不能推的，毕竟是合作伙伴请吃饭，并且理由冠冕堂皇。于是，我拨通了潘梦云的手机，告诉她晚上吃饭的时候不要等我了，晚上我有应酬。电话中，潘梦云“哦”了一声表示知道了，那声音仿佛距离十分遥远。

车子缓缓驶向中心大道，汇入车流当中。下午 5 点半钟，正是整个市区塞车最为严重的时候。施伟驾着车，时走时停，车行在路上，就像是新婚的少女用一双温柔的手羞涩地轻轻抚摸着宽广的胸膛。“与西安相比，广州的公路也确实太成问题了。车辆多，公路却跟不上，真不知道这些公路局的人天天都是干什么吃的。但每到收费的时候，总能够看到他们频繁出现的身影！”王光明发着牢骚，不过他说的是实情，广州的公路确实令人不敢恭维。一条街道的距离，如果赶上塞车，半个小时甚至一个小时才能抵达目的地也很正常。而这里，公路又少，如果你想从巷子里穿过去，对不起，公路间的交汇处少，你只有兜上一个大圈，跑上十里八里，再回来才行。

施伟只是乐呵呵地笑着，没有发表任何意见。他的双目紧紧地盯着前方，非常沉稳地驾着车缓慢地前行。我看到许多司机在这种情况下非常着急地骂娘，甚至按汽车喇叭表示抗议，但施伟不会。从他的这些小细节上可以看出他作为一名优秀的经理人所具备的素质：沉稳，有主见，遇事不乱。他驾着车见缝插针，撇开一辆又一辆的汽车，最后，在一个路口红灯亮起的时候，突然急剧左转，驶上了一条比较幽静的小道。这是一条环山而上的车道。道路的两旁是青郁的树林，车辆不多，空气突然清新起来，人也变得爽朗了很多，视野更是一下子开阔起来。山下，一座座高楼像一座座形态各异的巨塔，错落有致地矗立在傍晚的斜阳中，看起来，根本就不会让人联想到城市的拥挤。

谁都没有说话，都在尽情地享受着这清新的空气。施伟专注地开着车，王光明眼睛直视前方，若有所思。在我们分开的这半年时间里，他较之以前成熟了很多，相信他一个人回到西安也经历了很多。我觉得要和王光明聊点什么，自他从西安回来，好像就成为了一片原始森林，充满了神秘莫测，而作为好友，我必须要进入到这种神秘莫测中去一探究竟。

大约前行了半个小时，直至群山的深处，才看到一片空地坐落着一个小院，显然，这就是我们的目的地了。下了车，却惊奇地发现，院内停满了豪华轿车，大约有四五十辆之多。真不明白，这家看似不起眼的酒店，会有什么乾坤令这么多有钱的人前来这里。停好车，施伟带着我们从院内向正门走去，我趁机观察了一下这家酒店的规模。它坐落在大山深处，三面傍山，是喧闹都市中休闲的一个好去处。规模中等偏大，是一栋九层楼的建筑。挂在三楼的招牌，是“银杏酒店”四个行书大字，中间是实体的字，字周围用霓虹灯管包就，有红黄绿紫四种颜色，灯管从上至下依次循环闪烁，很是醒目。整座楼有五只大的探照灯照耀，像泊在港湾里一艘载客待发的巨轮。一至三楼是餐厅，往上是茶楼、棋牌室、KTV、桑拿等，最上面两层是住宿，看来是为了那些喝醉了酒无法行动的客人而准备的。

我们走进酒店宽大的玻璃门，只见三四名身材高挑、皮肤白皙、胳膊如嫩藕、身穿高开叉旗袍的小姐微笑着迎将上来，听说已经定了座，有两名小姐一左一右引导着我们走向左边的旋转楼梯，楼梯上铺着高级压花红地毯。我用眼睛的余光扫了一眼一楼，这是一个开放式的大厅，大概有二十几张饭桌依次排开，已经坐满了男女食客，有的推杯换盏，有的大吃大嚼。我们随旗袍小姐上到二楼，绕过吧台，又穿过一条长长的走廊，来到一间上书“中南海”的房间外，小姐敲了敲门然后才推开一扇门，一手做个请进的姿势，口中轻声说道：“先生，您请——”

辛历早已经到了，正在和一个人通着电话。看见我们进来，他做了一个要我们先坐的手势，只听见他说：“就这样说定了，好处少不了你的。”就挂了电话，他微笑着向我与王光明伸出双手，"能够与两位青年才俊共进晚宴，真的是十分荣幸啊！"

大家说着就落了座，辛历年纪最大，又是主人，毫无疑问坐了上首；我和王光明分别挨着他左右两边坐下，施伟坐在辛历的正对面。一共四人。整个房间大概有二三十平方米大小，中间放置一张直径约 3 米的大圆桌，桌上置玻璃转盘。这张大桌约占房间的一小半面积，另一半面积分别放置着大屏幕彩电、组合音响、真皮沙发、茶几等，房间的一角是卫生间。房间装修得很豪华，地面铺着暗红地毯，墙四周贴着高档墙纸，天花板安满了大大小小的灯。就我们四个人吃饭，用得到在这么大的房间里吗？再说，又都不是外人，有必要浪费吗？我在心里正想着，八个凉菜四荤四素已经上齐了。辛历高叫倒酒，小姐将一瓶五粮液倒进酒壶，依次将每人的酒斟上。到了施伟跟前时，施伟说他开车喝不了酒，让小姐拿饮料给他。这时辛历说道："喝多了今晚就不回去了，今天怎么能不喝白酒，与两位这么优秀的青年才俊在一起，就是喝醉也值得。想想看，我们像他们这种年龄的时候，每天在工厂里只是拼命地赚那两块钱。跟他们相比，那简直就是天壤之别了。"

小姐将酒一一为我们斟上。辛历端起酒杯，说道："俗话说，有朋自远方来，不亦乐乎。今天能与两位年轻的商业奇才共进晚餐，的确令辛某荣幸之至。来，第一杯酒，大家把它干了。"说罢，他自己先干为敬。

我虽不大喝酒，但一年多的销售代表经历令我多少能够应付一下。但王光明却不同了，他的酒量相当不错，我想，这应该也与他的工作有关吧，一直以来他做的都是管理职务，喝酒应酬的事情自然是常有的，酒量大些，不足为奇。而施伟，或许是听了辛历的话"喝醉了，就不回去了"，喝起酒来也是当仁不让。第一杯酒刚刚下肚，他又举起了酒杯，说道："我更应该向你们两位学习，你们可不要藏着掖着啊！"我没有说话，待这杯酒下了肚的时候，王光明开口发了话："两位老师开口闭口我们是青年才俊、后起之秀啦，实话来讲，这真有点令我们羞愧。我们更应该多向两位老师学习。"这种客套话不是我的强项，我也说不出来，所以在这种情况下，我只有默不作声地一次又一次地跟着举杯。

酒过三巡，菜过五味，大家都开始活跃起来，也没有了刚开始时的那种拘束与客套。王光明与辛历可谓是棋逢对手、将遇良才，两人你敬我，我敬你，频频举杯。我与施伟象征性地碰了两次杯子之后，大部分的时间都用于埋头吃菜。我大致浏览了一下桌子上的菜，竟有十五六盘之多，少部分自己见过，诸如牛肉、粉肠之类，大部分都没见过。就我们四个人，有必要点这么多菜吗？我看到大多菜都只吃了一点点，不禁暗皱眉头。施伟好像明白我的心事似的，说道："辛老师下周要去香港，参加成功学的一个高峰论坛，参与这个论坛的，都是在国际有头有脸的成功学大师。"后面的他没有再说，但我亦明白了，如果辛历在这次的成功学高峰论坛上再荣获什么大师的称誉的话，那么对公司来讲，将会是更大的荣誉，所以，这餐饭也没什么大不了的。

对于花钱，我本身就不会计较太多。王光明常对我说，钱就是用来花的，赚再多如果不花，又有什么用？还不是废纸一堆？我虽不大赞同他的话，但他讲的也的确有理。所以，辛历与施伟都感觉到我们这样花费多些也是值得的时候，我也不好再讲什么，只是心里仍有些稍稍的不快。我认为不该花的钱最好还是不要花，哪怕少下用于接济一个人也是一件好事。当然，我不会在脸上表现出来。辛历与施伟在阅人上都是高手，在他们面前，我不能让自己显得太小气。不然的话，以后的合作中，我将很难开展工作。

晚宴结束的时候，大概晚上9点。我想到在电话中潘梦云的反应，想着自己还是要早点回去。这几个月以来，每天为着公司的事情，潘梦云也一直奔波忙碌着，如果连晚饭我都不陪她一起吃的话，那就太不应该了。想到这儿，我站起身来说："谢谢辛老师、施副总，天不早了，我就告辞了。"我转过头来问王光明，"你还是留在这里，同辛老师再聊一会儿吧。"这时，施伟说："易总，这怎么行，下面还有节目，这段时间大家都太劳累了，辛老师请大家唱K。再说了，我还有很多事情要向你讨教呢。"我还坚持要走的时候，看到王光明也站了起来，他站到我的身旁，看样子，只要我走，他也一定会跟我一起走的。我突然间感到自己有些太不应该了，王光明作为我们公司的第一位大客户，今天晚上花费这些又算得了什么呢？再说了，既然还有节目，目的又是请王光明，如果因为我的执意回家,而使辛历的计划落空,那岂不是很难堪?这样也会使我们之间以后的相处更尴尬。这……我真的有些为难了。

“怎么,易总,我请你唱K也不肯赏脸?”辛历半开玩笑地说道。

施伟也在一边说:“既来之,则安之,还是去吧。辛老师请客,这是我们大家伙的荣幸啊。”王光明一副无所谓的样子,站在我身旁,一言不发。我觉得再坚持自己的意见真的不合适,只好从命。

我们一起上了五楼。刚出电梯就能看到写着“KTV部”的长方形吧台,吧台里面站着一个约30多岁的妖艳女人,给人感觉脂粉擦得很厚,像是要掉下来渣子,嘴唇很红,好像沾满了鲜血,见有客人来了,马上满面春风地招呼着,嘴里一口白牙特别引人注目。

与下面相比,这里才是真正的不夜城。楼下已经是觥筹交错、人来人往了,而这里更是灯火辉煌,俊男靓女往来穿梭。本以为我们会在大厅内一起玩乐,可在施伟的带领下,我们全都被安排到了不同的房间,并被告知玩得高兴点,账已经结完了。

我的房间不是很大,可是给人的感觉很舒适。屏风前面是几张沙发,一个茶几,音响电视;屏风后面是一张长沙发和一个茶几。

在我打量环境的时候,一位高挑的瓜子脸小姐走了进来:“先生,我为你服务好吗?”她的笑很甜美,可是也很做作。

我不知道怎么说,因为我一直以来都不知道如何拒绝女生。看到我没有反对,她就坐在了我的身边。她帮我点歌,我唱了两首比较古老的歌(也仅仅会唱这两首了),令我惊奇的是,这歌她也会唱,我们一起唱着,慢慢地熟了起来。

后来,她把房间的灯光调暗,然后拉着我的手说:“咱们到后面休息一会儿吧!”

我的心情很坏,为自己这段时间莫名的奇怪的梦,也为晚上吃饭时辛历的浪费。不花自己的钱永远不知道心痛,现在就是这种情况。表面上是辛历请客,但实际上公司里所有的开支都由我支付。我不在乎这些钱,该花的该用的,我不会皱一下眉头。公司开张,我投了100万进去,眉毛都没有抬一下。但我不喜欢这种浪费,哪怕是一分钱。她带着我坐到了屏风后面的沙发上。这个时候,电视里播放着音乐,浪漫的情调让人有原始的冲动。

"你累了吧?躺下来放松一下,我为你按按。"她偎依在我的身旁,轻柔地说。

我开始仔细打量她:人很漂亮。五官精致秀气,配合起来看也很有味道。她梳了个马尾辫,虽然并没有仔细看,但黑亮的头发,发质至少是不错的。她的脸很白,透出很淡的健康的粉红色,这么健康的肤质,现在已经很少见到了。更吸引我注意的是她穿着一件白色的中袖衬衫,搭配着黑色的褶裙,黑色的小腿袜,黑色、有着铜质搭扣的皮鞋。除了衬衫,都算是很典型的校服装束吧,年轻的小姑娘穿这类衣服,我想起了潘梦云,她穿这类衣服的时候也很漂亮。

看到我听从她的话后躺在了沙发上,却没有什么动作,她的手开始在我的身上滑动。"你是我见过的最害羞的男孩。"她低声地笑着,手却在我的身上不停地游弋着。我感觉到她的体温,她的体温同她的呼吸混在一起,让人热血沸腾。她的手不停地探寻,挑逗着我的欲望,终于我忍不住翻身压住了她……直到裤子内的手机哀怨地响起时我才醒来。看到自己的狼狈相,慌忙穿上衣服跑到屏风前面,心跳得自己都能听见响声。

是潘梦云的电话,她问我今晚还回不回去了。我看了一下时间,已经是夜里11点钟了,也难怪她担心了。我结结巴巴地告诉她,我这就回去,半个小时后就到家。那个女孩已经穿好衣服,重新站在我的面前了,她说,我帮你叫辆车来吧。我点点头。出租车5分钟后就来到了,我走出房间的时候,那个女孩又说,你是个好男孩,以后还是不要再来这里了,你不是属于这里的。说完这话时,电梯门关上,把她与我隔开了。

第二十二章

我梦见了有财叔叔，那个被称为戒欲的和尚。

有财叔叔失踪那会儿，我该有 8 岁，或者是 9 岁。我身材不高，又因长期的营养不良，显得有些面黄肌瘦。自有财叔叔失踪之后，我便开始寡言少语，动作缓慢，每天一副病恹恹的样子。方丈的死及有财叔叔的失踪，对我打击非常大，我一下子失去了两个最亲近的人。至于我的父母，我的印象非常模糊，只记得他们在我很小的时候，常用一双无奈的眼睛盯着我。妈妈留给我的记忆，除了那一颗早已生锈了的五角星之外，我再也记不起有关她的任何事情了。

如今，有财叔叔就坐在我身旁一个很阴暗很阴暗的地方，用他那双带有怜悯眼神的眼睛盯着我看。他的这种眼神让我害怕，完全与他失踪前的那段时间的眼神一样。那时，他常常坐在寺前的那块大石头上，盯着通往山下的那条小路看，他的眼神就是这样的，迷茫，向往，而又充满无奈的复杂。他就坐在我的身旁的某个地方，是那样真切，然而，我伸手却触摸不到他。我像被困在一艘正在下沉的船舱里，透过黑沉沉的海水仰头能够看到他。可是，我却不能够开口呼喊，否则海水会趁机堵住我的嘴巴，我还要用它来呼吸空气。船舱里还残留着空气，然而却在不断地向下沉，沉落到绿色的海水里。用不了多久，海水便会将我吞噬干净。我快要绝望了，我看到有财叔叔看到了我，他慢慢地将头伸到我的面前，看着我在不断地下沉，忽然间，他张开嘴笑了，好像在观看一场有趣的游戏……

我一下子醒了过来，全身湿漉漉的，好像是刚从海水里爬上来。我不记得发生了什么事，然而在梦里，我知道从某方面讲，有财叔叔从来就没有离开过我。有这样一种梦，梦境的特征样样俱全，同时延续着人的精神生活；在这样的梦里，你会意识到一些事实、一些念头，在醒来以后，它们依然显得新鲜可贵。我的梦便是如此。现在我猛然悟到，有财叔叔失踪了，已经失踪了快16年了，却没有人去寻找过他，就是自己，在离开寺院的这十多年里，也没有去有意地寻找过他，这样的事情真是可悲可哀。因为我想到了，有一天我也可能会突然间消失，像有财叔叔那样，凭空就在这个世界上蒸发了一样，那个时候，还有没有人会记起我？就如同我现在突然记起有财叔叔一样？想起有财叔叔，我就会心如刀绞，因为除了方丈，他是我最亲的人了。后来他失踪后，寺庙里的和尚们虽然也会给我一些吃的，但那种神情，好像是在把饭菜扔给一只身上长满了疮疤的癞皮狗。这也是我后来离开寺庙的原因——在那里，再也没有人疼我爱我。但现在，16年之后，有财叔叔突然间像又重新出现了一样，频频在我的周围显现，是那样的真切却又是那样的虚无，我能感觉得到他的呼吸，却无法伸手触摸到他。我感到一种莫名的恐惧，我想起有财叔叔的笑脸，看到我在海里不住下沉时的笑脸。

突然间，我就站在一片低矮的草坪上看到了生命的脆弱。这是个明媚的三月的傍晚，西斜的阳光把大地染成了一片金色。我看见一个神色黯淡的中年男人，从怀中掏出最后一小块坚硬的烙饼递给站在身旁的男孩，他一个人静静地走了，在一片荒芜的草地中，躺在那里静静地睡着了，再也没有醒来。吃完饼的男孩不见了父亲，恐惧地大声哭喊着。没有人理会。过了几天，人们在另一片荒草中发现了这个幼小的躯体，叹惜着挖了一个土坑把他给埋了。注视着这一切，我默默地流着眼泪，嘴里不停地咕噜着“为什么，为什么”这个词语，从梦中醒了过来。

原来是卧室里的电话发出了一阵刺耳的尖叫，还依样持续了30多秒。我抬头看向闹钟，这是清晨6点15分，还有一个小时才是起床的时间。是谁在这个时候打来电话？我把身子拖下床，地板上一阵冰凉，让我清醒地意识到我回到了现实。见鬼，刚才竟然是梦中梦！我有些厌倦地趿拉上拖鞋，赤裸着身子走到靠近窗边的电话桌旁。不要见笑，这是我睡觉的习惯，全身赤裸，尽管有些不雅，但却能够让我睡得很安稳。

电话里是一个女人的声音，有些急促，有些惊喜。她仿佛想要急于证明什么，在我刚拿起话筒的时候，她就迫不及待一连串地向我发问："易翔，是你吗？真的是你吗？你创立了易翔国际培训机构？老天，你知道吗？你与你的公司竟然出现在了环球杂志上面，我真不敢相信这就是你，如果不是看到了那上面刊登的你的照片！"我静静地等待着她停下来的空隙。我有礼貌地问道："只是，请问你是哪位？""天，你不知道我是谁！"她刺耳地嚷了一声，"不过，那也很正常，好几年了，我们没有再见过面，也没有再联系过了。我——我是——肖娅莉。"

"啊！"我几乎要跳了起来。大脑里浮现出一个年轻漂亮的女孩，瘦骨嶙峋的，然而恰到好处，身上没有一块多余的脂肪，无论是什么衣服，在她的身上，都显得十分合适与好看。

"肖娅莉！你在哪里？"我大声地叫喊着。在潜意识中我一直认为，她的离家出走与我有着非常大的关联，如果不是遇到了我，她应该是一个非常安静的小学教师，每天过着平静的教书育人的生活。"这么多年了，你过得好吗？"我不知道该怎么说，说些什么了。我愣住了一会儿，突然说道："你不要挂断电话，我现在把潘梦云叫来，听到你的声音，她一定会高兴得发疯的。"没有等她开口同意还是不同意，我迅速抓起放在椅子上的短裤，胡乱地套在了身上，然后又拿出一件衬衫，一边穿着一边打开房门，我用力地敲着潘梦云的房门，大声地喊着："梦云，快起来，肖娅莉打来电话了！是肖娅莉！"我强调地喊着。

我能想象得到潘梦云听到这个消息时的反应。我听到了房间内有物体撞倒椅子的声音，接着便是人穿衣服的声音，然后是跑步的声音。潘梦云打开房门，她并没有看我一眼，而是直接冲进了我的卧室，拿起电话，尖叫起来："娅莉，真的是你吗，你这个坏家伙，这些年你死到哪里去了……"

我没法子确切地记得，肖娅莉已经出走多少时间了，三年，五年或者是更长的时间？我不知道。不过显然，她的离家出走给我们每一个人都带来了很大的触动，我们每个人都无法把这件事从我们的记忆中抹去。有很多人和事，当过了一段时间之后，我们就会慢慢地淡忘，但对于肖娅莉，我们不会。她是那么的善良，那么的单纯，温文尔雅而又不谙世事，但是她却令人心痛地选择了一个人体验生命。她踏上了一条流浪的征途，没有人知道这条征途的尽头在哪里，或许她自己也不知道。她选择在流浪中成长，忘却那一份看起来简单却又令人感到切肤疼痛的感情。这就是肖娅莉，一个表面柔弱文静内心却坚硬刚强的女孩。

一切好像与我有关，又好像与我无关。这两位多年未见面的好姐妹欢畅淋漓地在一根电话光缆的两端聊了起来。我看到潘梦云时而哭，时而笑，时而紧握拳头面露紧张神色，时而双眉舒展长长地吁出一口气。我为自己点燃一支烟，坐在椅子上观看潘梦云。这是一个比较好玩的情景：她的头发乱糟糟的，脚下趿拉着一双拖鞋却把左右给弄反了，至于穿在身上的真丝睡衣把最上面的扣子扣在了第二个扣眼内，以致于最后一个扣子找不到可扣的地方了……有人说，早晨刚醒来的女人是最真实的，也是最可爱的。真实的确是比较真实，基至真实得有些令人忍俊不止。

我面带着微笑，想让自己的思绪静止下来，可我做不到。我感到笑这会儿在我的脸上已经僵硬了。我机械地拉动着面部的肌肉，只有在嘴里吐出烟雾时，才能够稍微让脸上的神经得到些缓和。潘梦云依旧在瞪着美丽的大眼睛听着好朋友在话筒里向她讲述自己的故事。我拼命地想把思绪拉回到现实中来，这样的努力却艰难至极。因为在这一刻，我才发现，某种事物长时间地存在于你的周围，你会认为理所当然，而一旦有了参照物的时候，你就会重新认识到这些事情也并非是你长期以来想象中的理所当然。这是很致命的，你平生的概况包括你对眼前的世界也不再清晰可及，你的内心会开始充满怀疑，你一直在懊恼，如果当初这个参照物早点出现，如果这个参照物一直待在我的身边，那该多好啊。你会忘记目前你身边的这个人的好处，甚至生活中许多有趣的令你的心情充满着阳光与欢愉的细节都不会想得出当时的情景。所有的一切，都会彻底变了样啦，仿佛许多重要的事情从来都没有过，你身边的这个长期存在的人，也从来都没有出现过。他（她）的好处你已经记不起一丁点了。

此刻，我的心情就是这样。肖娅莉，我几乎不能够确切地记得你的模样了。我没法子确切地记得，我是哪一天认识的你，是在什么情况下，牵起你温暖的手的，尽管那是我第一次牵过的女孩的手。我去寻找过你，走在那一条以前与你一起走过的街道上，所有的一切都已经是物是人非。我期待着在这条路上，你会像往常一样突然出现，用你那带着恶作剧的调皮的眼神看着我，然后会出其不意地在我的脸上留下你的唇印。我已经记不清楚，我走了多远的路了，我一直不停地走啊走啊，直到我两腿发酸，才肯停下来歇口气。医药公司的那位老总比以前更胖了，但这并没有影响他的精明。他一下子认出我来了，热情地同我打着招呼："嘿，看那是谁来了，我的财神爷，你给了我一个非常好的赚钱的门路！"他让我到他的店里面去坐，我拒绝了，我在想，这个时候你会突然跳出来。但你没有。街道上喧闹嘈杂，拥挤不堪，我坐在路边，很长时间都不想再起身，像极了一个长途奔波的流浪汉。

我走进了另一家旅社，我害怕见到你母亲忧伤的神情。但她还是找到了我。在我的房间里，她满面忧伤，热泪盈眶。她不停地叨念着，老天为什么要这样呢？为什么要让这善良的人遭受到这么多的苦难？她的热情已被对你的思念折腾得消失殆尽了。深陷在眼窝中的眼睛也失去了光彩，被一层灰蒙蒙的东西笼罩着。看到她的头上过早地露出了一缕缕雪白的头发，我如一个刽子手在面对失去亲人的善良的老人一样，我的全身哆嗦着，手也在不停地发抖。我把印有公司地址和电话的名片递给她，想了想又在上面写上了我公寓的地址和电话，我想到如果你同我联系的话，一定会打来我的公寓。这么多年了，我一直没有搬离过这间公寓，是的，肖娅莉，你猜得没错，我等的就是你的这个电话。

可是，这个电话又是多么的漫长！肖娅莉，你知道的，潘梦云一定会同你讲的。我的公司从原来租的一小间办公室，到后来一整层楼，再到后来，我们建起了一幢独立的办公楼。潘梦云一定会讲，我的办公室就设在三楼，一个巨大的阳台下面就是一个很大很深的游泳池。潘梦云也一定会讲，我在每天早晨到办公室的第一件事就是换上泳衣，从办公室的阳台上跳下去，在游泳池里折腾上一个小时才肯开始一天的工作。只是，她不会给你讲我对你的思念。这一点她是不会理解的，也没有人能够理解得了的，除了你。我常常想到你的身体，你的吻，这都是我梦想着的，只是现在都已经太晚了，现在你已经消失。你那张棱角不明确的脸，眼睛里常带着孩子狡黠的目光。想到这里，我又是不由得一阵颤抖，我害怕有一天，当你风尘仆仆地站在我的面前，目光被岁月蒙上一层灰尘就像你的母亲那样时，我是否还能够认得出你来？肖娅莉，只有你能够明白我的这种疼痛，只有你，真正刻骨铭心地爱过的人，才能够明白我。

儿童福利院里，孩子们坐了个满满当当，他们围绕在我的身边，听我给他们讲述各种各样的关于人生成长的故事。这是一群无家可归的流浪儿，无父无母（或者被父母抛弃），没有亲人，像以前的我一样，过着靠别人的施舍才能活下去的日子。现在他们都不用再流浪了，也不用再忍受饥饿的威胁与别人的白眼了，在这一座带院子的老旧建筑里，我把这里改建成为了他们的家园。在这里，他们像别的有父亲疼爱的正常的孩子一样，开心地玩耍，开心地成长。我还为他们聘请了两名教师来教导他们，在学习知识的时候，我能看到这些小家伙们眼睛里流露出不一样的光芒。看到他们开心，我就时常有一种幸福的满足感。我时常幸福地错认为他们就是我的孩子，每个月我都会抽出时间去看望他们一至两次，我会带给他们各种各样的小礼物，像外出的父亲给自己的孩子带回礼物那样。孩子们常常围坐在我的身旁，给我讲他们的故事，他们叽叽喳喳地好像一群快乐的小麻雀，这个时候，我总在想，如果你也在这里，肖娅莉，你也会幸福地露出你那可爱的小牙齿的。

王光明，对了，你还不认识他，我给你介绍一下，他是我非常好的兄弟，现在仍然在蓝天科技工作，不过，他与我当初不同，他现在是华南区的销售总监，负责着六个省的市场。他们现在改变了以前每个省只设一名销售代表的局面，现在他们增加了许多人手，仅王光明的手下，就有300多位销售代表了，并且还不包括那些个市、县、乡镇级别的代理销售员。他们现在采取的是我当初的销售模式，这个模式能够得到推广还有你非常大的功劳呵，肖娅莉，你当时给介绍的那位医药公司的老总起到了非常重要的作用。王光明与我还有潘梦云，我们常聚在一起，很多时候，我们会一起到福利院去看望那些孩子们。福利院的建成，王光明付出了很多，他拿出了一笔钱为孩子们购回了许多各种各样的必需品：床、运动器材、食堂用品、课桌以及一些玩具等等。潘梦云每次都会亲自到食堂里下厨，做一些可口的饭菜来改善孩子们的生活，孩子们为她送了一个名字，叫

"煮饭婆",每次潘梦云都会站在我的身旁,乐呵呵地笑着,好像她非常乐意享受这个称呼。这个时候,我也会想,如果你在,肖娅莉,孩子们也一定会非常喜欢你的,只是他们又会怎样来称呼你呢?这真是个令人头疼的问题。

我好像在进行一次漫长的对话,我有许多话想要对肖娅莉说,但是现在,是潘梦云在同她交谈着。人总是这么奇怪,真要自己去面对的时候,却又不知道该如何面对了。正如同肖娅莉,在我的内心深处,我可以肆无忌惮地同她讲任何我想要讲的话,但是,真的要拿起话筒来时,我还能够那样滔滔不绝地讲个不停吗?我相信,答案是否定的。现实就是这样,很多事情,并不是你想要怎么样就能怎么样的,即便是你的言论,也不是什么都可以说的。就如同我与潘梦云,仔细想想,两人共居同一套公寓,时间也有七八年了吧,在这七八年里,我很清楚她对我的感情,只要我稍微向她发出爱的示意,我们就会像王光明那样,构建一个幸福的小家。只是,这个示意我能够发出吗?尤其是在肖娅莉还下落不明的情况下?因为肖娅莉的离家出走,无论过去,无论将来,都与我绝对存在着一种脱离不了的关系。

我痛苦地把肩膀使劲向后挺。与此同时,我还得把手放到屁股上,从腰部往上把身体旋转起来。他们说,这样做对后背的肌肉有好处。我这样做着,一面成千上万次地想,人呢,毕竟是脆弱的,生命也是脆弱的。无论你处于什么样的环境里,只要时间长了,总会出现这样或那样的毛病。就比如说腰痛、颈椎痛,这就是典型的办公室病症。而相对以前我在漂泊流浪的生涯中,身体反倒很少会生病。难道一切都是因为环境的安逸所造成的?

潘梦云说,在工作中她是最快乐的,所以,在每天的上班中,她都会把自己沉埋于一大堆的数据与繁琐的事务之中。而我,一个年轻的企业老总,一个上过环球杂志的身价过亿的成功青年,除了每天听取邱建军、施伟、潘梦云、洛克等几位企业高管的工作汇报,召开一下董事会议之外,我还在做什么?读报、看报,偶尔陪几位老客户一起吃餐饭,打打高尔夫,这似乎成为了我全部生活的主题。

我与王光明共同创建了这所儿童福利院,出发点或许并非是因为高尚——这为我们带来了许多生活的乐趣,每当与孩子们在一起,看着他们健康地成长,我们得到了一种由衷的成就感与满足感。在这里我们常常用我们的经历来告诉孩子们，一个人的出身并不重要，重要的是我们不能自卑。我们还告诉孩子们，凯撒患有癫痫病，但他当上了将军，后来又成为皇帝；拿破仑出身低微，也成了皇帝；贝多芬聋了以后还创作交响乐，他把自己对音乐的理想变成现实；狄更斯受理想鼓舞而成了英国维多利亚时代最伟大的小说家——尽管他是个瘸子，一生贫困。我们用大量的事实来激励孩子们，每一个人都可以在心中虚构一个属于自己的王国，无论你是贫穷还是富有，只要你一直往这个方向去走，就能够抵达这个王国国王的宝座。我们对此乐此不疲，尽管这占用了我们大量的时间与精力。当然也包括创建这所福利院的费用，我们提取了银行卡里的积蓄——是蓝天科技前总经理戴天为我们买的单。

"再见！"潘梦云说道，声音也稍稍提高了一些，话语中充满的依旧是掩饰不住的兴奋。

我放下胳膊，慢慢地将空气吸回肺腔去。我的思绪，终于滑回到现实中来。我看着潘梦云，她也满面微笑地看着我，突然间，我们同时大笑起来——我的头发也是乱蓬蓬的，眼睛上还留着没有擦去的眼屎。

潘梦云把目光从我身上移到床头的闹钟上面。"还有半个小时就要起床了，你还准备睡吗？"她问我道。

"老天！难道你还能睡得着？在听了肖娅莉的电话之后？"

"是的，睡不着。"潘梦云说着，在我的床上坐了下来。

第二十三章

把身上的泳衣褪下来，我换上了一件工作服，然后把自己埋在办公桌后面，看着今天的晨报。在看晨报之前，我环顾了一下我的单人办公室：办公室约有八九十平方米，分里间和外间两部分组成。外间的地面用花岗岩铺就，周围墙壁用大理石镶嵌，天花板用高级装饰材料做成一个圆形顶，上面装满了各种各样的灯泡和灯管，如果灯全部打开，整个房间就会被照得通体透亮。靠里的位置成拐角形放置了老板台和液晶电脑，老板台后是高级皮椅。剩下的空间依次放置着书柜、单人真皮黑沙发、茶几。而里间则是一个小型会议室兼休息室，大屏幕彩电、音响、DVD 等应有尽有，只是这些都成了一种摆设，我很少会打开它们。在里面，我用的最多的就是洗澡与更换衣服。这一切都是施伟设计的，他是一个非常有头脑的经理人，把各种各样的可能都会提前想到。包括我们的工作服也是他一人设计的：深蓝色的 T 恤，前面左胸处印着“易翔国际训练机构”的标志，布料是高级纯棉布料，既可以做工作装来穿，也可以当成时装来穿，很受员工们的喜欢。

潘梦云进来，为我冲了一杯咖啡，然后又轻轻地走出去。我慢慢地看着晨报，对着报上的头版头条呵呵地笑了笑：易翔国际再创传奇神话。报上报道的是公司上市的消息，在报道中记者把我们吹捧成“第一家上市的培训机构”，而把我个人更是描绘成一个充满传奇色彩的人物：在这座城市拼搏 8 年，不仅将公司做成国内第一大品牌公司，荣登美国环球杂志财富排行榜，还具有善心，创办了一所儿童福利院，收留了近两百名流浪的少年儿童。我不禁深深地叹了口气，这一定又是施伟的主意。做公司我们没必要太露风头了，况且我也不是什么具有传奇色彩的神秘人物，公司之所以能够快速地成长与发展，一方面是因为市场的需求，另一方面则是全体同事努力的结果，并不是我一个人的成绩。这一点我与他讲了多次了，可他总是以一句“火车跑得快，全靠车头带”来回答，说没有我的领导，公司也不会取得现在的规模。真是拿他没办法。

我常常想，命运往往就是这么神奇。很多时候，你的一个决定会令你的一生得到改变。就如当初我与王光明的合作，后来与辛历合作，再冒险起用邱建军以及他的团队。可以说，目前我所拥有的一切除了机遇之外，所有的一切都是这一个个决定所带给我的。与恰当的人合作，做正确的事情，我相信没有比这更令人愉快的了。

“嘿！易总，我正找你哩。”有人走进办公室，说道。

我抬头一看，是老搭档辛历，国际成功学大师，与安东尼·罗宾有过亲密接触及深入交流的人。“搭档”这个词严格来讲或许不全对。如今我们之间，已不再是单纯的合作关系，更多的时候，我们是亲密的伙伴，可以敞开心扉交谈的朋友。在物质文明越来越发达的当下社会，人与人之间还能够维持着这种关系已经是可遇而不可求的事情了。或许事业的蒸蒸日上会令每个人都心旷神怡，此时的辛历与之前相比，略显白净，梳着整齐的分头，一副金丝边眼镜，鼻直口阔，浓眉下眼镜后有一双典型的知识分子的眼睛，一身笔挺的西装显得十分干练博学。

“我正想问你，今天的晨报看到了吗？”他问。

“刚刚看到了，”我心里充满了忧虑，想了想还是说道，“记者把我写得太完美了。我真怕哪一天会弄出事来。”

“不会的。你现在正处在风头之上，我们的事业也正在每日愈上。真庆幸我们当初的合作！你也不要瞎担心了，我了解你，心地善良，又有才能，这样的人怎么会弄出不好的事来？要真的是那样，老天也一定是瞎了眼了。”辛历非常会说话，他总能够说到你的心窝里去，让你感到听他谈话非常愉快。我想，这或许正是他之所以能够成为国际成功学大师的缘由吧。

“嘿！你呀，总是很会安慰人。”我微笑着说，“对了，找我有什么事吗？”

“没什么大事。就是看今天天气不错，想约你出去走走，我们去看看那些孩子们怎么样？”

我非常意外，仿佛辛历变了一个人似的。儿童福利院是我与王光明以个人名义创建的，与公司没有任何的瓜葛，辛历也因此从来就没有去过那里，只是，今天他怎么突然间会想到那里去看看？

“怎么了？不欢迎我去？”辛历仿佛看透了我的疑惑，调侃地问道。

“呵呵，哪里哪里。孩子们如果能够得到你的教诲，那对他们的成长更有利了。我很高兴你愿意抽出宝贵的时间去看望他们。”我站起身来，脚步轻盈而愉快。

“那好,我现在打电话给施伟,让他来开车。”辛历走到我的办公桌前,拿起桌上的电话。

我十分感动,我觉得自己太幸运了,在人生最坎坷的当口,我没有放弃而选择了继续坚持走下去,而这时我总是能够遇上各种各样的好心人,他们向我伸出援助的双手,让我的心情始终充满了温暖与感激。我也因此暗下决心,一定做出更好的成绩,一定要给那些曾经帮助过我的好心人脸上添彩,一定要通过我的努力让那些同我一样孤苦无依到处流浪的人们在社会上有一定的立足之地。这也算是我所能给予那些曾帮助过我的人的最好的回报。

辛历似乎看出了我的心思,微笑着递给我一支烟,说:“关于你创建儿童福利院的事情,我早就听说过了,只是这几年大多忙于培训事业及各种各样的演讲活动,所以也一直没有顾得上去关心一下。在记者发这篇新闻稿的时候,施伟曾征求过我的意见,问要不要把你创建儿童福利院的事情也报道出来。我告诉他,这是一件好事嘛,也表明了易总对社会福利事业的关注,对弱势群体的关心嘛,应该报道,并且要大篇幅地报道,这是我对施伟说的原话。我了解你,不大喜欢张扬,但既然做了,我们就要把它做得更好。报道出来了,就会得到社会的关注,那么就会有更多的人对这些孩子关心,全社会都动员起来,力量岂不是更大?我的意见是,让公司也参与进你的儿童福利院的事业中去。我也曾就这个问题征求过其他几位高层的意见,他们也都表示赞同。这样的话,我们就可以大展拳脚,不再仅仅是流浪的少年儿童能够有机会进入福利院,还包括那些因身体残疾被父母抛弃的孩子们,这样会有更多的孩子能够得到健康成长的机会。我们还可以开展各种各样的特长培训,让孩子们发挥自己的特长,成长为对社会有用的人才,不是更有意义吗?所以,我想先去福利院了解一下,看望一下现在的这些孩子们,再讨论研究我们的投资。当然,这也不是说一下子就能够做到位的,毕竟我们还是要以培训事业为主的。我们可以研究之后,敲定一个计划,慢慢地完善福利院的各项设施,争取将福利院做成最受孩子们欢迎的温暖大家园。”

辛历的话不仅中肯,而且语重心长,我着实松了口气,而且暗自庆幸自己遇到了一位好的合伙人。我原来担心辛历会对我创建儿童福利院的事情抱有微词，从而这么多年也从不曾踏进过福利院一步。现在看来辛历很赞成我当初的举动，辛历是一个很聪明且具有商业头脑的人，他加入进来会使儿童福利院经受得住更多风浪的考验从而走得更远，而也会如他所讲，会有更多的孩子享受到这种机会。辛历无疑是我的知音、我的忠实的朋友兼合作伙伴！

雨季即将结束时，这座南方城市终于迎来了明媚的阳光。辛历在参观福利院的过程中，受到了孩子们一致的欢迎与喜爱。看着他的脸上洋溢的光芒，我知道他的心底也被触动了。他立即决定要投一笔资金到这所福利院中来，他说，如果公司董事会没有通过的话，他会在自己的私人账户中取出一笔钱来，他要在这里建一所儿童福利学校，并且这所学校也可以对外开放，让所有想进来学习的孩子们都得到学习的机会。

学校对外开放，这与我原始的出发点有些出入。创建这所福利院的目的，是为了使那些漂泊无依的孩子有所依托。如果学校对外开放，则意味着那些有父母疼爱的人也会走入进来，或许这样做，会给那些被父母抛弃的孩子们带来更深的伤害。然而，我也必须要承认，被父母抛弃这一残酷的现实，孩子们迟早都要去面对。诚然，正如辛历所讲，学校对外开放，至少还有一个好处："我们没有拒绝那些健康的有父母疼爱的孩子走入进来，社会也不能说我们疏远他们，或者说我们藏着什么不可告人的秘密。"辛历说这些的时候，神色凝重，好像不容别人否认他的这个观点。

我没有再坚持自己的意见，我没有否定他。在离开福利院的时候，我想象着孩子们坐在明亮的教室学习的情景。在这一刻，我似乎感到了这所儿童福利院就是我最终的归宿，我为自己每天能与孩子们在一起而开心。除此之外，所有的一切名、利、欲望、喧嚣、现实等都与我无关。我突然间想起了有财叔叔，想起了他在寺庙时和我说过的话："到你该到的地方去，这里不是你的归宿。"这一刻，我认为，有财叔叔是多么地有预知啊，可是他能够想象得到我的归宿竟是在一所儿童福利院吗？

想着想着，我突然间就被一种恐惧与悲伤笼罩了。是的，昨夜我又梦见了他，他用一种嘲弄的目光在我的脸上转来转去。“我对你很清楚，”那双眼睛仿佛在说，“你的底细，你所有的一切！我很清楚，你神秘坚强的面具背后是一个孱弱的灵魂！”这不是我的有财叔叔！醒来的时候，我还在喃喃地说着，不是的，这不是的。这个人只是与有财叔叔相似，但绝不会是他。他很陌生，令人恐惧，我的有财叔叔是非常疼我爱我的，这绝不是他。我发觉自己的冷汗在沿着脊背迅速地下滑。我把脑袋偏开一边，闭着眼睛不去看眼前的这个世界。

“你这个没用的小杂种，你闭上眼睛就能够逃脱得了吗？”那双眼睛继续叫嚣着，“别忘了，你的所有的一切都是我给你的，现在是时候要把他拿出来了！”我睁开眼睛，面前是一张狰狞的面孔，我几乎要失去知觉了。穿过厚厚的迷雾，我看见一个黑发飘垂的美丽少女。风在她的身后咆哮，扬起的乌发在她俊丽的面孔上被吹散。她身上的白色纱裙轻如薄翼，飞舞飘荡如放飞的风筝。她挥舞着双臂喊道：“易翔……易翔……老天，他们对你都做了些什么啊？”

“肖娅莉！”我尖叫着向她伸出双手，想要穿越迷雾的阻隔，但狂劲的风使我们越隔越远。我感到自己在奔跑，身体却寸步不移，而背后，那张狰狞的脸，却离我越来越近。

“易翔，易翔！”我的胳膊被轻轻地碰了一下，我张开眼，是潘梦云站在我的面前，“你的脸色很难看，是不是有些不舒服？”她一脸担心地问我。

“哦，没事的，我休息一下就好了。”我注意到她的手上正拿着一封信，问道，“那是什么？谁寄来的信？”

“肖娅莉，从美国来的专递。”潘梦云说道，把信递给了我。

阴霾的心情一扫而光。我接过潘梦云递过来的信件，信封上是一行娟秀的字迹，我认得这是肖娅莉的字迹，信封里有好几页纸，还是同上次一样，是她从日记本中撕下来的。

第二十四章

"'难道非得如此:使人幸福的东西,反过来又会变成他的痛苦之本?'歌德在《少年维特之烦恼》里面的这段话又是多么形象地适合我呀。

"我的心里对于倔强得如同一匹小骡子、对命运从来就不服从安排的他,充满了敬佩之情。这种感情曾给我倾注过无数的快乐,与他在一起,我的世界开始飞翔——这对于一个从小就听话的孩子是从来都不敢奢求的一件事情。可是令我措手不及的是,我竟然爱上了他,深深地爱上了他,并且这份爱成了一个折磨我灵魂的东西,我日夜在这种折磨中等待着他的出现。有一段日子我差点死去,我几乎要放弃自己了。但我又听到他的消息,我又见到了他!我看到风尘仆仆的他一脸阳光地站在我的面前,我忍不住跑过去紧紧地将他拥入怀中。他还是那样的羞涩,脸红得如同一只熟透了的红苹果。那个下午,我重新看到这座小城一派生机盎然、欣欣向荣的景象,我看到天空中朵朵可爱的白云从天际飘浮而来,在溪流里投下自己的倒影,我听到小鸟在果林里鸣叫,那些熟透了的桔子幸福地垂下了头……在他的身边行走着,与他手挽着手,嗅着他身上香皂的气味,我觉得自己要飘然欲仙了。我没有想过他会重新离去,我只是使自己尽情地感受阳光,感受在他身边的温馨,哪怕只有片刻。在我的生命中,我真切地感受到了我的幸福,因一个无法捕捉的男人。

"第二天,他又要走了,他本身就是这么一个行踪飘忽不定的人。在他的面前,我无法使自己难过起来。在他走的那一刻,我留给他的是我一脸灿烂的笑容,只是他不会想到我的心在这一刻会不停地滴血!他很满足地离开了,这个小县城里的医药公司也与他达成了一致的合作意向,并且一次就订购了他几百台的仪器。他握着我的手,说要好好地谢我,我说不用,这是我应该做的。这句话我相信他不会明白，为了自己心爱的男人做些事情，有什么是不应该的呢？只是他不会明白，正如他不会明白我爱他有多深一样。

“第二天，他陪了我一个上午，下午他就要走了。我没有使自己的悲伤流露出来。我带着他去观看了这座小城的传统节目赛龙舟，这个时间当然不是赛龙舟的日子，但总有些船队会在这里展开训练，他们全身紧绷着神经，额头上青筋暴露，等到前面的令旗一挥，小船就如一支离弦之箭，飞快地把平静的江面划过一条深深的伤痕。龙舟过去了，但伤痕却清晰地展露在我的面前。我的心在滴血，我知道那深深的伤痕在我的心底永远无法愈合。但他很激动，随着哨子声、鼓声有节奏地响起，我看到他握紧的拳头也在有节奏地颤抖着。我悄悄地把头靠在他的肩上，他没有发现。

“他走了，一切又恢复了平静，我的灵魂再一次陷入地狱的深渊。一切都是转眼即逝，一切都倏忽而过，生命却漫长地进行着，就这样苟延残喘地持续着。我曾向往地告诉他：‘你的生活是那样的多姿多彩！’他一脸的淡定对我说：‘如果你尝试过时刻被饥饿威胁的滋味，就会明白这样的生活并不精彩了。’话虽如此，但我相信他并非是池中之物，有一天他一定会有自己的一番成就的，从他坚毅的眼神中我能够察觉出来。这正如我能够感觉到他对我的微妙的感情。我一直在想，当妈妈问他是否愿意带着我去闯荡外面世界的时候，他犹豫了，是不是因为潘梦云的关系？梦云是一个很好的女孩，也是我的好姐妹，如果是因为她的关系，我能够理解。因为我不希望我的好姐妹会因我而伤心。但不管是与否，我都能够想象得到梦云对他的感情是十分真挚的，我这样说也并非是毫无依据的。试想，有哪位女孩愿意陪着一个男孩浪迹天涯？除非她非常爱你！

“父亲又来看我了，看着日渐消瘦的我，他很心痛。他对我说，孩子，到外面去走走吧，不要再呆在家里了，这样的话，你会垮的。父亲是一个破坏者，他破坏了我们家庭的幸福与完整，但他是为了追求自己的爱情而离开的。而易翔呢？他破坏了我的内心的平静，却头也不回地走了，并且可能永远不会再回来。父亲说的或许是对的，出去走走，或许能够使我遗忘，忘掉他及这场只有一个主角的恋爱。

“我终于要走了，带着父亲一生的积蓄。这个40多岁的男人，仿佛一夜之间苍老了。他的嘴唇嚅动了几下，却没有说出话来。我对他说：‘父亲，真的对不起您，我让你操心了，还要花去您养老的本钱。’他说：‘傻孩子，你这说的是什么话呀！钱没了，爸还可以再挣，可万一你要是垮了，你妈可怎么办啊?!’父亲说这些话的时候，眼睛里暗含着泪水，但他没有让它溢出眼眶外，父亲是坚强的，同我的他一样，坚强，倔强，不肯向生活认输，不会在任何人面前流泪。那一刻，我感到了幸福，好像父亲从来就没有离开过我一样。但是，幸福往往是短暂的，这一会儿，我就要走了。

“我的爱人，我要走了，可是我的心里却一点也兴奋不起来。离开这个偏僻贫穷的地方，是我多少次梦想的事情啊，可是现在，我的这个梦想成真了，我却没有半点的高兴。因为，我要离开他了，尽管我从来都没有真正地与他待在一起过。我不知道这一次的归期为何，目的地为何，但我却就这样走了，带着一颗惶惶不可终日的心就这样走了。我的离去，让母亲伤透了心，就连到车站那么短的距离，她都没有出来送我——我知道她一定是躲在房间里哭泣了。可是，这是我的错吗？茫茫人海中，为什么要让我偏偏遇到了他，并且明明知道没有结局，还要义无返顾地爱上他？爱情这东西或许就是这么具有魔力，它能够使你魂不守舍，能够使你肝肠寸断，而却舍不得给你半点温柔，仍要令你为它痴迷，不肯放弃。

“幸亏我及时觉醒，听从了父亲的建议，没有像上次那样差点死去。我知道梦云在他的身边，细心体贴的她一定能够照顾好他的。想到这里我的心不由得充满了酸楚，如果留在他身边的是我而不是梦云，那该多好啊！我知道现实是不会改变什么的，我赶紧调整了一下自己，让自己快活一些，前面的路还很长，我还得要一直走下去。

“早晨6：15，汽笛在晨光之中把我唤醒。母亲昨天就为我这次漫无目的的旅行准备好了行囊。我拎出行李，走出房间，在209房门口我停住了脚步，我仔细倾听了一下，里面悄无声息，没有我熟悉的鼾声或梦呓的声音。我还是有些失望，尽管我早已经知道你不会突然而至。走下楼，在大厅里我站了一会儿，大厅的桌子上是热气腾腾的早点。母亲没有出来，但我知道这一定是她刚刚为我做的，让我好在路上充饥。我这个善良的母亲啊，她总是为别人细心地着想，而自己却……我只拿了最上面的一个馒头，逃也似的离开了家。我害怕母亲这个时候走出来，害怕看到因被丈夫抛弃而过早衰老的她这会儿又被亲生女儿抛弃，我害怕看到她的憔悴，害怕看到她失望的眼神中流露出来的期盼……

“人类真的不是生而独立的生物？一定要在各式各样喜欢或不喜欢的交往中存活下来？如果没有这些不必要的交往，我就不会遇到他，更不会就这么黯然神伤地离开生我养我的故土。以前的一切看起来都是那么的无能为力，那么的没有选择的余地，但以后，我的人生就将由我自己来把握了。我相信在孤独的旅途中，我能够适应那种不与人交往的生活。如果我能够选择像鲁宾逊那样的生活，我一定会毫不犹豫地只身前往。但现在，这一切现实吗？那只不过是作家虚构的生活，对于我既很遥远又不可能抵达。在接下来的旅途中，我所能做的也必须做的，只能是慢慢地学会遗忘，把他及对他的这一份无望的感情深深地埋在心底，从大脑中把这份记忆删除。

“就这么遐思着，我来到了出入境管理中心。人还不多，工作人员好像还没有睡醒的样子，打着哈欠接过我的证件，他眯着一双眼睛上下地打量着我，好像对这么早就赶飞机的女孩很感兴趣。我不由得一阵哆嗦，拿过他递来的证件，飞快地穿过验证厅。9：40，飞机准时起飞，两个小时后，飞机到达广州，在这里我停留了一天，第二天便经深圳转香港，再转乘 CX520 航班，抵达了日本东京。当我翻阅 Passport，在应急资料上再度填写一位联系人的具体资料时，我觉得自己又一次抵达了他。无论何时何地，他都第一个从我的脑海中浮现出来。《约翰福音》说：‘如果我们活在光芒之中，如同上帝一样，那么我们即是彼此的同伴。’如果真的是彼此的同伴，为什么我却永远无法触摸到他？

“我感到自己的心已长满了荒草，无论是谁，都无法为我清除这些荒芜的杂草。作为一次为了遗忘而进行的旅途，我一住进宾馆，就急急地洗漱一番，换洗过衣服，就赶紧走上了东京的街头，我要让自己在忙碌中遗忘，遗忘所有的一切，包括我自己在内。”

"城市的本身并不宜人,但一座城市对于一个人,往往就是中心,不在于其大小、经济是否繁荣、地理位置是否重要。这就好比一个人在看照片的时候,首先会看自己,然后才是自己熟悉的人。对于东京这座城市,尽管我刚来不足一个月,但我已深深地爱上了它。曾经有几天的时间,我甚至还想到永远在这里居住下来。这里不仅仅是现代日本政治、经济、文化中心,也是工厂等尖端产业云集的城市。摩天大楼、高速电车、川流不息的车的长龙和世界最高级品牌的专卖店以及满街时尚的东京女郎,让你不由自主地被裹挟进去。在这里,你不是一位旁观者,在脚步匆匆、高度危机感氛围的渲染下,你也会紧张起来,同他们一样重视生命,你的脚步也会加快速度,成为他们其中的一员。

"我决定给自己找点事做。在这样快节奏的环境中,或许我真的就能够把往事遗忘。在一位华人同胞的帮助下,我在一家刚成立的垃圾处理厂——PET瓶分解厂做了一名工人。如果你不明白垃圾的作用,对这份工作或许你会嗤之以鼻。刚开始我也是如此,直到那位同胞跟我说了一句令我触动非常大的话:垃圾是放错了位置的宝藏。他告诉我,我们都是矿工,要去努力挖掘,挖掘每个人身上的优点。有时候,别人身上的缺点,你也能从中发现其优点,变废为宝,那你的修为,才能抵达一定的境界!这些话令我重新审视了一下自己,改变了以往那种看待问题的方式。何尝不是呢?对易翔的那份情,又何尝不是我最为宝贵的财富呢?

"城市在发展,必定会有垃圾产生。日本人从三方面来考量:一是教育宣传市民,尽可能废物循环利用,从源头上减少垃圾;二是把已产生的垃圾进行回收再用,变废为宝;三是把不可再用的垃圾进行焚烧,从中提取物质再循环利用。我工作的这间废品处理厂,占地3万多平方米,投资1亿多日元,由国家和当地政府各出一半钱建成。我的工作是在再生品展示场里做一名销售员。这里有许多旧式家具、旧自行车,经过维修或重新刷漆之后,再转手低价卖给低收入的学生或穷人。一辆崭新的自行车,要卖1万多日元,而在这里只售不到2000日元,五分之一的价钱成交,交投两旺。我比较喜欢这份工作,我发现这里的自行车主要来自中国,而来这里购买旧物品的除了一些来日的中国留学生,还有来自其他国家或地区的留学生，他们大多同我一样的年龄，尽管很多时候，我们的沟通会存在语言障碍，但我们会用手势或者眼神来沟通。每一天，我能够卖出三至五辆的旧自行车，而遇到节假日的时候，销量就会翻倍。在这一过程中，我能够获得每天 2000 日元的报酬。

“这里的工作，让我养成了节俭的习惯。以前在中国，我从来不注意这些，对于任何东西总会有随手乱丢的习惯，有时候这些物品还能够使用，我也会毫不犹豫地把它扔掉。在这里我还学会了珍惜资源，使废品重新再被使用。你能够想象得到吗？我租房里的鞋柜，就是我用别人丢弃的旧冰箱改制而来的，至于一些小的物件诸如灯罩、皂盒、梳妆镜等等，更是我利用各种各样的废弃品稍加修整后制作而成的。这为我节省了一大笔购买这些物品的钱。为了警示我自己，我还用中国字把‘垃圾是放错了位置的宝藏’写成条幅挂在我的房间内，在一份情感面前，我伤痕累累地选择了逃避，那是不是因为我自己的位置没有放正确？我不知道，在忙碌的工作中，我无暇去思考这个问题。

“人跟人相识往往靠机缘，有时只是一个词，像暗号对上了。认识迈比是三年前的事情，当时我刚刚获得日本政府颁发的技术移民签证。我从来没有想过，我会在这样的一个垃圾处理厂工作这么长时间。我学会了一口流利的日语，还有简单的英语。在这里，英国人及美国人并不常见，即使有，他们也很少会来这样的一个垃圾处理厂。或许在他们的概念中，对垃圾的定义同我刚开始理解垃圾时一样。迈比是在东京为数较少的美国留学生。与他的认识是在一次小型的诗歌朗诵会之后。诗歌是我多年的梦想了，当年在中国读书的时候，我就是我们学校的两大才女之一。来到东京之后，我也没有放弃过这种梦想，尤其是当我能够用日语同别人交流的时候，我兴冲冲地走上夜间的东京大街，在街头上找寻有诗歌朗诵的地方。那晚朗诵之后，我们按照以往的习惯大家一起到附近的酒吧喝一杯。迈比坐在我的斜对面。我们岁数差不多，而他更像个腼腆的大男孩。我提到我的职业，在垃圾处理厂上班，他很好奇，向我打听垃圾如何还能够使用，我一时无法给他讲解清楚，于是我请他到垃圾处理厂做客。

“由于垃圾，迈比就这样进入我的生活。每周六下午，他都会到我工作的地方，帮我销售那些经过修整的二手物品。这时候，我们向外销售的物品不再是单纯的自行车了，还有各种家用电器、家居用品等等。或许是迈比一口流利的英语的缘故，他的加入使我的生意好了很多，我拿到的奖金自然也多了不少。下班后我就随他一起到市中心的一个诗歌联谊中心，参加这些诗歌爱好者自发举办的各种各样的诗歌活动。来到这里的人，大多是比较年轻、在诗歌创作上较有天赋而又不被所谓的主流诗坛所接受的边缘人，因为热爱诗歌而走到一起来了。迈比是一位较好的朗诵者，他的朗诵时而咆哮，时而低沉，忽高忽低，他还会配上他精心挑选的背景音乐，让你在不知不觉中完全被他控制。有一天他用纯正的汉语问我：你有男朋友吗，我可不可以做你的男朋友？这句话吓了我一跳：他会汉语！这让我对他更充满了好感。

“他住在得克萨斯州，他常常邀我随他一起回去。他说：等我学业结束后，我们就一起回德克萨斯，在那里我们可以办起一个小型的垃圾处理厂，这是一个很好的项目。他还告诉我，那里有很多中国餐馆，我可以常与中国同胞往来，那样就不会有漂泊在异乡的孤独感了。迈比在说这些的时候，总是手舞足蹈的，好像这件事情我一定会答应他似的。

“迈比的父亲是银行家，他的银行分支机构遍布整个美国。如果迈比开口向他的父亲借贷资金创建一个垃圾处理厂，他的父亲一定会同意的。他的父亲比较开明，常常鼓励迈比进行个人创业，把迈比送到日本留学，一方面是为了增长他的危机意识，另一方面是学习日本的经济。但他没有想到，在日本迈比却转向了中文的学习，做起了中国文学的研究工作。

“但这就意味着我会跟他走吗？我从没有给他我正面的答复。他也因忙于学业及举办各种各样的诗歌活动，对这个问题也从来没有再追问过我。只是我，在很长的一段时间里，夜夜难眠，我几乎又再度陷入了情感的困境中。他的笑容、他的眼神、他的背影都一一再次浮现在我的脑海中。我原以为，在这几年的忙碌的生活中，我已经把他遗忘了，可有些事情，一旦被再度从记忆中翻出来的时候，是更加的刻骨铭心。易翔，我的爱人，你能告诉我，我该如何办才好吗？

“我已经下了几次决心，不再频繁地想起他。可是，我怎能做到呢？我天天都受到诱惑，天天都在心里许下神圣的诺言：明天你要用微笑来面对迈比，你要给迈比一个明确的答复了。可是，明天一天，我却又找出许多个令自己逃脱的借口，我告诉自己，迈比的学业还没有结束，我们也不会就这么早早地走到一起。我告诉自己，就今天一天，今天再想起他一次之后，永远都不会再想起他了。我的那些同学，那些从小与我一起长大的伙伴我不都已经忘记了吗？我一定也可以把他忘记的。过了今天，我就一定把他忘记……

“迈比又来了，他就要走了。学业结束的他，就要回到他的故乡开创他的事业了。他跑过来问我愿不愿陪他一起回去。他对我说，他是认真的，他愿意一辈子爱我，一生一世。我轻轻地问，明天好吗？明天我一定给你答复。我不知道自己在等待什么，我只是那样无助地等下去。迈比走了，他回宿舍去整理他的行囊了，他说明天一早他就会过来，等候我的回复。一整天我都心不在焉地工作着，长期困绕我的问题终于要直接面对了：我要不要答应迈比？要不要随他一起到他的故乡开始新的生活？如果答应了迈比，我将会成为他幸福的新娘，可是我能够把你忘记吗？易翔，我的爱人，你为何连一个暗示也总不肯给我呢？

“我麻木地分捡着各类垃圾：纸张、学生用完了的作业本、过期的刊物……我把它们分门别类地整理在一起。迈比是一个英俊可爱的男孩，与他相处令你不得不对他产生好感。他感情丰富，深知我的脾性，在我面前表现得总是那么的绅士。他几乎没有脾气不好的时候，总是笑呵呵地表现出他的乐观。就如刚才，他走开的时候，仍然是笑呵呵地，我这么一只优秀的潜力股，如果你不认真考虑的话，一定会后悔万分的哦。他说的是正确的，他的确是一只比较优秀的潜力股。而你呢，易翔？忽然间，我感到大脑停止了思维，时光也仿佛停止了流动，所有的一切在这一刻都静止了，易翔，我的易翔，这一刻，你竟然这么真实地出现在我的面前！我如饥似渴地一口气把那篇刊登着他的照片的文章读完，我这才了解到了我日夜思念的爱人竟成为了一名年轻的佼佼者。他创办了自己的公司，并通过努力，使公司得到了迅猛的发展，而他，也一跃成为美国环球杂志的封面人物。我注意到报道中有一个默默无闻地支持着她的少女，那一定是潘梦云！我拿起电话，拨通国内的查号电话，很容易地弄到了他公司的电话，我打过去，里面传来一个有礼貌的声音：您好，这里是易翔国际训练机构，请问有什么可以帮您的？我问：请问你们易总的电话是多少？电话那头迟顿了一下，我赶紧补充着，我是你们易总的朋友，我现在是从日本给你们打电话，请赶快告诉我。果然，电话那头没有再犹豫，直接报出了一组数字，我用笔记了下来，心怦怦乱跳。

“要不要打电话给他？我犹豫着。我承认在这几年里，我已经淡定了很多，对我与他之间的这份感情也看开了不少。然而，当我真的要拿起电话同他讲话的时候，我又害怕自己会流下泪来，我害怕自己控制不住，要回广州去找他，我更害怕这样做，会使善良的他、潘梦云还有迈比受到伤害。不管怎么说，我们曾经的那份挚爱已经过去了，我现在所要做的，是要学会面对新的生活，新的爱情。然而，我现在的情况是愚蠢还是迷惘？我不知道。我在这种真切的感觉中，辗转了一整个晚上。直到黎明的时候，我终于做出决定，打电话给他，让这份情做出一个了断。

“在电话中，他显然很吃惊，出乎意料地吃惊，我听到他大声呼喊着潘梦云，那一刻我的心里，既充满了痛苦又感到高兴。他们两人终于走到一起了。潘梦云也大声地叫着过来了，她声音没有改变，依然是那样好听。我简单地告诉了她我在国外的生活，又说了我将要去另一个国家，让她不要为我担心。我说，我将要同迈比结婚，可能会生两三个孩子，她为我祝福，要我常回国内看望她……”

在信的末尾，肖娅莉做了一个补充，在加页上她写道：

“如果有机会见到我的母亲，请转告她我在国外一切都好，并尽早地把我结婚的消息告诉她。在我临走的时候，我已经同父亲谈过了，发现他远非是母亲想象中的那种绝情的男人。他对母亲还存在着一份愧疚，只是他更爱现在那个女人。父亲曾对我说，如果法律允许的话，他会同她们两人都结婚。这虽然超出了我们平常人所能接受的道德底线，但父亲讲的是实话……简而言之，我现在不谈这件事，请告诉我母亲，一切都会好起来的，等我与迈比把所有的事情办妥，我们有了一定的积蓄之后，我会回去看望她还有你们的。

"此外，我与迈比已在德克萨斯州的一座教堂里举行了婚礼。我很高兴这种简单的婚礼，既不铺张也不浪费，却充满浪漫的气息。我们买下了一个村庄里靠湖的一座小屋，我很喜欢这里，它明媚的阳光可以温暖我常常冰冷的心。小屋不远处就是一座森林，我们常常在饭后去那里散步，日子简单却很幸福。"

第二十五章

当办公室的门訇然洞开的时候，我刚刚启动大班台上的电脑查询前一天邱建军发过来的工作汇报。邱建军被派往上海主持分公司的业务，他每天晚上都会准时地将当天的工作做出报告发给我。事实证明，我当初的选择没有错，邱建军是一个销售人才，在上海，他更加充分地发挥了他的特长，仅仅用了两个月的时间，就将那里的业务步入了正轨。

我轻点鼠标，进入我熟悉的中国经济报导网站，浏览当天的重要经济新闻。

这是一个平常的早上。我没有游泳已经有半个多月了，自从接到了肖娅莉的来信之后，我把游泳的时间用在了浏览国际新闻上面。对游泳，我再也提不起兴趣。肖娅莉的婚礼，既是我期盼的，心里又有些丝丝的不愉快。

我漫无目的地在搜索引擎中输入"肖娅莉"，希望能够从中找到她的些许最新信息。除了看到一条"中国诗人肖娅莉在东京举办新书发布会"的新闻以外，其余的全都是一些无用的信息。新闻中写道，肖娅莉用生命写诗，新出版的诗集《情殇》既是她自己的真实体验，又是她向新生命、新生活迈出的坚实的一步。无论如何，肖娅莉能够从情感的困境中走出来，这令我倍感欣慰。

有人走了进来。我没有理会，继续浏览着网页。身为公司的总经理，我是这里至高无上的主人，没有我的允许，任何闲杂人员都不得擅自进入我的办公室。即便是辛历进来与我有要事相商,也是先敲了门,才能走进来。这么早,一定是潘梦云,她总是在第一时间送来一杯热咖啡。我头也没抬,曲起食指在大班台上敲了一下以示谢意。

“易总,早上好!”进入耳中的是一个陌生女人妩媚的声音。

我抬起头,眉头紧锁着。面前的女人皮肤如凝脂般乳白,深陷的大眼睛、高挺的鼻子以及棱角分明的嘴唇,简直是秀色可餐。

她摇曳着腰肢走到我的大班台前,连空气中都流动着微甜的湿润。这是个注定不能过常人生活的女人。我想起了小仲马笔下的《茶花女》里的女主人公玛格丽特。

“你有什么事吗?”我冷冷地问道。对于这个不懂礼貌闯进我办公室的女人,我的心里有一种说不出的感觉。

“哟,易总真是贵人多忘事啊,你真的就不认得我了?”她娇嗔地说。

“不认识,还没请教?”我突然间发现有一种隐隐的不对,这种不对头令我的全身不由得一阵哆嗦。但具体是哪里不对,我又无法明白地说出来。

“我是罗红袖,这下知道我是谁了吧?”她说道。

我赶紧从大班台后站了起来,走出去,向她打着招呼:“怪不得看着有些眼熟,原来是弟妹啊!有什么事,让王光明直接给我打个电话不就行了,还麻烦你亲自跑过来!”我记起来了,这个女人是王光明的女人,我在王光明的家里见过她一次。虽然他们还没有结婚,但已经同居多年了。也正是因为她的缘故,我与潘梦云很少再到王光明的家里做客,所以对她的印象不深。

潘梦云这个时候端着两杯咖啡走了进来,她放在罗红袖面前的茶几上一杯,又放一杯在我的大班台上。她低着头对我说道:“我看到是她,就让她直接进来了,没有通报给你……”我微微地笑了笑,说道:“没事,你先出去吧!”

潘梦云默默地走了出去,在她出门的那一刻,轻轻地把门给关上了。

咖啡的香味顿时弥漫了整个办公室。我端起来,细细地品上一口,说道:“这个咖啡味道不错,是我一直比较喜欢的牌子,弟妹也尝一下,看合不合你的口味,不合的话,我让潘梦云再沏一杯过来。”

“还是易哥会心疼人。”罗红袖用火辣辣的目光盯着我的眼睛，我赶紧将目光移开，她倒是扑哧一声笑了出来。这就是我不去王光明那里做客的原因，罗红袖的目光总把人看得浑身不自在。

突然之间我感到全身一阵燥热，有一种东西在体内四处涌动。我的脸开始发烫，红得特别厉害。罗红袖这个时候走到我的面前，笑嘻嘻地看着我说：“易哥怎么啦？是不是不舒服啊？我扶你到里面休息一下吧。”我不明白她怎么会知道我里面还有一个休息室，我本想推开她伸过来的手，却没想到手不受控制地紧紧地握住了她。她用手指在我的脸上轻轻地指了一下，说道：“我就知道你们男人没有一个是好东西！”她扶着我走进了里面。当我在休息室躺下的时候，她就像一只被主人宠着的乖巧小猫咪，甜美，温顺。她进一步地贴在了我的身上，毫不拘谨地用纤细的双臂搂着我，丰润的双唇轻吻着我的耳根。我用还有一丝的理智推开她，谁知她更紧地搂住我的脊背，我能感触到她挺拔高耸的乳房极具弹性地在我的脊梁游走，她用她年轻又充满诱惑的感官在我的身上弹着钢琴。我的身体更加燥热，血管里火辣辣地流淌着雄性荷尔蒙，不断升腾的欲望就像脱缰之马一往直前……

辛历这一段日子似乎是越来越忙了，我几乎很少能够看到他的身影。就连每月一次的董事会议他也不来参与了。每次问到潘梦云，她都会告诉我，辛老师这段时间到香港参加一个高峰论坛了。以前每次参加论坛，他一般都会在一个星期内回来，但这次为何这么长时间？我心里面隐隐约约地感到他们有什么事情在隐瞒着我。

很久没有到儿童福利院了，我决定到那里去看看。我打了个电话给王光明，问他有没有空，我们一起去看望一下那些孩子们。没想到王光明在电话中冷冷地说道，我没有你这个朋友，以后所有你的事情与我无关，你也别再找我了。我感到很纳闷，满怀不解地望着潘梦云，她也耸了耸肩，一副不知情的样子。我不明白王光明是不是吃错药了，但我隐隐地感到好像与罗红袖来我办公室有关，但那天我做了什么？我实在一点都无法记起。我只是隐约地记得，她来之后我就开始头痛，不久便睡着了，等我醒来的时候，她已经不在了。难道在这期间又发生了什么事情？只是为什么我一点记忆都没有呢？

我用力地拍了拍自己的脑袋，有些疼痛。我决定不去想这些事了。待我走出电梯的时候，潘梦云已经从车库内取出了车。我上了这辆跟随自己已经两三年的克莱斯勒，车便无声地驶出了公司，直奔儿童福利院。

儿童福利院内空空荡荡的，看不到往日那些可爱的孩子们。我让潘梦云去找丁威，我要当面询问他孩子们的事情。丁威是邱建军的表弟，原本是邱建军团队的一名销售员，后来他因感到对销售不大合适，主动请缨到儿童福利院来做义工。我安排了他来全权负责打理福利院的事情，当然，是有薪的。潘梦云回来的时候，丁威没有跟着来，反倒是一个陌生的男人跟着潘梦云走了进来。

我皱了皱眉。这是一个35岁左右的男人，前额斜削，直鼻，眼睛像廉价的玻璃弹珠——水灰色，但蒙着一层肥皂泡。盯着他眼睛仔细看，好像真会看出气泡来。他脸上没有真正的表情，我越看他越感觉到浑身不自在，好像有一只苍蝇不小心飞到了喉咙眼里一样。他穿着一件深蓝色的运动套装，不太热心地和我握手。

“我叫吴浩，威哥介绍来的。威哥因老家出了点事情要回去处理，我就暂且替他管理这些孩子们。您是易总吧？认识你很高兴，日后还要多多关照啊！”

我有些不满。这个丁威真有些不像话了。“孩子们都哪里去了？”我极其压抑地问道，言语中满是不高兴的味道。

“他们全部都外出参加社会实践去了。别担心，晚上就会见到他们了。”

“胡扯！谁准许你安排他们参加社会实践了？”我的声音大得有些惊人，我看到潘梦云吃惊的表情，“现在就把他们接回来，否则，你也不用干了！”

“好，我现在就立即安排人接他们回来。易总，请您先到办公室坐一下！”说完，他在前面带我们去办公室，一边走，他一边用手机交代着接孩子们回来的事情。

在办公室内，吴浩陪着笑脸慢慢地退了出去，在他退出去的时候，有一张狰狞的面孔一闪而过，那面孔是那样地熟悉，好像每天我都能看到，随时随处。我不由自主地打了一个冷颤。

窗外，只有一片空漠的蓝天，抹着疏疏落落的几丝白云。靠近地平线的太阳，像一团快要熄灭的火球，几乎被那些混混沌沌的浓雾同蒸汽遮没了，让你觉得它好像是什么密密团团，然而轮廓模糊、不可捉摸的东西。我站在窗前抽烟，掏出了我的表，现在是4点钟，在这种7月底或者8月初的季节里——我说不出一两个星期之内的确切的日期——我知道太阳在这个时间大约是在西北方向。在这座拥挤的城市里，你永远不会找到方向感，而只有一次次在这间儿童福利院里，陪伴着孩子们静静地坐着，或者看着夕阳，我才能够确切地知道自己所处的位置，才会得到内心真实的宁静。

我把周围的那一圈世界重新扫描了一遍。这是一栋老式建筑，院子被高高的围墙围着，不知从什么时候起，墙头上环绕起了带刺的铁丝网。辛历所说的加大投资建立儿童福利学校的事情随着他的经常出差被搁浅了下来，院子的西南角里堆放了大约有两车厢的红砖。院子的中央是一些简单的儿童游乐设施，此刻却空荡荡的，一个孩子也没有，只有一片辽阔的可怕的寂静。

吴浩还没有回来。这真是太扯了，都已经超过两个小时了。我再次看了看表，一种不耐烦的情绪将我笼罩。潘梦云走到我的身旁，用手指轻轻地碰了碰我，我注意到，有几辆车开进福利院。

面前站着的这两个人，一老一少，老的精壮，少的文质彬彬。少的这一个我曾见过多次，是刑警支队周涛科长办公室的办事员罗文山。他向我露出他的门牙，说道："易总，局里有个会，很紧急，周科长请你去一趟。"

我的心里"咯噔"了一下，问："现在就去吗？就我一个人？"

"现在就去，就你一个人。"

我向窗外望了一眼，就见院子的正中央这时停着两辆车，一辆是桑塔纳，另一辆是警车，我注意到警车上的车牌是省公安局的。难道出什么事了？一种不好的预感涌上心头。

我看了一下我的克莱斯勒，正孤零零地停在院内的停车场上。于是走到潘梦云面前，说："等一下你自己打的回公司吧，我先去刑警支队周科长那里走一趟,我自己开车。"

"不用辛苦易总了,请易总坐我们的车吧。"罗文山上前一步说道。

"那好吧,你就开车回去吧。"我告诉潘梦云之后,从从容容地随着他们走出办公室。可能真的是有事情发生了。我心里想着:这么突然,会是什么事呢?以前我也曾多次与周科长见面,每次都是罗干事打一个电话来,定好时间地点,我直接过去的。只是这次,还出动了警力,并且是去他办公室,有些反常,难道有什么大案要案发生了?这样想着,我倒慢慢地平静了下来,能够走到今天,我凭的不仅仅是勇气与努力,重要的还有良知与对社会的责任感。

上了罗干事的车,警车便立即拉响了警报,呼啸着在前面开道。

待车进了市区,我朝窗外看了一眼,发现车走了另一条路,我知道,这条路是通往刑警支队的。支队的周涛科长在我所接触过的警察中,是一位做事磊落、为人爽朗的汉子。

而我为人处事向来都光明正大,即便是去公安局也是坦坦荡荡,并没有感觉到有什么不妥。只是这次,我隐隐地觉得这不太正常。尤其是当我进入大厅,坐电梯上了三楼,来到310房间周科长的办公室的时候,我才发现,事情远比我想象的要复杂。周科长的办公室是一个比较大的套间,虽说布置简单,但能够体会到威严与大气。在这个房间里,坐着三个人,一个是辛历,我公司的另一位合作伙伴,另两位是周涛科长及省公安局主抓刑侦的丁远征副局长。我的心里顿时一寒,我知道事情远非我想象中的那么简单。辛历不是到香港参加高峰论坛了吗,这会儿怎么会在这里?难道是公司出了什么问题?我深深地吸了一口气,心里说:别慌,一定不能着急!而后,我快步走上前,大方地说:"丁副局长,周科长,这么着急地把我召来,有何吩咐啊?"周涛科长微微笑了笑,并没有站起来与我握手,只是点点头说:"易翔来了,坐吧。"

倒是丁副局长依旧显得很热情,他拍了拍我的肩膀,微笑着说:"易翔,没耽误你的事吧,听说你最近很忙,快坐,快坐!"这时,我的心里又发出一个不好的信号:周涛没同我握手。没有握手在很多时候是一个危险的信号。这就说明:的确出事了。只是,是什么事情呢?竟然连省公安局都惊动了。于是,当我在沙发上坐下来时，脑海里却在飞速地旋转：到底发生了什么事情？辛历怎么会在这里？难道与他有关？

我很随意地同辛历打招呼："辛老师是什么时间回来的？今天在公司没有看到你。"

辛历尴尬地干咳了一下，说道："我也是下午刚回来，就被丁副局长给抓到这里来了，至于什么事情，我还是一头雾水呢。"

丁副局长哈哈一笑，说："辛总这话严重了点。我们是邀请两位来协助我们查清一件事，没有任何要抓人的意思。"

辛历忙说道："怪我不会说话。"

"是什么事情？敢劳丁副局长大驾亲自过问？"一种不祥的感觉从心底升起，我想到了那张狰狞的笑脸。

丁副局长仍然笑眯眯地说："创建儿童福利院，你们的确为社会做出了很大的贡献啊。像你们这么有爱心的企业家现在社会上已经为数不多了，如果本市多出来几位你们这样的明星企业家，那就不愁我市的经济增长不起来了。"

我还没有开口，辛历便将话接了过去。他说："儿童福利院是易总一个人的功劳，我从来都不知道这件事，直到前段时间，我市的晨报上用了一个专版来报道这件事情的时候，我才知道，我们易总不仅做企业有一套，还是一个大慈善家。与他相比起来，我就有些像只知道钻进钱眼里的人了，一年到头，只是为了钱而奔波忙碌着。"

我看了一眼辛历，他并没有刻意讨好我的意思。他甚至连看我一眼都没有，我简单地顺着他的话说下去："本来，我们公司能够走到今天，形成今天的这种规模，就是得到了社会各界的理解与支持。现在，我们取得了一些成绩，也理应回报社会嘛！我已经思考了一下，接下来，我准备在福利院里面办一所儿童福利学校，主要面对社会那些低收入、外来务工的子女们低价上学，同样，对于一些被父母遗弃的孩子，我们还坚持原来的原则，采取一切全免的方式，让他们得到健康的成长。"

"恐怕他们无法得到健康吧！"周涛科长接过我的话，说道。

我望着周科长,感觉到他的话中有话。他的脸色阴沉着,有些令人畏惧,不过,我倒不怕,因为,我坚信自己没有做过对不起任何人的事情。“我不明白周科长的话的意思。”我说道。

“你真的确定那些孩子们在福利院都得到了健康的成长?”周科长没有回答我的话,他反问我道。

我急于想知道他们找我来“谈话”的“底牌”,可他们偏用钝刀子锯我,这使我心里有些窝火。可面对的这两位是市里赫赫有名的“黑白双煞”,是认理不认亲、软硬都不吃的“硬砖头”,如果我跟他们强硬地发起火来,到时候,倒霉的还是我自己。想到这儿,我只好不软不硬地说道:“我敢以我的名义担保,孩子们在那里是不会出意外的。”

“你这样讲,我们就放心了,但愿我们是捕风捉影。”丁副局长打着哈哈说道。

“但是,对于这件事情,我们还是需要得到你一个合理的解释,否则,我们将很难向上级交代。”周科长终于摊开他的底牌,他从档案柜里取出一份材料放到我的面前,说,“这是中央纪委领导批转给省公安厅的一份举报信,你看看吧。”

“举报信? 举报谁?”我的心里猛然间沉了下来,也明白了周科长不跟我握手的原因。

直到公安人员面带笑容把我“请进”监狱的时候,我仍然不敢相信眼前的现实。这段时间我总是做着同样的一个梦,梦里那张狰狞的面孔在向着我笑。每次做这样的梦,我都会心神不安,总感觉自己会出事。现在终于出事了,我也应该不会再做那个梦了吧。想到这儿,心里多少得到了一些宽慰,于是我便顺从着,丝毫不辩白不抗拒,跟着警察走,甚至走得比警察还快。从公安局办公大楼到监狱这段路我虽然没有来过,但仿佛是轻车熟路,果然就很顺利地一下子走进了监狱。

沿海大都市的监狱和内地小县城的监狱大不一样。高大挺拔的水泥墙朝气蓬勃,电网如同五线谱蕴藏着一首首乐曲。一切都给人井井有条的感觉。穿着囚犯服装的犯人在四处游逛,一个个瞪眼看我,倒像是公园的游客。逮捕我的警察、接收我的管教人员无不面带笑容，一个个将我小心翼翼地传交下去，好像在传交一件易碎的贵重物品。凡是我见到的面孔都对着我笑。把我领到牢房的监区长客气得像白云宾馆大堂的服务生，打开房门，先请我进去，不同的是却把我反锁在里面。

但这件事却千真万确地发生了！当我在照片上看到孩子们的面孔，我仿佛一下子坠入了地狱之中。我无法抹去眼前看到的事实：我看见没有双眼的孩子，靠着手杖摸索着前行；四肢弯曲畸形的男孩，一点儿一点儿将自己拖向天桥上；残肢像树瘤般粗糙的男孩子，靠拐杖支撑着行走……我看到他们在路边向行人伸出乞讨的双手。在另一些照片上，我看到他们健康阳光的笑脸，在这些图片下面，我看到红色的粗体字迹标注着“健康儿童被故意弄残，骗取同情心赚取昧心钱”。想到我可爱的孩子们落到如此下场，我的脊背一直都在冒着冷汗。我不杀伯仁，伯仁却因我而死，对于这些无辜的本应该健健康康成长的孩子们，除了我自己走进监狱自省之外，我还能做些什么？当我手握着铁栅栏向外张望时，铁栅栏以它金属固有的冰凉震撼了我。这股特殊的凉气像蛇一般地从我的手掌直蹿到心脏，在我心上咬了一口。

进来时，周涛科长的话语一直在我耳边回响着：“小易啊小易，这是咋搞的？你仔细想想，你得罪谁了？要不，啊，在经济上是不是同某人有啥牵扯不清的地方啊？我知道把你收押进来，一定会引起我市经济的强烈震动，但是面对这么一件严重的事情你又没有合理的解释，只好就暂且委屈你几天了！”科长真是个好心人，我自言自语道。我记起来了，周科长不止一次地跟我喝过酒。局长除了爱喝两盅外再没有其他毛病。作为一个办企业的，一个公司董事长，不和公安局打交道是不可能的，可是我和这位科长仅到喝酒为止。现在科长能够如此真心地关心我，我不由得非常感动。

只是，又是谁会这样整我呢？躺在独立监狱的硬板床上，我第一次失眠了。

第二十六章

周一，集团公司例会，辛历亲自主持会议。当我走进会议室的时候，见会议桌边儿已经坐了公司的高层管理人员，他们看着迟到的我，都把嘴咧开，露出了微笑。这种微笑是真诚的，是七八年共同的信任的微笑。我一一回报他们微笑。有两个例外：辛历，还有坐在最后的位子上的吴浩。辛历的眉头紧蹙，但瞬间便舒展开来，他主动从中间的位子上站了起来，同我握手，说道："你回来了，真的是太好了，会议还是由你来主持吧！"说完，他在我左边的位置上坐了下来。潘梦云给我端来了茶杯，在她侧身放下茶杯的时候，用胳膊轻轻地碰了碰我。我轻轻地点了点头，我已经预感到了，公司内部要发生变动。

静场，没有人说话，显然我的突然到来令大伙有些措手不及。在他们的想象中，这会儿我应该还在监狱里吃牢饭，怎么会突然跑回来参加会议？他们一定想不明白。我端起茶杯喝了一口，放下茶杯，盖上盖子。还是没有人说话，很静。辛历因为我的突然到来很局促不安，坐在最后面的吴浩也是如此。我拿起桌上的文件夹，翻了一两页，然后把文件夹合上，直接问辛历道："这个吴浩怎么会坐在这里？"

"吴浩是刚刚加盟我们集团公司的，我们不是准备在北京增设一个分部吗，我准备让他来担任北京公司的业务总监，全权负责分公司的业务及市场。"辛历解释道。

"他是以什么方式进入我们公司的，团队、个人还是参股？你对他了解吗？我们所有分部的负责人都是从公司一步一步地做起来的，他有什么过人之处，可以直接出任北京分部的市场总监？"

"我们这次会议讨论的就是这件事，只是没想到刚开始讨论，易总经理便回来了。”施伟在一旁插话道。

“那既然是这样，他就暂且还不具备坐在这里的资格，让他出去。”我毫不客气地说道。

这句话对吴浩来讲，仿佛是一道特赦令，我看到他在听到我这句话的时候，长长地吁了一口气，然后飞也似的奔了出去。

“我们引进人才，一定要多方面考量，尤其是引进中高层管理人员的时候，不然，很容易将我们公司弄成管理混乱的局面。据我了解，这位吴浩前不久在我创建的儿童福利院工作，但他的表现着实不大令人满意，更重要的是，在他管理期间，竟出现了‘故意伤残儿童事件’，这件事到现在虽然还没有结案，但他负有直接的责任。试问一下，这样的人来管理我们的市场，会将我们的市场弄成什么样子？老辛啊，我一直很佩服你的为人及用人，怎么这次却会看走了眼呢？”

下面是一片哗然，我看到每一个人都十分惊奇。辛历在我的直接问话下，显得很不自然，但他还是清清喉咙，说道：“这的确是我的失误。我被他的表面给蒙骗了。在我去过几次福利院的时候，这家伙故意做出一副非常能干的样子，我就想哪一天要把他拉过来我们这里干。最近，福利院不是关掉了吗，我就想这么有用的一个人才怎么能够不用呢？幸亏你回来得及时，不然，那真的就麻烦大了。”

“既然本次会议是为了讨论这件事而召开，现在用不着讨论了，我看会议就这样散了吧。”施伟开口说道。

“嗯。”我点了点头，大家便纷纷地走出会议室。我的心里越来越感觉到不对头了，我刚离开一天，辛历就着急着安排人进来，会议我还没有说结束，施伟就私自结束，他们的眼里到底还有没有我这位董事长了？我觉得有必要抽出一段时间同他们好好地谈一谈了。

我坐在大班台后面的椅子上沉思着。潘梦云说，她没有去找王光明，那么是谁去找的他？是谁让他出面把那张光盘交给周科长的？想起那张光盘，我不由得浑身打战，它竟然把我每天的生活拍摄得清清楚楚，无论是在家里、办公室，在车上或者陪同老客户吃饭打高尔夫，没有一处漏掉。周科长在看完这张光盘的时候，告诉我，幸亏有这张光盘，详细地记录下了你生活的每一个细节，包括你说过的每一句话，否则这个案件你真的很难脱身。我心里却在想，我宁愿不要这样的记录。试想一下，你的生活完全在一种透明状态中，你会有什么样的感受？只是，这个人是谁呢？又是谁对我这么"关爱"，把我的一切都这么详尽地记录下来呢？我第一次感到了，即便是在自己的地盘上，也并不是说就可以自由自在。

王光明对我的态度依旧没有改变，还是那么冷冰冰的，一副拒人千里之外的样子。这张光盘既然关乎着我的命运，他也不可能不看。既然看了，就不会再因儿童福利院的事件而生我的气了，那就说明他生气不是为了这件事。但到底是为了什么呢？当我从监狱里走出来时，他冷冷地说道："我这次救你出来是受人所托，并不会因此而改变我们之间的关系，以后，我们还是各走一方，形同陌路。"看来，他对我的芥蒂较深，只是，为了什么事情呢？

辛历走了进来，没有敲门。我知道，看来，我真的要面对一场风暴了。

他递给我一张光盘，说："这张光盘你先看一下吧，看过之后我们再谈谈。"说完后，他就走出了办公室。

又是光盘！我坐在大班台后抽了两支烟之后，才站起身，走进休息室。

我一遍一遍地观看着画面，希望从中找到自己的影子。无论如何，我都不会相信，平日里衣冠楚楚的我，会做出奸淫最好的朋友的妻子的事情。尽管他们还没有结婚，但无论如何，我都不能够原谅自己。我无法再看下去了。我浑身无力、精疲力竭地倒在软椅里。默默地坐着，让烟一次一次地烧痛手指。我不知道这样坐了多久，直到我听到办公室的门发出清脆的声响，我才慌忙地把播放机给关掉。

是吴浩。他嘴里咬着一支雪茄，没有点燃。"易总，"他弯下身子在另一张沙发上坐下，"我们之间好像有些误会，能不能请您抽出一点宝贵的时间，我们把一切好好考虑一下，平心静气地谈一次？我再向您重复一遍，我们之间绝对存在误会，而且非常大。如果我们不是站在对立的场合，我真的十分愿意为您效力。只是现在不行了，一切都太晚了，光盘你都看过了，也就没有再谈的必要了。”

我像一头野兽挨了最后的致命一击，倒在沙发上，微弱地颤动了一下。我努力地让自己平静下来，但他不给我任何的时间。“老实说，我只是一个小人物，要是放在以前，能够与您这样的富豪见上一面，我都会引以为傲。不过，现在我倒真的有些好奇了，那个老和尚告诉我，见到这张光盘，提什么条件您都会答应，是真的吗？这张光盘真的会有这么大的威力？只是，太遗憾了，我竟然没能找个时间，偷偷地看一眼。”

我挣扎着打断他的话。“是的，你要什么，快点说出来，我都会同意。”我拼出最后的一丝力气说道。

“老实说，我也不知道要什么。老和尚答应我，等到事情完成之后，他会给我100万，老天，100万，这是我做梦都没有想到！我甚至不相信，这种好事会落到我的头上，要知道半个月前，我还是不名一文，是个无名小卒。这下好了，我可以用这些钱回去建栋楼房了，还可以娶一个漂漂亮亮风骚饱满的娘们做老婆，你知道，这些娘们没有钱的话，连看都不会看你一眼！但我有了钱，就不一样了，哪个风骚娘们不爱钱！您说，是不是？不过，这点，我想您是不会明白的，您是那么有钱，不知道穷人的日子是咋过的。”

我一动不动地躺着，根本就没有听他在啰嗦。可是当我费力地抬起头来，突然看到他放在茶几上的一份文件。应该就是这份文件了。我用手把自己从沙发上撑起来，取过那份文件慢慢地阅读着。是让我无条件把所有的财产转移到辛历名下的文件。我没有犹豫，在上面签下了自己的名字。这件事我希望就此为止，我一个人一无所有无关紧要，重要的是，我不能因这件事给王光明带来不好的影响。我预感到王光明已经知悉了此事，他先前扬言与我断交可能与此事有关。先前，我还不明白这件事情是谁策划的，现在，所有的一切都弄清楚了。寄光盘给王光明，让他把我从监狱里解救出来的，也应该就是吴浩口中的老和尚了。

把文件合拢上，我又躺了下来。我感到自己仿佛已经死去。吴浩看着我的举动，十分地吃惊，他喃喃地说：“那么，那么，就这么容易？文件您就这样轻易地签署了？”他站了起来，对我说：“对不起，打扰您了，不妨碍您休息了。”他像中了头奖一样，掩饰不住地兴奋，踉踉跄跄地往前走，走出休息室。接着，他仿佛蓦然间想起了什么，又回转身走到我的面前，他弯下身子，鞠了个躬，又说了一遍：“对不起，打扰您了。现在，不妨碍您休息了。”这个长期被命运摆布的小人物以他临走时的这一礼貌的姿态把我彻底打倒了。

我的记忆里头仿佛出现了一段空白。有许多事情明明已经发生了，诸如儿童福利院里的残虐事件，诸如眼下这件令我都羞于开口的奸淫事件，但这些事在我的记忆里却是一片模糊，完全连贯不起来，只感觉到一些影像在我的眼前来来去去，就像胡乱拼贴上去的图案，始终拼不成一幅完整的图案。

时间对我来说，仿佛已经停止。我感到疼痛在用力地拉扯着我，一只巨型的铁锤在用力地击打着我的脑袋。眼前开始混乱，我听到人讲话的声音，灯光亮了，然后又暗了。我看到一张张脸，有财叔叔在黑暗中窥视的眼神。在刺眼的灯光下，我看到辛历迈着步子踱来踱去。一张银色的不锈钢的托盘后面，我看到潘梦云一如往常地端来一杯水。施伟在灯光下一页一页地翻着厚厚的账册，他似乎永远都有忙不完的事情。王光明背转了身去，向我露出他挺拔的脊背。

我感到自己的感觉已经麻木了，实在分不清自己到底是睡着了，还是清醒着，梦境和记忆不断地交织回旋，就像低气压绕着台风眼不停地打转。但是，不管我如何地回想，许多事情我还是无法理出一个头绪来。

一阵冰凉的感觉使我的思绪终于清晰过来。我一睁开眼，就看到一片明亮的灯光，然后我又看到潘梦云正在用一条湿毛巾擦拭着我的脸，这时我才知道自己在哪里。我看到潘梦云眼睛红红的，脸上有流过眼泪的痕迹，我想伸手去抚摸她一下，手却沉重得无法抬起来。我听到旁边有人说话，我转过头去，是辛历还有施伟。

“老天，易总，你刚才吓死我了。”辛历见我醒来，微笑着说。

“放心，我不会死。”我的话听起来有点含糊不清。

“是的，老天也不会让你死的。”他继续保持着他好看的笑容。

我让潘梦云把我扶起来，喝了一杯冷水，感觉清醒了许多。我看看我的手表，已经是下午4点钟了，真不可思议，我竟然昏睡了五六个小时。

“相信你现在一定很清醒了?”辛历问。

我点了点头。

“那好，现在潘梦云、施伟都在，他们也好做个证人，你的这份文件是在你十分清醒的状态下签署的，具有法律效力，签署之后，就可以立即生效了。”辛历说完，递给我一份文件，不用看，我知道这是一份解除我与公司关系的文件，在上面签署了名字之后，我就与公司无任何关系了。

没有犹豫，我抬起沉重的胳膊在上面签下了自己的名字。

“天哪，没想到你竟然这么不心疼你的公司!”辛历接过我签名后的文件说道，“虽然所有的一切是转移到我的名下，天知道我能够拥有多少!”他小声地说着，但我还是一字不落地尽收耳底。“你好好地休息一会儿吧，但愿你不会有事!”他同施伟走了出去。

潘梦云愣愣地望着我，一行清泪又悄悄地滑落。我的脑海里突然闪过一个念头。

我挣扎着站了起来，感觉到全身轻飘飘的，像踩在白云上面。我说，扶我到阳台上吹吹风吧。潘梦云无声地搀扶着我，小心地向阳台上走去。

你真的是我能够信任的人吗?我看着她，眼中打着问号。

深夜已经降临了这座繁华的都市。然而，城市依然没有任何要休息的迹象，到处灯火通明，人流、车流依旧时不时地在红绿灯路口汇聚起一条长龙，缓慢地向前爬行移动。

我站在阳台上，任晚风梳理自己凌乱的思绪。一阵清风徐来，全身不由得为之一振，思绪也为之开阔不少。我伸了伸四肢，感觉从来都没有过的轻松。我似乎忘记了所有的不开心，忘记了被人算计至今已一无所有的事实。我微笑着看着楼下有工人在清洗着游泳池，我大声地告诉他们，从明天起，就可以不用再清洗了，这个游泳池我再也不会使用了。那些工人们对着我鞠了一个躬之后，继续忙着手中的活计：清洗，换水。

“你没有什么事吧？”潘梦云在我身后轻轻地说。

我转过身，潘梦云眼里充满了关切与心痛。我知道她在为我而叫屈，为我而鸣不平，但现在，这些都无关紧要了，我利用我所有的财富能够保证我最好的朋友名声不会受损，还有那些可怜的孩子不再受到残害，我感觉很值，至于是谁为我设下的陷阱，我已不想也不愿去追究了，因为一旦追查下来，无论结果如何，我最好的朋友都不能置身事外。现在，这样的结局或许最好，因为，我已做出决定，变卖自己那唯一的一套房产还有那辆克莱斯勒之后，就离开这个城市，同肖娅莉一样，一个人踏上一条无人知悉的旅途。

“放心，我不会有事的。”我轻轻地安慰着她，冲她露出我的笑脸，“我第一次发现，这座城市的夜景竟然是如此美丽。真是奇怪了，以前就从来没有发觉过！”

潘梦云走过来，把手放到我的肩上，痛苦地说：“易翔，不要这样，你想做什么就做出来吧，看到你现在的这个样子，我真的很难过。你打我吧，你骂我吧？”说着，她扑到我的怀里，痛哭起来。

我轻轻地为她擦干泪水，怜爱地说道：“又说傻话了！我为什么要打你，为什么要骂你呢！所有的事情都已经过去了，这样的结局不也是挺好的嘛？”

“不，都怪我！”潘梦云啜泣着说，“如果那天我不轻信那个男人的话，让罗红袖一个人进到你的办公室，就不会发生这样的事情！”

“什么？什么男人？”这时轮到我吃惊了。

“你没有见到他？”潘梦云停止了啜泣，抬眼望着我，她犹豫了一会儿，便坚定地说，“是的，他说他是你的叔叔，我记得很清楚，他也姓易，他说要给你一个惊喜，所以我就没有去通知你。”

“有财叔叔，真的是你？这一切都是你策划的？”我的心如刀绞，仿佛有亿万只毒虫在吞噬着它。“他还说了什么？”我痛苦地问道。

“他还说，等罗红袖见了你之后，他再决定要不要见你。不过，真的很奇怪，后来发生了什么事情，我就不记得了，就连他什么时间走的，我都记不起了。”

我一时不知道该如何作答。尽管我已决定不再去追究这件事情，然而我却始终都没有预想得到，一手策划这些事情的竟然是我时常想念的叔叔。在吴浩与我谈到老和尚的时候，我本来应该想到是他，但我不愿意相信这是事实。只是我更没有想到，他竟然还假借我最信任的人的双手，在我们的咖啡里下了春药……我似乎听到了我的心在滴血。有财叔叔，为什么会这样？在教授我催眠术的时候，你曾告诉过我，万不可因个人的私欲而胡乱施展，你现在不就是这样吗？为什么，为什么这样？我所有的一切，不都是拜你所赐，你需要什么，只要言语一声，我全部都会给你，但你，为什么还要联同外人来对付我，并且还要牺牲我最好的朋友的爱人还有那些无辜的孩子？

我的心里有一千个一万个不解，我感到自己的双眼在冒火，好像一匹伺机进攻的狼。我相信，如果有财叔叔这个时候站在我的面前，我的这种眼神就能够把他杀死。但遗憾的是，他并没有出现，并且一直都没有在我的面前出现过。

"都怪我，"潘梦云解释说，她痛苦到几乎要哽咽的地步，"我太轻易相信别人了。一见到他，我就鬼使神差地相信他就是你的叔叔。我本来是知道你是一个孤儿的。"她抹去眼中的泪水，继续说，"他站在我的面前，直接喊出我的名字，这令我不得不相信他是你的叔叔，我曾经还以为是你把我告诉了他。后来，我想了一下，才知道不是那么回事，我座位上的名牌一定是被他看到了，这才直接喊出来我的姓名的。"我努力地使自己平静下来，告诉她说："这不怪你，即便他没有看到你的名牌，他也知道你的名字。""是的，他也是这么说，他还说到曾多次看到我们在一起，还在儿童福利院里看到过我们。所以，他对我才这么熟悉。我想，只有是我们的亲人，才会这么关注我们的生活，所以，我就相信了他……"潘梦云转而低声地说。

但他算是我的亲人吗？我痛苦地想到。他之所以向潘梦云讲述这些，这不是想说他就是我的叔叔这么简单，他是在间接地向我传达他对我的掌控。这么多年，即便是我们从来没有遇到过，但他对我及我的生活也是了如指掌，他是在向我传达这样的一个信息，在他面前，我永远都只能充当一个没有长大的小孩子，一个还躲在他的怀里撒娇的小孩子。

我感到自己的愤怒到了极点，我觉得自己就要爆炸了。这么多年，我一直以为凭借自己勤劳的双手能够改变自己的命运，建立起那个幼时虚构的王国，但没想到，到头来还是脱逃不了别人的掌控，只能做别人达到目的的一个小卒……

"还有一件事，我应该早告诉你的。"潘梦云犹豫了一下，还是接着向下说道，"在刚开始与辛历合作的时候，我发现他与国际成功学大师的合影全部都是用电脑处理的，也就是说，这些合影都是他自己制作出来的。本来，我应该当时就告诉你的，但看到后来，我们的事业拓展得这么迅速，也就没有给你提这件事。"

"现在提还有什么用！"我愤怒地朝空中挥了一下手。我这样做并不是对潘梦云发火，而是我再也无法控制自己，从头至尾都被别人算计着，我一时无法接受这个现实。只是，我没有注意到，潘梦云还在我的怀里，我们正站在阳台上，直到楼下传来一阵惊呼，我才忽然发现，随着我的挥手，潘梦云像断了线的风筝栽进了游泳池内，而这个时候，游泳池内的水刚刚被抽干，还没来得及重新注入……

第二十七章

尽管我拼命做出种种努力，并表现出我有生以来最大限度的耐心与体贴，但医生还是无奈地在我面前耸了耸肩，他用关切的口吻告诉我，如果运气好的话，潘梦云随时都有可能会醒来。医生没有说下去，只是轻轻地拍了拍我的肩，走开了。但我知道，潘梦云可能永远都不会再醒来，永远都不会再给我冲一杯咖啡。我在医院走廊的长椅上坐下，点燃一支烟，但很快便把它熄掉。我用手使劲地拉扯着自己的头发，这些日子里所发生的事情都无法使我原谅自己，哪怕是我一无所有已经成为事实，都不能成为我原谅自己的理由。把自己最亲近的人亲手给谋害了,这始终是我犯下的不可挽回、不可饶恕的错误。我一次一次地下定决心,等她醒来时,我就带她离开这个城市,像肖娅莉那样过上简单而幸福的生活。我会同她结婚,生一堆的孩子,在偏僻的乡下村落里日作夜息。我会在我们的屋舍前修建一个水塘,里面种满荷花,每到晚上我们就能够坐在水塘边听着蛙声一片,相互拥抱着度过烦闷的夏天。但这些想法都是空想,此刻她仍紧闭着双眼,不肯有任何表情。我宁愿相信,她是为了惩罚我的不小心而故意装出另一副面孔,维护一下她的自尊心。我承认在以往的生活中,我的确在太多的时候都不太小心,常常把她的关爱视为理所当然。此刻,我一再提醒自己:冷静,显得大方一些,别让人看出你此刻的懦弱,但我还是忍不住地落下眼泪。就在这一刻,我发现,没有潘梦云在身旁的时间里,我竟会如此地不知所措。

但是一个木讷的男子又怎会想到将自己的爱慕之心向一个女子倾吐呢?每次我总是给自己找寻很多的理由,以证实自己确实忙碌。只是一个女子毫无怨言没有名分地追随着一个男子,她奢求的又是什么呢?她从来都没有向我说过,但我明白。记不起是谁说过了,恋人身上总拥有一种令人毛骨悚然的洞察一切的本领,无论是爱与被爱。我想我能够理解潘梦云对我的一种渴盼,时常见面、同居一套公寓内却不能被自己所拥有的一种复杂的心理。其实,在很多时候,我并没有给她渴望,也没有把她渴望从我这里得到的真正的东西给她。只是她,仍执著地坚持着她的阵地,争取她的幸福,从第一次见到她,她讲的一句玩笑话,到再度重逢,她毫不犹豫地抛弃那建立在权势与利益之上的婚姻,与我一同离家出走,她始终都秉承着她独立的信念。而我,在这个问题面前,却显得笨拙了许多,很多时候我不敢看她的眼睛,唯恐一不小心它就会像一根探针那样探进我内心最底层——那里充满了蠢蠢欲动与惊慌失措。

就这样过了一个星期,我像伺候一个婴儿一样地伺候着她,每天为她擦洗身体,看着营养点滴慢慢地流进她的体内。在为她擦洗身体的时候,我竟然有一种奇怪的感觉,就好像一位父亲在为自己的子女净洗一样。起先我对此并不理解,但很快我就明白了,很久以来,我已经把她当成自己的亲人了,我怎么能对自己的亲人有非分之想呢?就像我看着她紧闭着双眼,心会痛一样,那首先也是出于亲人间的自然反应。在这一个星期里，邱建军来了多次，他是在她住进医院的第二天就搭乘飞机从上海飞回来的。我一再地告诫他这是我自己太轻信别人所种下的苦果，与他无关，并且我也相信辛历暂时还不会找他的麻烦，因为现在企业所有的中层营销人员都是当年他的团队的成员，如果他出了什么问题，势必会影响到集团公司的发展。我告诉他，安心地做上海分部的总监，最起码自己这一生再也不会受饥饿的威胁了。但他硬是不听我的劝告，当天便回到总部，向辛历递交了辞呈。他微笑着对我说，这些年挣的钱也够自己这一辈子用的了，他说，钱是小事，没有了可以再挣，但朋友，这一生又能有几个呢？你现在发生了这些事情，如果我都不伸手来帮你，那我还是一个人吗？他说的时候，很慷慨激昂，我只是无奈地摇头苦笑。这个时候说什么都已经多余了，但愿这件事就此止住，不会再有人受到牵累。王光明也来了两次，他仍是不肯同我多说一句话。第二次在他要走的时候，他掏出一张银行卡给我，他说，里面还有一些钱，应该够我们用上一段时间了。他没有说具体的数字，但我知道，肯定不少，只是我没有收下他的卡，我告诉他，我宁愿没有一分钱，像刚到西安时那样。他冷冷地说了一句："已经回不去了。"他走了，没有回头，我知道他永远都不会再来了。

我被这个场面弄得心情黯然，目送王光明的轿车驶出医院的大门，我决绝似的对自己说："挺住！坚持住！一定要坚持住！你已经承诺过潘梦云，你的诺言可一定要作数。千万不要一时激动而使自己神经错乱，那样将是对你自己及你承诺过的人的不负责任！"我觉得要为自己找点事做，医院里消毒水的气味已经快要使我发疯。我打了个电话给邱建军，左思右想，只有他现在能够抽出时间来陪我，哪怕是静静地坐着，不，我不要他坐着，我要他不停地讲话，讲各种各样的事情，只要是话语，我都愿意倾听。

邱建军气喘吁吁地来了，"你不找我，我也正准备找你呢！"他为自己倒了一杯冷水，一口气把它喝完，他迫不及待地说，"我表弟与那件事一点关系都没有，我刚刚联系到他。"

"你表弟？"我被他的话弄得有些糊涂了。

"就是丁威，"邱建军飞快地接了过去，他急忙地说，"是上个月的一个晚上，有一个人来福利院找他，他刚刚走出福利院，就被一伙人给毒打了一顿，那些人还威胁他说，想要活命，就赶紧滚回老家去。丁威有些害怕了，当天晚上就离开了，怕那伙人再找他，连手机也没敢开。我还是打他家里的电话才找到他的。还有吴浩，丁威说在他被打前两天，辛历曾带他来到福利院，要安排吴浩在那里上班。丁威说这件事他做不了主，要征求你的意见才行。辛历没有说什么就走了。吴浩根本就不是丁威安排的，在之前他们根本就不认识。这一切都是辛历一手策划的，目的就是为了要对付你。"

"哦，"我沉思了一会儿，淡然地说道，"这一切都过去了，就不要再提了。"

"你不明白吗？知道你现在的情况，现在丁威很愿意站出来作证，这样就可以证实是辛历一个人策划的把戏了，也好收拾一下这个卑鄙的小人。"

"谢谢你，也谢谢丁威，不过，我真的不想再提那件事情了。"即便是提，我又能如何呢？在法官面前，丁威一个人的口供能作数吗？再说，辛历的背后是戒欲和尚——我的有财叔叔，我能够与他正面交锋吗？我曾亲历过在法官面前施展催眠术，而使自己安然无恙地度过危机，如果在法庭上，他也使用催眠术呢？后果可能会更加严重。现在潘梦云已经这样了，我难道还能再出什么事吗？不能，绝对不能！我努力地使自己的语气平淡，对邱建军说："我准备要离开这里了，带着潘梦云一起走。这两天要拜托你一件事情，请你务必帮忙。"

"你说吧，我一定照办。不过，我还是建议你考虑一下起诉辛历的事情……"

"我想请你帮忙把我的房产与那辆克莱斯勒汽车给处理了，"我急急地打断他的话，说道，"价钱不是问题，但一定要快，我想尽早地离开这里。"

"那好吧，我现在就去办。"邱建军离开了，但我能感觉到他的心里一定极度地难受。心目中的好朋友受到了天大的冤枉，并且为此付出了沉重的代价，如果能有挽回的机会，任谁都会不惜一切代价奋力一拼。只是，他没有想到，我会拒绝。在这份天大的冤枉面前，我选择了沉默。但这又能有什么办法呢？在现在的这个社会，很多时候你受了委屈都是无处可诉的。更何况我要面对的是从来都没有正面与我交锋而对我又十分了解的人，我输不起，也不能再冒这个险。

我得控制住我自己，免得泄露我心里的怒气。我害怕我稍微不经意间流露的不满会传达给邱建军一个错误的信号。对于他及他的那帮中层的营销人员来讲，即便是失去了这份工作，他们也能够生活得很好。但是，现在公司有近千名的营销人员，我不能因为他们的一时不满而使这近千人也受到连累。在这里，毕竟他们能够得到一份不错的薪资、许多成长的机会与自我展示的平台，在国内，还没有哪一家培训机构能够与这家公司相比，尽管现在这家公司与我已经没有任何关联了，但我不想因为我的原因而使那些人丢掉这份引以为荣的工作。在这种情况下，我唯一的选择就是走，尽早地离开，或许会随着时间的流逝，没有人再会把我记起。辛历是一个取利的人，他一定也不会让公司在他的手上灭亡，只有公司越来越红火了，他才能够坐享源源不断的财富。

但令我始料不及的是，辛历在这个时候却找上门来了。更令我惊异的是，施伟没有跟来，只有他一个人独自前来。他提着水果篮走进病房，向我露出他惯有的笑容，"出现这种事情我实在抱歉，"他说道。

"我想，你来不只是为了说一句道歉的话吧？"我冷冷地说。

"是的。"他尴尬地笑了笑，停顿了一下，说道，"我想你也不愿意看到公司的这一千余号人丢失掉现在的工作吧。因为这件事，邱建军已经辞职离开了，这对公司的营销队伍造成了很大的影响，很多人都为此议论纷纷……"

"直接说你想要我怎么办吧！"我冷冷地打断了他的话，我没有看他。我注意到病房里的电视正在播放着西北地震的事情，我看到举国上下都在为此而积极行动着，奉献自己力所能及的爱心。

"好，不愧是少年才俊，还保留着一份豪爽。"辛历话语一转，说道，"我要你现在就离开这座城市，并且永远都不要再回来。这一点，我相信你会答应的。"

"是的，我答应。"我微微地笑着，一个想法在心头油然而生。

这一点倒令辛历有些吃惊了，他根本就不会想到，我会答应得如此干脆。他愣了一下，而我趁着这不足一秒的时间，瞬间对他展开了催眠，我说："现在拿起你的电话，打给银行，告诉他们，你要捐款，捐款的数目分别是：西北地震灾区8000万，西南干旱地区5000万，中国儿童福利基金1000万。捐完之后，你就可以回去了。当听到有人喊你辛老师的时候，你就会醒来，你醒来时，会记得我已经离开了这座城市，捐款的事情你会忘得一干二净。""是。"他缓缓地点了点头，拿出手机拨通了电话，报出了我所说的数字之后，他挂断电话，然后离开了病房。

我轻轻地吁了一口气，一个星期以来的轻松。如果说是报复的话，这应该是对他最大的报复了。辛历做了那么多陷害我的事情，却没想到偶尔的大意会使自己前功尽弃吧。这笔钱是以我的名义转到他账户下的，是他设计了许多事情要我无条件转给他的。现在，这笔钱到了该去的地方，无疑是最好的结局。

一切都准备好了，我就要离开这座城市了，也许永远都不再回来了。永别了，我的朋友王光明，即便你现在并没有原谅我。永别了，儿童福利院曾经的孩子们，是我的轻信别人为你们带来了伤害，但请相信，我是真心地喜欢你们，爱你们，现在福利院虽被政府解散了，但我祝愿你们每一个人都能够健康地成长。

我的目的地是乌有之乡，肖娅莉的故乡。自从肖娅莉离开以后，她的母亲就一直一个人生活，再没有心思去打理旅馆。我曾经去看望过她，她坐在旅馆的门口吸水烟，头发蓬乱着，许久都没有洗过的样子。那天正是黄昏，当我风尘仆仆地站在她面前的时候，她仍自顾自地抽着她的水烟，"对不起，我这里不营业了，你找别的旅社去吧。"她慵懒地说着，头都没有抬起来。我站了很久，想努力地从眼前这个邋遢的女人身上找到曾经热情好客而又漂亮妩媚的小旅馆老板娘的影子，但我失败了。我的心在痛，像被什么东西猛然间啃噬了一下。"阿姨，是我，易翔！"尽管我的双手颤抖得十分厉害，我还是用力地抓住了她正在拿着水烟筒的双手。从那个时刻起，我感到自己的身上又增添了一副担子，我有义务照顾她的晚年生活。那天，我为她带去了肖娅莉的消息，我告诉她，肖娅莉已经同美国的一位非常有才学的研究生结婚了，现在取得了美国的居住权。我还对她说，肖娅莉等到条件成熟的时候，会回来看望她的，只是，在她没有回来之前，你的生活中所遇到的问题，可以找我来解决。她蓦地挣脱开我的双手，眼睛直瞪着我："要你做什么？我一个老太婆还能有什么问题麻烦你？难道你真的不明白，还是不愿意明白？娅莉是那么地喜欢你，决定委身于你，现在她因为这件事，每日神魂颠倒，连唯一的工作也丢了。她一个人漂泊在外，白天黑夜地要忍受饥饿与寒冷的威胁，她为得什么，难道你就真的不懂吗？为什么你就不能给她一点希望？为什么你对她这样残忍？为什么你要把这可怜的无辜的孩子折磨得这样惨?”

“她现在不是过得挺好吗?在国外同爱她的男人结了婚,取得了美国的居住权,那是许多人都梦寐以求的事情。”“去你的梦寐以求!有谁愿意自己的孩子一个人在异国他乡孤苦伶仃地飘泊?她要遭受多大的罪啊,语言不通,水土不服……我可怜的娅莉啊,呜呜……”她气得说不下去了,哽咽着用手支撑着墙壁站了起来。她小心地往前挪动着,挪到了屋内,砰地一声关上了大门,我感觉到周围的空气被这猛烈的颤动震得微微晃动。又不晓得过了多少时间,我听见很脆的一响,像有什么硬的东西落在地上。我感到,对于这位可怜的母亲,我需要补偿的太多太多。

不错,那家小旅馆就是我的目的地。我要像一个儿子那样,伴着肖娅莉的母亲度过她的晚年。在那里,将再没有人扰乱我安静的生活,并且那里山清水秀,空气清新,风景也很优美,这些对于潘梦云的治疗会有很大的帮助。

邱建军在医院的停车场里等我。医护人员把潘梦云抬进他的加长雅阁轿车里,邱建军把所有的座位都放平了,这样,就有足够的空间让病人躺在上面了。待医护人员离开之后,他抑制不住地激动,冲我说道:“知道吗?辛历竟然捐了1.4亿元给灾区!而他竟全然不知道是怎么回事,记者采访他的时候,他还一直说是记者弄错了,直到他感觉到不对劲,查自己的账户时,才发现这些钱就是从自己的户头上转出去的。哈哈,真是笑死人了!你不知道他当时的神情是多么的可怜!对了,你知道这是怎么回事吗?”

“哦,有这样的事?”我故意装作糊涂,问道,“是怎么回事啊?他是不是吃错药了?”

“这正应了那句话:恶有恶报啊!”邱建军说完,又是乐呵呵地笑了起来,我也跟着笑了。

上了车,邱建军开始捣弄他车上的导航仪。我说:“怎么说你在这座城市待的时间也不短了,总不至于连去机场的路都不知道吧?还需要导航仪?那玩意在平坦的路上好用,但一旦遇到了立交桥,便不起作用了。”

“呵呵,是的,”邱建军回应着我,把导航仪扔在了一旁,“应该能够找到路的。”

"再见了!"邱建军吆喝一声,车便平稳地开动了。

在市区转了几圈之后,汽车驶上了高速公路。我坐在潘梦云身旁,小心地呵护着她。待我抬起头看路旁的路标时,感觉到方向有些不对,我从后面拍了拍邱建军:"走错方向了,去机场不是这条路!你也太不小心了吧。"

"没错,就是这条路。"邱建军笃定地说。

"你在搞什么鬼?"我似乎明白了他的意图,说道,"不行,我坚决不同意你这样做。"

"放心吧,翔哥——如果你同意,从今以后我都喊你翔哥——我开车你放心。再说了,这也是我唯一能为你做的事情了,希望你不要再拒绝了,我一定会平安地将你们送到目的地。"邱建军眼盯着前方,诚恳地说道。

遇到这样的朋友,我还能说些什么,这个世界毕竟还是充满着善意与温暖的。王光明虽然一再声明不会原谅我,但每次发生了事情,他总是第一个赶到现场,默默地支持我。邱建军亦是如此,这些日子他不仅辞去了工作,还为了我的事情东奔西跑。现在他又要开着车不辞万里地横穿大半个中国,只为了安全地把我们护送到目的地,是啊,除了感激我还能说些什么。"谢谢你!"我感觉到我的声音在喉咙里发颤。

"嘿,我们是好朋友。当年我们在一起做俯卧撑的时候,就已经是了。不过说实话,那会儿你要是不帮我,我还真的不知道最后的那320个怎么办。当我们紧紧地拥抱在一起的时候,我就知道,我们这一生会成为非常好的伙伴。"

"都是当年的事情了,也不知道现在做俯卧撑,还能做几个。"回想起往事,我也是无限地感慨。

"这个容易啊,等改天有时间,我们再做一次就知道了。不过我一直想弄清楚一件事:如果我们两个人比赛的话,你说谁会赢呢?"

"这个容易,我们比赛一次就知道了。"

"那好,就这样定了。"邱建军说完,就把车滑向了紧急停车道,然后停了下来。

"你不会这个时间在高速公路上和我比赛吧?"我皱了皱眉头。

"心动不如行动,行动不如立即就动,这是我们公司的信条嘛!"

“你小子,真有你的。”说完,我也甩掉外套,两个人,在炙热的太阳下,在高速公路上,比赛起了做俯卧撑。

第二十八章

我不想追溯过去的历史。在这座小县城里,我要做的一件比较重要的事情就是遗忘。我把所有的书信、证件、照片以及政府所授予我的各种各样的荣誉证书全都扔到火炉中烧掉了。我找到了天堂镇的罗智警官,他现在已经如愿地登上了警察局长的宝座了。我让他帮我办理乌有之乡的户籍,并更改了新的名字,他拍着我的肩膀说,知道吗伙计,我真的很情愿你落户到我的辖区之内啊。不过,这件事我会帮你搞定的,那儿的局长同我也很熟,我会让他关照你的。我赶紧告诉他,千万不要让他关照我,之所以更换姓名,我就是想过一种平淡宁静的生活。他想了想,用一种怀疑的眼光看着我,最后还是点了点头。

我用一部分钱买下了一座山脚下的房子。当我看见那座房子时,我马上决定就是它了。我会在这里一直住下去,永远不会再离开它,因为,我知道,它在等待着我,而我这些年来,也一直在寻找着它。它在距最近的村庄也有五公里的一座山的山脚下,在它的前面,有一条小溪,溪水清澈,可以直接饮用。在房子的后面,有一条通往山上的小路,山上长满了各种各样的树木。房子是用青砖建造的,漂亮耐用,墙壁上爬满了紫藤,我们搬进去的时候,藤上面正盛开着许多紫色的花朵。在这里,我安静地守候着潘梦云。邱建军在离开这里的时候,把车留了下来,他说购买的时候,就是使用的我的名字。每到周六,我都会开车到县城里,去看望肖娅莉的母亲。她在我的劝说下,重新把旅馆又开起来了。我告诉她,你总不愿意让娅莉突然回来的时候,看到你现在的样子吧,要是那样她一定会很伤心的。

从南方那座繁华的都市离开之后的好几个星期,我仍然是人们关注的新闻。记者们将我的事情一件件拼凑起来，王光明在最重要的关头还是站了出来亲自为我作证。他告诉记者：易翔是一个心地善良的人，他不会去伤害任何一个人。在商业上，他之所以这么成功，主要就是因为他的善良，他总是站在对方的立场上想问题，试想，这样的一个人又怎么会做出伤害儿童的事情？他一定是被人陷害了。他为我们所生活的这个城市带来了多大的效益啊，然而，我们回报给他的又是什么呢——耻辱与伤心。但他是坚强的，他选择了离开，就是不愿看到更多的人，为他的下场而伤心痛苦……

这些是邱建军一遍一遍地告诉我的。更改了名字之后，我便切断了一切与外面世界的联系。不连网络，不使用手机与电话，不看电视，不看报纸。我的生活极其简单而有规律，早晨与晚上，我会到房子后面的树林里去散步，上午为潘梦云注射营养点滴的时候，我就坐在她的身旁发呆。一切都异常地安静，知了在这个时候也仿佛懂得我的心事一样，停止了烦躁的鸣叫。只有风偶尔地吹过，树林响起树叶沙沙的窃窃私语声。我知道潘梦云如果就这么一直睡着，我就会一直这样生活到最后一刻。

肖娅莉的母亲偶尔也会过来看望我们，我没有对她说实话，我永远也不会将实情告诉她。如果她知道我就是谋害潘梦云的凶手，她一定会难过死的。由于什么都不知道，她反倒认为潘梦云这样躺着是一件好事：最起码有心爱的男人一直守候在自己的身边。这样想着的时候，她常常会暗自啜泣起来，为她自己还有女儿肖娅莉。她每一次来，都会给我带来许多食品，这倒省下了我去集市购买这些食品的时间。我如数付给她钱，她总是拒绝，我就邀她到树林里去走走，同她一起倾听大自然的心跳。每到这个时候，我总是感觉十分的温暖，就像是陪伴着我的母亲。

当我在整理潘梦云的行李的时候，我才发现，她竟然就是肖娅莉在信中所提到的两大才女中的另外一位。她全部的行李除了一些换洗衣服之外，就是几大本厚厚的日记了。我打开日记，里面记录得密密麻麻，全部是诗歌。对于诗歌，我一点都不懂，然而，当我翻开日记本的时候，却一头栽了进去，并且再也无法自拔。在日记本里，她的第一首诗写的是《恋人》，是我们第二次见面她跟随我到达重庆后写的：

在平白无味的生活中
他是不可或缺的盐
但我不会让他把我淹没
我讨厌一次次用清水漱口
对于他，我会注入适量的水
稀释他，但不会让他平淡

我知道翻看她的日记是一件很不好的事情，但人往往如此，越是禁止你做的，你就会越想去做，并且可能会冒险尝试。我知道潘梦云一定不喜欢看到我翻看她的日记，但在里面，我看到了我的身影，我的存在。当自己出现在别人的日记本里的时候，无论其中记录的是一件什么样的事情，你都会把它读完。这是常人的心态，我不得不承认，我就是一个常人。因为我这会儿正做着一件常人通常都会做的事情。

我们在许多事情上所做出的决定，在很大程度上还是取决于我们对自己的身份和环境的适应，这种依赖的程度往往远远地超过我们愿意承认的地步。就如此刻，当我感觉到口渴，伸出手去拿桌上的茶杯时，我才发现，茶杯内空空的，没有香味四溢的咖啡，也没有冷热刚好的开水。这个时候我所能做的，就是提着水壶到房前的小溪里装满，然后咕咚咕咚地把自己灌饱。然后，我坐在那里发呆，大脑里乱成一片。

到了现在，我不得不去正视潘梦云在我的生活中所留下的印痕，非常非常深，深到已完全使我无法正常生活了。在以前，当我坐在办公室的时候，她会端出一杯热气腾腾香味四溢的咖啡放到我的大班台上；当我下班后回到家里，她就会端出可口的饭菜；当我冲好凉坐在沙发上看电视新闻，她会默默地走进洗手间，把我换下的衣服全都洗干净。更重要的是，每天我所做的事情，全都是由她来安排。而现在，她忽然间撒手不理了，就那么静静地躺着，我一时之间倒很难适应了。即便是在认识她之前，我一直都是过着一个人的生活。我发现自己再也无法回到先前的那种时刻了。

当然，我并不是抱怨潘梦云出现在我的生命里。遇到她我是很幸运的，尤其是在如今这个物欲的世界里，再没有哪一个女人愿意不计报酬地为一个男人付出了。只是,我还没有来得及准备去独自面对未来的生活。蓦然之间,我有些不适,不知道该如何着手。房间里四处飘飞的垃圾能够为我见证,这些年,我已经失去了一个人直面生活的能力。但我不会让自己失去信心,我太相信潘梦云能够醒来了。

我继续翻看着她的日记。她的诗歌写得都十分得简短,也十分的易读。我说过,对诗歌我一窍不通,但看她的诗歌,我从心里感到一种温馨,一种享受。映入我眼帘的是一首《秘密》,我竟然忘记了自己是在偷看,情不自禁地放声读了出来:

我把他用抽屉锁住
压在几本日记的最下端
我装作不在乎的样子
刻意地不去看他
这个时候,他却跳了出来
像一阵风带着汽笛的响声
我不得不再加一把锁
起身,端起茶杯
冲一杯他喜欢的咖啡
然后,站在模糊的镜子前
默默地打量自己

很多时候,我们之间并不需要太多的言语,往往一个眼神就已足够。在一起这么多年,我一直以为这是生活的磨砺,使我们能够彼此间存在着一种默契。我从来没有想到过别的可能的存在。但这一刻,我才终于明白,使两个人产生默契的,不是生活,而是那种抵达心灵深处的爱恋。这一刻,我忽然间感到万分的羞愧,对于这种铭心刻骨的爱恋我又是多么迟钝啊!而她,为了我的事业,为了不使我在工作中分心,一直在压抑着自己的情感。她内心的强烈的情感一定使她受尽了折磨。每天面对着自己心爱的人,却不能告诉对方你爱他,这是怎样的一种折磨啊!“你太傻了,真的!”我不由自主地对着她说道,我感到眼眶中有一种东西使自己的视线迷蒙了。

这时突然发生了一件事情：我起先只发现她的眉头紧皱了一下，我以为自己看花了眼，赶紧擦了擦眼睛，接着我看见她的手迟钝地移动了一下。我大吃一惊，心怦怦地跳到了胸口。被她发现了——这是我脑海里闪过的第一个念头。准是她发现了我在偷看她的日记。可是这时我清醒过来，潘梦云有反应了。我兴奋地把日记放到一旁，激动地抓住她的双手，我大声地喊着："梦云，梦云，你听到我的声音了，是不是？快醒来吧，你已经睡了很长的时间了！"但她仿佛是一只正在冬眠偶尔打了个哈欠的动物，又昏昏地沉睡了过去，再也没有任何的反应。

片刻的喜悦很快便消失殆尽了，我的心重新又恢复了宁静。每一次走进树林里，我都会大声地对自己说：别气馁，她一定会醒过来的！这是我给自己最美好的希望了。从那天开始，我每天都会朗读两首诗歌给她听，而她也总会有一些轻微的反应。但是，她从来没有醒过来，一次也没有睁开眼睛看过我。我没有气馁，为自己心爱的人做一些事情总是幸福的。只是，在朗诵诗歌的时候我发现，在读到她写的一些爱情诗时，她就会有一些反应，而读她关于生活小事情的作品时，她就如沉睡未醒的动物。这个发现是十分激动人心的，并且，在阅读她的这些描述爱情的作品的时候，我总是一次又一次地在心里描画她醒来以后我们的幸福生活。

在这些日子里我已经遗忘了以前的一切，包括我童年时虚构的王国，包括名利，我甚至记不起潘梦云发生了什么事情，我为什么在这样一个偏僻而安静的房子里生活，我只记得每天要做的事情：散步，给潘梦云输营养点滴，念诗给她听，静静地发呆。并且在这个过程中，我感到了发自内心的满足与幸福。

我记不起在多久以前拒绝邱建军再来看望我们的了。王光明在我心目中的样子也慢慢地变得模糊了。偶尔在潘梦云的日记里，我会看到辛历、施伟、丁威等人的名字，我总是要想上半天，但结果总令我失望，我已经无法记起他们是谁了。

今天下雪了。我查了一下日历，就是三十年前的今天，我从母亲的身体哭嚷着来到了这个世界。此刻，我在树林里走着，整个山野都是白茫茫的，就连平时常青的松树、柏树还有翠竹，也都被厚厚的积雪覆盖了本来的面貌。空气异常的清新，万物都寂静无声，好像臣伏在我的脚下，等待着我的示下。这个时候，我俨然成为了这个王国的国王，我的臣民们就是这山野河川，就是这林间万物。我在这梦幻的王国里惬意地奔跑着，雪地上到处留下我杂乱无章的脚步。

终于要回去了。我精神饱满地往回走着。我正想着今天要想法弄一条鱼来给自己庆祝一下的时候，突然间我冷静地停住了脚步，我发现我房子的周围有许多脚印。这不是我的脚印，我清楚地记得，自己走上山的时候，是比较规矩地走上去的，只留下一行脚印。有人闯入我的房子里来了，我顿时有些恼怒了，从地上捡起一根手腕粗的木棍拿在手上，静静地向房子走去。

快到房子时，我长长地舒了一口气，我首先看到的是肖娅莉的母亲。我还看到两个年龄同我相仿的年轻人，他们正站在我的房檐下躲避寒风。他们是谁，为什么来我这里？我快步地走上前去，我不能够让潘梦云受到任何人的扰乱。

走近我才看清，那两个年轻人是一男一女，男的长得高大，鼻高眼蓝；女的长得秀气，面娇容美。待我皱着眉头走近的时候，那个女孩迎面扑了上来，“易翔，真的是你！老天，太好了，我还一直担心见不到你呢！”她大方而又热情地拥抱了我，使用的是国际式的拥抱礼仪。

“请问你是……”我不禁有些茫然了。

“你不认得我了？”她惊诧地问道，突然间，她把头转向背后，大声地喊道：“妈——”

我的心忽然一动，“你是——娅莉？”我这才注意到，眼前的这位女孩，无论是眼睛、鼻子还是整个面容，我曾是那么地熟悉。

我没有再说什么，上前一步，紧紧地把她搂在了怀里。

房间里，我们围炉而坐。肖娅莉向我介绍了他的丈夫迈比。握手时，他说道：“我知道你，中国最年轻的亿万富豪！”他说的是中国话，而且非常流利。

我有些诧然。感觉亿万富豪距离我是一件非常遥远的事情。但我也懒得否认，我问肖娅莉：“你们是什么时间回来的，怎么这个时间回来了？”

“早上刚到的家，门都没进就拉着我直接过来了。”肖娅莉的母亲在一旁插话道。

肖娅莉不好意思地笑了笑。她说:“本来在一看到你出事的新闻后,我就要回来的,不过,你也知道,签证总是要拖上很长的时间,而且我们的费用还不够。尽管迈比的父亲是位银行家,但我们在财务管理上,是分得很清楚的。你知道,美国就是这样的。”

我点点头,表示理解。

肖娅莉站起来,走到潘梦云床边,她轻轻地拉起潘梦云的手,说道:“梦云,我的好姐妹,我回来看你们了。还记得我们许下的承诺吗?我带着迈比回来的时候,你一定要成为易翔的新娘,难道你要反悔了吗?如果你反悔不陪他度过一生的话,我一定不会依你!”

我在一旁被深深地感动了,我没有想到她们之间曾经做出如此的承诺。我也来到了潘梦云的面前,用有些低沉而哽咽的声音说道:“梦云,无论你醒与不醒,这一辈子我都要你做我的新娘!”

现在大家都目不转睛地直瞪着我,好像我说错了话。我忽然间意识到,这些话不应该当着一个曾经深爱着我的女人的面对另一个女人来讲。但我装作不知道的样子,憨憨地问道:“怎么了?我说错话了吗?”

“傻瓜,你当然错了!”一个声音从我身后传来,“我不醒来怎么做你的新娘呢?”

屋外,雪下得正紧,迅速地将杂乱的脚印覆盖。我知道,一场盛大的国王登基仪式将要展开了。